十二王妃

張廉

插畫／Chiya

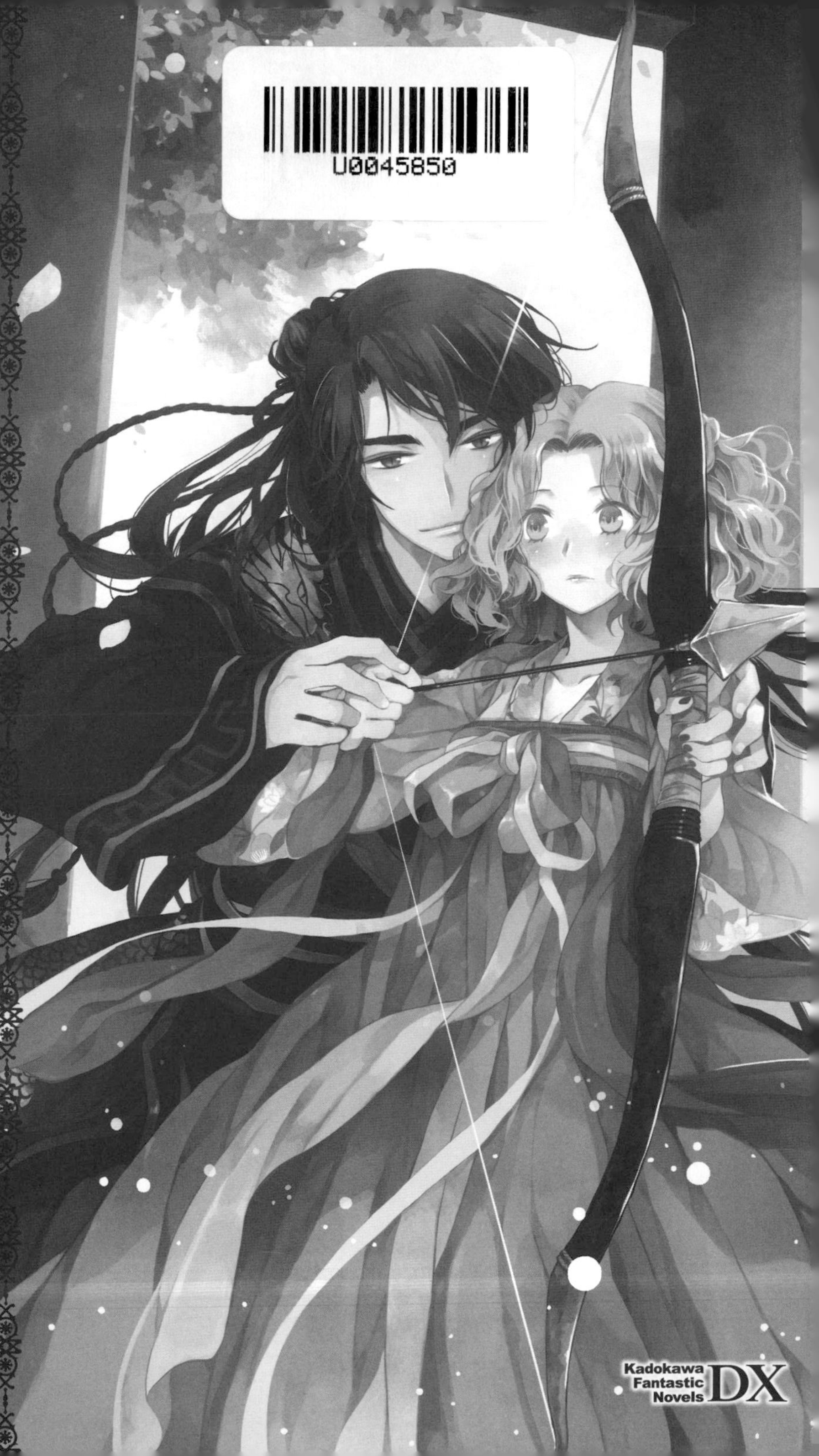

Kadokawa Fantastic Novels DX

Contents

第一章　拒絕靈川的愛……………………………… 004
第二章　處理不好的男人關係……………………… 018
第三章　人王們的希望……………………………… 066
第四章　鄯善的幻城………………………………… 082
第五章　出口………………………………………… 106
第六章　七王聯手…………………………………… 134
第七章　前往伏都…………………………………… 152
第八章　遭遇魔軍…………………………………… 180
第九章　前任、現任，與未來任…… ……………… 204
第十章　再開聖光之門……………………………… 240
番　外　長生是一種痛苦的詛咒…………………… 264

十一王妃
5

為了不讓自己再繼續煩惱下去，我決定斬草除根，徹底拋開眼下這段複雜的三角戀情，只去想魔王的事，因為這件事對於這個世界來說，比什麼都重要。

我和靈川一起走向聖宮，畢竟得讓他回去穿件衣服才行。

在前往聖宮的路上，我開始跟他講起魔王的事。

「靈川，儘管伏色魔耶關閉了伏都的聖光之門，但涅梵他們認為這樣是困不住魔王的，他可以從鄯都過來。一旦他攻克鄯都，便可以前往任何地方，你們必須團結起來，才能戰勝魔王。而且我感覺明洋的理性還存在魔王體內，說不定能透過他來戰勝魔王——」

聞言，靈川停下腳步，默默望著我，我也打住了話，認真地看向他。

他微微蹙眉：「妳想救明洋？」

我一怔。儘管我從頭到尾都沒有提過想救明洋的這件事，但我的確想試試。為了這個在沙漠中一直陪伴我、照顧我的古典美男，也為了封凍在冰瀑裡的明大叔。

見我點了點頭，靈川看了看我兩旁，我左邊是他認識的白白，右邊是他剛認識的摩恩。修自從我大聲斥責他之後，便一直躲在帳篷裡。

靈川指著摩恩：「不准進來。」平淡的語氣中流露出絲絲威脅。

摩恩邪魅地瞥了他一眼，舔舔唇：「看來有人嫌我礙事，我會自己消失的～」他飛到一旁，坐在聖宮前的雕像上。

白白以那雙碧藍的眼睛望向摩恩，忽然睜得大大的，宛如門神般守在聖宮入口。

「來。」

靈川忽然執起我的手，把我拉進聖宮裡。

我匆匆脫掉鞋子，被他拽著往深處走去，一如他之前他用銀鍊拴住我、拉著我向前走。

我們回到了熟悉的寢殿內。一進門，靈川便像是聞到什麼不好的氣味似的，皺起眉頭，但我沒有任何感覺。寢殿依舊和以前一樣，亞夫似乎沒有動過靈川用過的任何東西，唯獨在一面牆上多了一幅畫，而且那幅畫有些眼熟。

靈川忽然揚起手，一陣風雪立刻捲過整個房間，房間的空氣頓時變得清新起來，牆上的那幅畫也因為這陣風雪而被吹起，緩緩飄落我面前。

靈川放開我，走入殿內。我拾起了地上的畫——正是那張我在聖湖邊丟失的畫作，也就是我為靈川畫的第一幅畫。我當時以為它丟了，現在看來應該是被亞夫偷偷藏起來了。

亞夫的心魔是出自於對靈川懷抱的感情有所掙扎，他一方面真的痴愛靈川，另一方面他的信仰卻告訴他這是不可以的、不被允許的。最後，他在自我的折磨中入了魔。

嘩！寂靜的房間裡突然傳來水聲。我抬頭一看，發現靈川已經踏入溫泉裡，那纖長蔥白的手指正緩緩解開褲子的繫帶。我立刻轉身：「靈川，我還是去外面等你吧。」

「不。」

伴隨著他的話音，我面前的空氣已經逐漸凝結成冰。我的全身開始輕輕打顫，腦海中再次浮現那個晚上我內心的不願意、後來的放棄，以及最後想恨卻無法恨的痛苦。

「那瀾，我愛妳。」

冰面上出現了他的臉。這句話的語氣雖然平淡，卻恍如世間最真誠的話語。

我抬起手，捂住耳朵。

「妳很恨我吧……對不起。」

他垂下眼眸，透明的臉上浮現出一絲悔意。

「讓我們重新開始，好嗎？」

我深吸一口氣，好不容易才有勇氣面對他。我必須面對他，還有伊森和修。

「靈川，我不想再提那件事，我現在已經是修的妻子了。」

「嗯。」

他的回答像是在敷衍，身後還不時傳來他沐浴的水聲。

「請你認真看待這件事。我知道你覺得修是瘋子，我們之間不會產生任何感情，但修是我現在最信任、最心疼的人，我不會為了任何人而拋棄他的！」

「那妳就留著他。」

他臉上的神情變得更加淡漠。我憤懣地轉頭，望向他在水中的真身，只見他正把水撩撥在自己的手臂上，顯得漫不經心。

我大步走到水池邊，盤腿坐下：「靈川，有件事我必須跟你說清楚——」

「我知道。」他輕輕地揚起臉，銀瞳裡是深邃難測的目光。他的銀髮在水中漂蕩，上方的陽光映照在他水光閃爍的肌膚上，使他整個人都染上迷人而朦朧的銀輝。

我的心跳因他此刻如夢似幻的俊美而停了數拍。真是要命的聖潔之美，整天陪在這樣的美男子身邊，還伺候他沐浴更衣，亞夫能不入魔嗎？

「妳喜歡伊森，也喜歡上我。但這一切都沒關係的，妳可以不用選擇。」

他漠然的語氣彷彿已為我做出決定。他從水中緩緩站起，儘管水池清澈可見，但漂浮在他身旁的銀髮恰到好處地遮蓋了一切，讓人無法窺探。

他朝我慢慢走來，我的心跳隨著他一步步靠近而逐漸加速，快得無法喘息。

「我比伊森好，也比伊森更懂妳、更會照顧妳。他如果願意，可以繼續留在妳身邊；如果不願意，當然也可以走，就像那個小瘋子……還有……那隻寵物……」

他瞇起眼睛，朝我探出身體，撫上我的臉，濕濡的手在溫泉中染上了灼人的熱度。

他再次俯下臉，我立刻甩開他的手，他卻突然扣住我的肩膀，毫不費力地直接壓上我。當濕淋淋的胸膛覆上我的身體時，他也再次吻上我的唇。

我氣得都快爆炸了！每次都是這樣不問自取，把我當成食物似的，完全不問我是否同意。

「混蛋！你不能這樣強迫我！」

我用力別過頭，他的唇劃過我的唇，落在我的側臉上。

他微微退開，我生氣地望向他。

他眨了眨銀瞳，呆呆地望著我，好一陣子後才說：「那我現在可以吻了嗎？」

「當然不可以！」我大聲抗議。

他的表情沒有任何變化，又傻傻地看著我一會兒，說了聲：「哦。」接著再度吻了下來。

我立刻抬手按住他的臉：「都說不可以了，你怎麼還來？」

「因為我想。」他說得雲淡風輕：「而且我已經問過妳了，雖然妳說不想，但我想。我覺得如果真的做了，妳也不會怪我，所以我還是決定按照自己想做的去做。」

說完，他定定地望著我，銀瞳裡看不到一絲邪念，反倒充滿無瑕的聖潔，甚至會讓人產生和他一起做那件事也是聖潔的想法。

他怎麼可以那麼淡定？怎麼可以那麼直接地說出口？甚至確定我不會怪他？

我捂住了臉：「為什麼你總能看穿我……」

他輕輕地湊了過來，緊緊抱住我。

「對不起，讓妳痛苦了。我去找伊森吧，希望他能願意和我一起留在妳身邊。」

「神經病！你們真的都有病！」我鬆開手，呆滯地盯著上方的圓窗：「你不用去了，我已經決定離開。」

「難道我和伊森都留不住妳，那瀾？」

靈川撐起身體，我還是第一次看到他恬靜的眸中浮現出了一絲傷痛。

他撫上我的臉：「留下來，妳不但能擁有我和伊森，還有一個漂亮的玩偶修，以及可以任妳折磨的奴隸摩恩。然而一旦離開，妳將會失去我們……上面的世界真的值得讓妳這麼做？」

我大吃一驚，靈川的思路是那麼地清晰透澈，儘管不在我身邊，依然可以把修和摩恩對我的作用

判斷得那麼清楚，難怪他不把修和我的婚事放在眼裡。

是啊，上面的世界真的值得我這麼做？我之所以會如此糾結痛苦，只是不知道怎麼面對靈川和伊森的感情，如果留在這裡，我勢必要在他們之間做出選擇。但如果真的像靈川說的，他可以解決伊森，那我……

手心突然傳來一陣刺痛感，這熟悉的感覺讓我驚愕不已，宛如本能般排斥被同化。

我立刻摘掉眼罩，看向自己的手心。

靈川像是感知到了什麼，挪開身體，站在池邊，同樣望著我的手心。

只見金色的花紋開始在我手心裡綻放，那是朵宛如蓮花的花紋，它很快地順著我手心的血脈開始迅速蔓延。

靈川執起我的手，安靜看我：「怎麼了？」

「我會被同化的。」我擰起眉頭。「我不想被同化，不想變成怪物，不想被這個世界永生永世囚困，這裡的男人再好，也比不上我在上面的精彩人生！」我快速起身。「我要我的事業、我的未來，而不是留在這裡跟兩個男人輪著睡！天啊，我剛剛居然猶豫了。」

我撫上自己的額頭，作了個深呼吸。

「在這裡，我只會成為你和伊森的妃子，除此之外還能做些什麼？但在上面，我可以成就一番自己的天地，人生不是只有愛情，在這裡愛過、擁有過就夠了，我是不會為了幾個男人放棄自己的世界的！」鏗鏘有力的話音在這安靜的寢殿裡迴響，我毅然決然地看著靈川：「對不起，靈川，我要回家！」

他低下了頭，長長的銀髮遮住他俊美無瑕的臉龐。他站在水池中，輕輕地「嗯」了一聲。

我的心瞬間因為這聲低低的回應而揪痛不已。

我沒有想到割捨時會那麼痛，卻又不想說出更加傷害靈川的話。他在這個世界活了一百五十年，最後卻整日對著聖湖發呆。一旦他將我強行留在這裡，我想我最後的結局勢必會跟他一樣。

如果可以，我會想盡一切辦法幫助他和伊森解開詛咒，將他們帶到我的世界去看看、去聽聽，我想一定會讓他們大吃一驚，獲得真正屬於他們的精彩人生……如果真的可以那樣就好了。

「我在外面等你。」

也許我不敢接受靈川的愛，是因為沒有勇氣接受他們這樣的活法。

空氣的溫度逐漸下降，連溫熱的泉水也失去了那層熱氣。我走了兩步，停在已經變得冰冷的地磚上。

「而且，我覺得現在誅滅魔王才是你身為人王的首要責任。靈川，你向來沉著冷靜，希望你現在能清楚自己該做些什麼。」

「嗯。」

得到的依然是這樣的回應。靈川像是回到了從前，我卻再也無法對這個字心平氣和。

還記得第一次見到靈川，已經是好幾個月之前的事了，當時的他也只會說個「嗯」字。這個「嗯」字可以回答很多問題，也可以迴避很多問題。

當我抵達靈都後，很多時候都是我在說，他在「嗯」。他喜歡聽我說話，喜歡我把他的想法說出來，他只需要回答「嗯」就好。

隨著他的話越來越多，我為他高興，為自己能改變一個呆子而沾沾自喜，結果卻陷入了另一個感情的漩渦，最後把自己、伊森和靈川的關係攪得一團糟，就像一盒被攪糊的巧克力香草冰淇淋。而現在又多了一個修，都快成三色冰淇淋了。

我是不是很不負責？

安歌如果不是顧及安羽，是不是也會這樣強勢地把我留在身邊？

仔細想想，我的確很不負責。

先前，我與伊森相愛，卻無法對他負責到底。但單純善良的伊森理解我，說寧願讓我離開，也不想體會我在他懷中慢慢老去，他卻不能陪我一起變老的痛苦。

這次，我把靈川從他原本的世界拉了出來，讓他重新擁有感情，然而又不打算去回應他，甚至覺得陪他一夜已經是兩不相欠。

一夜和一生的愛，兩者真的對等嗎？

我怎麼現在才想明白呢？我根本沒資格去恨他，因為我才是個負心的混蛋！

我還為了救靈川而敷衍修的婚事，但看似瘋瘋癲癲的修對這場婚姻、這份感情認真無比，甚至將那份瘋子般的執著心融入其中。他聽命於我，一切以我為優先，因為我的一個眼神，他可以馬上停止虐待別人，從非正常人的角度來看，那曾是他最喜歡的事啊！我又能對他負責到底嗎？

我那麼想回到自己的世界，真的是為了自己的事業嗎？

「這麼快就出來了，看來什麼都沒做啊～～」

摩恩陰陽怪氣的聲音將我拉回現實，我恍然發現自己已經走出聖宮，腳上甚至沒穿鞋。

「穿鞋吧，我的女王大人～」

摩恩提來了我的鞋。我愣愣地望著他，他挑眉回看我。我一把抓住他小小的身體，他驚得扔下手中的鞋，在我手中不斷掙扎：「妳又想做什麼？妳又想做什麼？妳這個瘋女人，我最近可是很乖的！」

聞言，他一怔。

我緊緊握住他的身體：「摩恩，你為什麼要留在我身邊？為什麼要做我的奴隸？」

他還試圖用力掰開我的手指，不過一旦精靈縮小了，他們的力氣也會跟著縮小。

「我說過我已經不氣你，你可以走了，但……但你為什麼還要留下來被我折磨、被我虐待？你是未來的死神王吧，為什麼要留在我身邊？不要告訴我你也喜歡我……不對，你一定又有什麼目的跟陰謀了吧！說！你到底有什麼陰謀？說啊！」我開始用力搖晃他。

「妳這個瘋女人！我就想找機會上妳，出一口氣！這樣可以嗎？」

他咬牙切齒地喊出這句話，我這才停下動作，鬆了口氣，放開他：「好，這也算是個正當理由，可以解釋你為什麼那麼忍辱負重。我接受了，你可以繼續留在我身邊。」

摩恩瞇起眼瞪著我好一陣子，接著飛到我的臉邊，用他小小的手抱住我的臉：「那那，難道是他們在逼妳嗎？那我們就不要他們，誰讓妳煩，妳就不要誰，這個方法不是很好嗎？」

我睨向摩恩：「你是不是都這樣對待喜歡你的女人？」

摩恩僵了僵，飛離我的面前，轉身拂起長髮：「啊哈哈哈！女人本來就是供本殿下消遣的存在，不配讓本殿下留情～」

「哼！果然是個花心的東西！」

我身邊的人沒有一個愛情觀是正常的，搞得我現在也越來越不正常！

「準備走了，等靈川換好衣服就跟涅梵他們會合吧。不知道魔王那裡的情況怎樣了？」

我大步朝風黿走去。說穿了，我想要的生活其實也就是像現在這樣有事做。我很難想像自己什麼事都不做，然後每天蹺腳翻牌子輪流換男人睡覺的日子。或許這種日子很童話，一開始會很新鮮，可是一年、兩年之後呢？十年、百年之後呢？

眼下的我擁有神力，說不定同化之後，也會變成和靈川他們一樣不老不死的存在。涅梵曾經說過，我可能會成為新的人王，之後的數百年都會像這樣白天無事可做，晚上翻翻牌子。

我忽然感覺整個人都不好了，有種往酒池肉林行進的感覺。

女人不可以沒有自己的事業，因為到最後只會失去自我。我想涅梵他們之所以還算正常，就是因為他們還有事可做。至於靈川呆了、修徹底瘋了、安歌和安羽靠折磨別人來打發時間，這都過著些什麼生活啊？

我來到這個世界的使命是糾正他們的生活態度，別把自己也扯進去。

但我真的……很捨不得他們。

聽到靈川的那番話，我怎麼可能不心動？我真的很心動！

我一把掀開帳篷的簾子，卻見裡頭的修瞬間縮緊身體，驚慌失措地抱著自己的頭，不敢看我。

「女王大人……有、有何吩咐？」

看到修這副模樣，我啞口無言。感覺自己更混帳了，居然連小孩子的感情都欺騙。

我走到修的面前坐下，一時不知道怎麼開口。

似乎因為我沒有開口，修忽然轉身抱住我：「我的女王大人，我的愛……我會乖乖的，不要生我的氣，不要丟下我……我聽話，我真的很聽話……我、我不會再傷害妳喜歡的男人，我不會了！真的不會了，不會了，不會了……」

他不斷地重複說著，那一遍又一遍的「不會了」深深刺痛我的心。修雖然瘋瘋癲癲，但他不傻，他感覺到了，知道靈川是我喜歡的男人……

「修，如果可以離開這個世界，我只想帶你走。」我輕輕摸上他的頭，他忽然安靜下來。「儘管我對伊森、對靈川，可能真的沒能力負責了，不過我至少會對你負責到底，我想把你帶回去看病、照顧你，兌現對你母后的承諾……」

修以雙手緊緊抱住我，就像幼小的孩子緊緊抱住自己的母親。修現在需要我，他已經離不開我了。

「妳的窩來了！」摩恩突然飛了進來，一臉嫌惡地說：「那個窩一看就知道是伊森那傢伙做的，全是他的味道！」然而雖然語氣充滿厭惡，不過他怎麼會對伊森的氣味如此熟悉？我實在不相信他對伊森沒愛。

「喔喔——」

白白忽然背著我的顏料包竄進來，撲在我身上。看見那雙碧藍的眼睛，我心情好了大半，伸出一條手臂抱住牠。

修好奇地往包內看去，但雙手依然圈緊我的身體。

我打開包，發現之前拿到的東西全在裡頭——畫筆、安歌給我的金銀首飾，以及眼罩。

我拿起靈川為我做的眼罩，以及安歌的情書，這一段段感情真是沉甸甸的。

我嘆了口氣，笑著對白白說：「白白，謝謝你。」

「喔喔喔喔——」牠在我的後背跳上跳下。

「怎麼，你也想跟我走？」

「吱吱！」牠蹲在我面前，用力點頭。

「好，我們走吧！」

我拿起包，拉起修，修匆匆抱起那盆仙人球。自從將亞夫的靈果收入其中後，他盯那盆仙人球盯得更緊了。

我拉著他鑽出帳篷，第一眼看到的就是伊森替我做的窩。雖然那個窩平時看還滿大的，在風鼇身上卻像是換了頂帽子。我開始收拾帳篷，摩恩和修也過來幫忙。

當我收好帳篷、進入巢穴時，看到了跪坐在裡面發呆的靈川。他已經換上一襲白衣，頭紗遮蓋住他的滿頭銀髮，掩覆在灑有伊森眼淚的樹葉上。

他目光呆滯地望著壁上的畫，又恢復往日呆傻的神態。

我是不是不該拆帳篷？

我把東西放好，再大的動靜也絲毫不影響靈川發呆。

當修用花藤把巢穴固定在風鼇的雙角之間後，我昂首站在風鼇的龍毛裡，沉聲說：「出發！我們組隊去打魔王吧！」

裡。

風鼇立刻飛起。摩恩坐在我的肩膀上，修拉住我的手，白白趴在我的後背，靈川則依然待在巢穴

小龍來為我們送行。因為牠是河龍、是這裡的守護神，不能離開靈都。牠若是離開，會讓靈都人陷入極大的不安之中。

我們再次飛到已經開啟的聖光之門前，靈都百姓站在飛舟上靜靜地看著我們。

風鼇停在門前，我望向那些目露擔憂的百姓，他們才剛逃離亞夫的魔掌，卻忽然看到自己的王離開，此刻他們內心深處的不安可想而知。

我看了一會兒，忍不住掀開巢穴的簾子，靈川仍坐在裡頭發呆。

「靈川，你的百姓現在很不安，你快去說些什麼好讓他們安心！」

但他依然靜靜坐在原地，沒有出聲，一身白衣和白色頭紗讓他像是一位準備迎接婚禮的新娘。

「靈川！」我有些著急。

「他們在乎的是妳。」他忽然淡淡地說出這句話，眨了眨眼看向我：「是妳，那瀾。」

我怔怔地望著他，他平靜地凝視我，隨後再次轉過頭，繼續發呆。

他難道沒失戀過嗎？需要這樣嗎？真不知道他是在折磨我還是折磨自己！

我甩下簾子，看向靈都百姓。

一個孩子忽然怯怯地問我：「那瀾姊姊，妳還會回來嗎？」

我因為他的這句話愣住了，難道真的像靈川說的，他們是在期待我留下？

我環視飛舟上的靈都百姓，才清楚地察覺到他們自始至終看的都是我！他們的目光一直集中在我

身上。

我望著他們許久，點了點頭：「嗯，我會回來的。」

至少在找到回家的辦法前，我會回來探望大家。靈都還有很多需要改變的地方，而我當初答應麵餅大叔要教他做更多美食的承諾，也還沒兌現。

我慚愧不已。即使負了靈川和伊森，我也不能負他們！

聽到我的回答，眾人紛紛露出了安心的神情，開始朝我揮手，我卻忽然感覺很對不起靈川。一城百姓相信的不是自己的王，而是我這個路人，我實在不知道該如何表達此刻複雜的心情。

對大家揮手後，風麓猛然鑽入了聖光之門中。

在穿過聖光之門的那一刻，我忽然有種我真的是女王的錯覺。我站在風麓身上，高高立於天地之間，完成了對涅梵的承諾，找到修，救回靈川，更在這個世界獲得了尊重，得到修都百姓、安都百姓和靈都百姓的敬愛。

我那瀾在這個世界，原來不是沒有收穫！

聖光之門的藍光吞沒了我的視線。

此刻的我獲得了連人王也沒有的力量，魔王的出現似乎更確立了我在這個世界的使命——帶回明洋。除了對如何解除這個世界的詛咒依然毫無頭緒之外，我已經熟悉了這個世界大半。

藍光漸漸淡去，眼前出現了那令人熟悉無比、宛如三界通道般的寬闊廣場，我這才發現廣場中央站了很多人。隨著風鼇開始下降，我總算看清楚站在廣場上等候的人是涅梵、玉音，以及安歌和安羽！

此時此刻再見這對雙胞胎，我的內心只有欣喜。

安羽沒事了！雖然他依然斜著眼睛看我。

風鼇降落後，我立刻躍下，安歌張開懷抱朝我跑來。我撲了過去，緊緊抱住他：「安歌，好久不見！」

「那瀾……」

廣場的氣氛變得格外安靜。涅梵擰眉瞧了瞧我們，側開目光，沒好氣地問：「靈川和修呢？」玉音則是挑起眉頭，軟綿綿地斜靠在涅梵身上，壞壞地望著我和安歌擁抱。

「在後面。」

我放開安歌，轉身指向身後，卻看到站在風體前盯著我發呆的靈川。當我們視線相觸時，他立刻垂下頭，不再看我。

站在靈川身邊的修則又開始飄移視線、攪動手指。每當我身邊有別的男人，或是刻意疏遠他時，他就會顯得如此不安和焦躁。

白白躲在巢穴裡，探頭觀察情況，牠似乎還沒見過這麼多人王聚在一起。

「這是靈川和修？」

安羽忽然爆出一聲驚呼，露出和安歌一模一樣的驚訝神情。安歌也感到不可思議地頻頻搖頭：

「一百五十年了，第一次知道他們長什麼樣子。」

也是啦，靈川先前一直是蒙面的狀態，修的模樣又活像殭屍，難怪沒見過他們真面目的安歌及安羽會如此驚訝。

「不錯呢！這個女人果然沒讓我們失望，不但帶回了修和靈川，還把修——」

玉音走向修，拾起他的辮子。

「給整理乾淨了～嗯……修也成為妳的囊中物了嗎？」

玉音饒富興致地朝我一瞥。修慢慢舉起仙人球，殺氣逐漸顯現。

我立刻低語：「修，冷靜點。」修這才聽話地放下仙人球。

玉音看看我，再看看修，最後卻看向涅梵，那張比波斯女子還要妖豔的臉上露出了害怕的神情：

「梵，現在修是她的了，我好怕呀～」

涅梵擰起雙眉，俊美的東方臉龐上浮現深沉難測的表情。

「小安，我也要抱抱～」

安羽忽然靠了過來，安歌的神情頓時變得有些尷尬，但還是露出寵溺的笑容：「好啊，小羽。」同時張開懷抱，作勢要抱向安羽。

然而安羽白了安歌一眼，冷冷推開他：「我才不是要抱小安，當然是抱我們的女人那瀾囉！」他邪氣地望著安歌，彷彿想看清安歌臉上的神情有何變化。

長相相仿的俊美少年，卻因為此刻神情的不同而徹底得以區分。左眼有顆美人痣的安歌似乎難以維持臉上的笑容，右眼有顆美人痣的安羽表情則顯得更加邪氣。

然而還不待安歌開口，我便欣喜地看向安羽，同時喊了一聲：「安羽！」

聽到我的呼喚，他望向我，卻在我激動喜悅的目光下後退了一步，但我已經撲上去緊緊抱住他：「看到你沒事，我終於能夠放心了！」

他的身體頓時僵硬無比。剛才他明明還在求抱抱，現在整個人卻變得局促起來，還用手推我：「滾開，不要碰本王！」

我一把抓住他的衣領：「快讓我看看好了沒？」

他立刻揪緊領口，滿臉嫌惡地看著我：「臭女人，妳發情嗎？安歌，快把你的女人拉開！」

然而安歌徹底呆在一旁，滿臉困惑地望著我和安羽，似乎還不知道我們之間到底發生了什麼事。

我拉開眼罩，用力扯開安羽的衣領：「只要看一眼！看一眼我就能徹底安心了！」

「妳滾開！」

安羽繼續跟我拉扯，但沒有使出他的神力，不然我早就被他扔遠了。

「你就讓她看一眼！」涅梵忽然開了口，煩躁地走到我身旁，直接扯開安羽的領子。「我幫妳。」

衣領大敞的安羽幾近石化地站在我面前，涅梵還用力扯了幾下，露出他赤裸的肩膀讓我看：「怎麼樣？他痊癒了嗎？」

我望向安羽的肩膀，發現他的花紋已經恢復如昔，滿布在手臂和後背上。我激動地點頭：「好了！」

「滾開！你們看夠了沒有？」

安羽一把推開我，我趔趄後退了幾步，修卻忽然出現在我面前，扶住我的身體，手中的仙人球已經突出滿身尖刺，蓄勢待發！

他滿身的殺氣再次吸引了人王們的目光。涅梵目露疑惑，玉音又是一副看好戲的神情，安歌顯得有些迷茫，靈川沉默不語，之前隱去身形的摩恩飛到我的肩膀上，吹起口哨：「咻～～咻～～右眼四五六，六個人王一個妃，怎麼分呀怎麼分～～」

安羽一邊拉衣服，一邊瞪了修一眼：「死瘋子你幹嘛，對本王不滿嗎？別忘了當初你明明是第一個想解剖她的人！」

一條毒藤霎時從仙人球裡竄出，直指安羽，安羽的銀瞳驚訝地圓睜。

「修，住手！」

我立刻出言阻止，毒藤就這樣停在安羽的鼻尖前，氣氛瞬間變得緊繃萬分，所有人王身上都隱隱散發出一股不同尋常的氣息，尤其是安歌。他站到安羽身邊，凝視著修。

修緩緩收回毒藤，沉聲表示：「安羽，不准你再碰我的愛、我的愛妃！」

「你的愛妃？」

安羽驚呼，安歌、涅梵和玉音也都露出震驚的神情。

修緩緩抬起手，指向所有人：「還有你們，全都離我的愛妃遠點，否則別怪我把你們做成標本！哈哈哈……想到要拆開你們、剖開你們的肚子，我就好興奮……」

前一刻，我還真的以為修恢復正常了，但現在看他興奮得睜大眼睛，我知道他又開始發神經了。

他開心地盯著自己的雙手，嘴角咧到最大，這副像是已經把人王平擺在手術台上活剝的興奮神色，讓涅梵這些人王也露出了不適的表情。

玉音摸起自己的手臂：「真受不了這個變態，我看還是先殺了他比較好。」

我立刻把修拉到身後，嚴正表示：「我不許你們傷害我丈夫！」

「丈夫？」玉音真的驚訝了，他在安歌、安羽和涅梵深深不解的目光中走了過來，翹起蘭花指指向我：「妳……妳真的和修這個小變態結婚了？」

「沒錯。」我拔出聖劍，指向上面的婚戒，大聲道：「我已經跟修都王——修成婚了，這是我們婚姻的證明！」

我鏗鏘有力的聲音在廣場中迴響，所有人王都怔立在原處。

難得有一件事可以讓人王們震驚一下，然而我的丈夫修卻還在為解剖人王激動地自言自語：「我要拿他們來做實驗……對對對，就從雙胞胎先開始……嘿嘿嘿嘿嘿……」

唉，我的丈夫我的修，你就不能正常一會兒，好讓我有點面子嗎？這副模樣要怎麼讓靈川心服？

更別說是未來要面對的伊森了！

他這個擋箭牌實在是派不上用場，難怪靈川完全不把這件事放在心上。

一陣驚訝之後，人王們陷入了長時間的沉默，就這樣站在廣場中央，完全沒有移動的打算。

「……我們先去鄯都吧，其他的事等與鄯善會合再說。」

最後還是涅梵說了這麼一句，大家才開始動身前往鄯都的白色大門。

誰都沒有說話，連喜歡嘲弄欺負我的安羽也一聲不吭，雙胞胎兄弟第一次沉默不語。我還記得最初見到他們的時候，兩個人的動作、表情幾乎可以說是一模一樣，雙雙拍著手把我抱走，只為了嚇唬玉音。但現在的他們各自低頭，沒有說話。

我和修結婚的這件事似乎讓這些人王們啞口無言。我們結婚很奇怪嗎？我原本以為只有明白表態喜歡我的靈川及安歌會不服，為什麼涅梵他們也一臉鬱悶？

當中最沉默的莫過於靈川，他跟在涅梵的身旁，垂頭前行，白色的衣衫墜地，伴隨著他的腳步聲，靜靜地摩擦著地面。

「你知道了嗎？」涅梵看向靈川：「那瀾結婚的事？」

「嗯。」依然是靈川式的回答，只有一個字。

「你不反對？」玉音不解地望向他。

靈川微微向後偷瞄我，我別開臉，卻看到同樣望著我的安歌，他的眸中也泛著深深的不解。

忽然，安羽伸手強行掰過他的下巴，不讓他繼續看著我。

「修在我之前。」

前方突然傳來靈川的回答。我轉頭凝視他的背影，涅梵則看向我和身邊的修，擰了擰眉，我立刻拉住修的手，告訴他們我和修不會分開。

「天下怪事真多。」玉音雌雄莫辨的臉上滿是困惑：「她居然會嫁給第一個要解剖她的變態？這女人真的瘋了……」

涅梵深沉地看著我，隨即轉過頭，黑色的背影變得有些冷酷：「哼，她沒瘋，修是最好的擋箭牌。」

「是啊～想讓修死心塌地可不是一般人能做到的～」安羽朝我瞪來，唇角勾著一抹嘲弄的笑容，像是在嘲笑自己：「我們當初實在是小看她了。先是精靈王子伊森對她死心塌地，現在又多了個修像條狗一樣跟在她身邊，我們想擁有她是越來越難了，你說是不是呢，小安？」

安羽抬手勾上安歌的肩膀，安歌也揚起和他一樣邪氣的壞笑：「說得沒錯。小羽～我們的玩具越來越強了。不過幸好我已經玩過了～但你要怎麼辦才好？」

「吱——」

白白忽然竄到我身前，對安歌和安羽表達強烈不滿，他聽得懂人話，知道那些不是好話。

「是雪猴？」安羽有些驚訝。「當年也有一隻雪猴跟在闍梨香的身邊。」他忽然一勾唇角，瞥向前方的涅梵：「涅梵，這女人跟闍梨香越來越像了呢～」

安羽還是跟以前一樣，唯恐天下不亂。

涅梵的腳步一頓，後背緊繃了一下，卻沒有理會安羽，繼續前行。風麓飛翔在我們上方，白白竄回我的後背上，摟住了我的脖子。

我和修殿後。摩恩難得一直沒有發表意見，以他的性格來說，現在應該純粹是想看好戲吧。

涅梵、靈川、玉音、安歌及安羽依序走入白色的聖光之門。我回頭望向成為一塊石板的伏都大門，心裡升起了一絲擔心。伏色魔耶還好嗎？千萬別被魔王殺死啊。

走進聖光之門時，修忽然變得有些惶惶不安，緊緊抱住我的胳膊：「不一樣……鄯都跟以前不一樣了！小心……小心……」

我還來不及明白他的話，一隻手突然伸入聖光之門，拉住我的手腕，用力把我拽了出去。這非同尋常的力量應該是雙胞胎的。

「給我出來！還在磨蹭什麼？」

一聽這惡劣的語氣就知道是安羽了。

我跟修一起被拉出鄯都之門，如寺廟高塔般的建築群頓時映入眼簾。帶著強烈古印度風格的建築聖潔莊嚴，塔廟似乎都是以白玉建成的。純淨的白色只有以少數的金色點綴，整座都城神聖得像是神話裡的西天。地板也是白玉瓷磚，纖塵不染，讓人捨不得踩髒。

路上的男性多數同樣是一襲金邊白衣，女子則身著紗麗。但更多的是僧侶！他們光著頭、赤著腳，也有一些留著捲髮的，身上都穿著僧袍。

鄯都居然是個佛教之都！

一排白衣捲髮的印度混血男子走到我們面前，對我們彎腰一禮：「幾位人王，王已經知道你們來了，請隨我們來。」

風鼇在我們上方盤旋了一下，退出了聖光之門，這裡顯然沒有牠可以降落的地方，不像修都有廣

袤的樹林，只有滿目的佛教建築，宏偉壯觀，如臨西天。

修緊緊抱住我的手臂，緊張地看向周圍的樹木花草，鄯都雖然也施行綠化，但面積不比修都寬闊，而且多是菩提樹和蓮花。

使者的腳步忽然停下，出現在我們前方的居然是數頭白象！牠們佩戴著典雅但不失奢華的頭飾，精美得如同名匠雕刻的藝術品。

「請上聖象。」使者對我們行禮。

涅梵最先踩上象腿，白象抬起腿送他上去，緊接著靈川等人也一一騎上白象。

我走到白象面前，驚訝地看著牠，牠乖巧地趴在地上，兩根雪白的象牙立在我面前。白白「咻」地竄到白象的鼻子上，看起來比我更激動。

突然間，白象捲住我的腰，直接將我提起。我一離開修，他便顯得更加驚慌不安，充滿殺氣地瞪著白象：「放下我的女王大人！」

我立刻說：「修，沒事的，你上去等我。」

在我的安慰下，修才斂起殺氣，躍上白象。白象將我舉過頭頂，鬆開了象鼻，修在下面正好接住我，雖然他看起來身型小，但力量很大，畢竟他是人王。

我坐在他身後，有些激動：「真好玩，我還是第一次騎大象呢。」

「土鱉，上面的世界沒大象嗎？」

安羽的白象緩緩走到我身邊，他鄙夷地望著我，安歌坐在他的身後。

「大象當然有，只是沒騎過。」

「走了。來這裡可不是讓你們遊玩的，我們是來對付魔王的！」

涅梵低低的嗓音從另一側而來，他陰沉地瞧了瞧我身前的修，拉長了那張俊美的臉，隨即離開。他的心情似乎不是很好。

靈川騎著白象，從我身邊無聲飄過。他呆滯地坐在大象上，身體隨著牠的步伐微微搖擺，真擔心他會不會掉下去？

我身下的白象也邁步前行，但比想像中要穩得多，除了雙腿打開的角度過大，讓我有些不適應之外，騎大象還是很舒服的。

我嘗試盤起雙腿。只要找到重心，感覺也能穩穩坐在大象上，這樣一來姿勢也比兩腿分開好看多了。

鄯都的道路格外寬闊，像是為大象們量身打造的。不久之後，我們的眼前出現了一座雪白鑲金的華美宮殿，宮殿層層疊疊，像廟又像塔，金頂在陽光中閃耀著璀璨的佛光，像是裡頭藏著散發七彩霞光的寶物。

使者們引領我們進入宮殿，卻先帶我們到有著一排房間的走廊前。

「王還沒回來，請各位先行休息。」

說完後，他們便送我們一一進入自己的房間，我的房間在靈川的房旁，對面則是雙胞胎。安歌和安羽只要聚在一塊，就必然會一起睡。

靈川沒有看我，呆呆地走向自己的房間。涅梵雙手插在黑色龍紋的袍袖裡，走過我身前，陰沉地俯視我：「我們是不會承認妳跟夜叉王的婚姻的！」

他的這番話立刻讓靈川、安歌及安羽停在房門前。玉音在涅梵身後笑看我：「沒錯，妳和修的婚禮應該是無效的～」

安羽露出一抹邪笑，靠在安歌身上，安歌也立刻露出和他一模一樣的笑容。靈川沒有轉身看我，依然呆滯地對著地面。

「有意思～」摩恩終於說話了，他震顫紫色的小翅膀，一一飛過每個人王面前：「看來這裡面也有人喜歡妳？嗯～我可愛的那那，妳怎麼這麼受歡迎？我都要吃醋了呢～」

修抓緊了我的手。我直接無視摩恩，理直氣壯地看涅梵：「你有什麼資格說我們的婚禮是無效的？」

「很簡單。」涅梵冷冷地看著我：「根據遊戲規則，在妳被八王輪流期間，出於對妳的保護，我們每個人都不能碰妳。」

聞言，靈川緩緩轉身，目光終於落在我身上。

涅梵，你不知道，已經有人違反這個規則了……

涅梵陰沉的目光掃過在場眾人：「在這個遊戲結束前，任何人都不能與妳私自成婚，直到回合結束才會決定妳的歸屬。如果有複數的人王想讓妳成為自己的從屬，妳可以自由選擇入住喜歡的國度，或是跟隨自己喜歡的人王；若妳無法選擇，則會由選妳的人王透過比賽決勝負，這就是遊戲規則。一百五十年來，每個人都遵守這點，如果有人在遊戲過程中違反規則，碰了玩具，就會被立刻淘汰出局，即使他再喜歡妳，也無法加入最後的選拔賽！」

他響亮的聲音在這條無人的走廊上迴盪。

靈川微微蹙起眉頭，平靜的臉上看不到一絲波瀾，明明他已經徹底破壞了規則，卻那麼淡定，一如他毫不猶豫地想要打破靈都千百年的戒律一樣。

我挑了挑眉，抬起頭：「是嗎？既然你說這是遊戲規則，那我的修當初沒有參加抽籤，又該怎麼算？」

涅梵立刻瞇起雙眸，掩藏起裡頭那難以捉摸的心思。

「嘖嘖嘖，小美人學會反抗了呢。」

玉音輕咬紅唇，愈發盯緊我的臉，眼送秋波，妖媚動人。

我沉下臉，環顧每個人王：「你們放心，既然這是規則，我一定會陪你們玩到底。但修已經和我結婚，等到消滅魔王後，我會帶修一起去下一個人王那裡，繼續這場遊戲！」

「妳要帶上瘋子夜叉王？那我們不是沒得玩了嗎？」安羽第一個跳出來反對：「哼，我反對。另外，我在此宣布要參加最後的爭奪賽，把妳──」他忽然閃到我面前，伸手挑起我的下巴。「從瘋子修身邊搶回來，讓我們兄弟……」

寒氣突然從一旁侵襲而至，與此同時，一條巨大的水龍瞬間沖在安羽身上，眨眼間，安羽已經消失在我面前，涅梵則揚手擋住那強勁的水勢。

人王及精靈在我面前瞬間消失的這種事已經不是一次兩次了。以前伏色魔耶經常被安羽的神力推開，摩恩也好幾次被修的花藤甩飛出去，都是沒機會再說半個字的速度。

這一次既然出現了水龍，顯然是他……

「小羽！」安歌立刻衝向被水龍直接撞在牆上的安羽。

安羽憤然躍下，全身上下被一股驚人的殺氣籠罩：「靈川，你是想現在就跟我決勝負嗎？別以為我看不出來你這個呆子也想要這女人！」

靈川淡淡地看了他一眼，手中水球再現：「是。」這個字說得既冰冷又低沉，徹底表明了他的立場。

涅梵愈發擰緊了眉，玉音悄悄地把他往後拉扯，讓安羽和靈川徹底對立。

全身濕透的安羽環起手，邪邪地笑了：「有意思～～清心寡欲的老處男也想要女人了？怎麼？難道是有人破壞規矩，嘗到了甜頭～～捨不得放手而想獨——」

「我愛她。」

這輕描淡寫的三個字徹底打斷了安羽的話。安歌、涅梵和玉音驚訝的目光齊齊落在靈川身上，圓睜的雙眼裡滿是不可置信。

靈川依舊淡定：「她是我的，就這樣。」

安羽瞪大眼睛：「什麼叫她是你的？靈川，你不要以為自己侍奉河龍，就是我們之中的王了！」

靈川眨眨眼睛看向我，我擰眉低下頭，走廊裡是他冷淡卻斬釘截鐵的聲音：「我愛她，所以你們誰敢動她，我是不會留情的。」

我往後退入房內，甩手直接關上房門——砰！終於把那幾個人王全關在門外，還有他們身上散發的緊繃氣氛。

他們都是瘋子！我總算鑑定完畢了！

修困惑地望著我，我摸摸他的頭：「去休息吧。」

他很乖，真的回到房間睡覺了。充滿印度風情的房間裡有著白色格子的木頭屏風，玄關間還有微微透明的金色紗簾，房間就在紗簾後方。修進去後開始脫衣服，赤裸的身體在微微透明的紗簾下若隱若現，看起來相當精實，不再骨瘦如柴。

我走向圓頂的陽台，白白也竄了上去，好奇地張望四周，還朝外頭「喔喔」地叫。

「如果好奇就去逛逛吧。」我話才剛說完，白白已經消失在陽台上。這應該是牠第一次離開靈都，隨我抵達另一個國度。

摩恩降落到我手邊，坐在陽台的扶手上，蹺起腿，微揚唇角：「有意思，人王們快要因為一個女人而內訌了，就算是最沉著冷靜的涅梵也要坐不住了，哼哼哼哼～～」他雙手環胸，一臉得意。

我斜睨他：「你不會是魔王的人吧，人王反目對你有好處嗎？」

「至少不會那麼無聊～～」他雙手交疊放在腦後，咧嘴笑看著我。

我冷冷地望向他：「你既然那麼閒，不如去幫我偵查一下？修經過聖光之門的時候顯得很不安，說鄯都已經不再是以前的鄯都了，你去看看吧。」

「妳命令我？」他指向自己的鼻尖。我有些好笑地說：「不是有人自告奮勇要在我身邊做奴隸的嗎？」

「呿～～」摩恩白了我一眼，起身對我行了一禮：「是～～我的女王大人～～」

他往後仰去，然後躍落陽台，化作一縷暗光，飛向遠方。

修的感覺不亞於動物，因為他可以跟植物對話；正因為修瘋瘋癲癲，所以他的表現便等於是鄯都植物的直接表現。他進靈都時沒有這樣的反應，代表這次他展現出來的恐慌不是因為到了別的都城，

究竟是什麼原因會讓植物如此不安與害怕？

但願摩恩能協助我找到答案。

咚咚！有人輕輕地敲響了門，我站到門前，心跳開始加速——會不會是靈川？畢竟剛才無疑是他對眾人攤牌了。

我怎麼也沒想到，承認愛我的第一個男人會是靈川，這個看似呆傻，心思卻異常縝密的水王。

「靈川，是你嗎？」我隔著門問。

「怎麼，妳就那麼想見靈川嗎？」

聽到是安歌的聲音，我這才安下心來，打開了門，門前正是掛著溫柔微笑的安歌。只有在安羽不在身邊時，他才會顯露出自己真正的一面。

「能進來嗎？」他問我，我有點擔心地看向一旁。「靈川和涅梵還有玉音出去了。」他看出了我的顧慮說。

我點點頭，回頭看看陷入熟睡的修，悄悄走出房門：「修很少休息，讓他安靜地睡吧，如果聽見你的聲音，他會驚醒的。」

安歌的神情頓時有些尷尬。見他的房門正好打開，我走向他的房間，裡頭寢室的紗簾也已放落，密密麻麻的格子屏風後方能隱隱聽見水聲，應該是安羽在洗澡吧。

「小安～～要不要一起洗啊～～」安羽聽到了我的腳步聲，以為我是安歌。

安歌看看我，立刻回答：「你洗吧，我不洗了。」

「可惡的靈川，居然把我唯一的一件衣服弄濕了。我們又不是來這裡玩的，誰會帶行李？」

安歌笑了笑，領著我走向陽台，陽台離寢室隔著一段距離。

我隨手拿起一顆擺在精美果盤裡的蘋果，走到陽台上。鄯都的陽光很強，身上穿著探險服的我感覺有點熱了。

眼前全是高低林立的塔廟，散發出一股莊嚴神聖的氛圍。

「為什麼把頭髮剪了？」安歌開了口，問的卻是我的頭髮。他撫上我的短髮：「妳的頭髮很漂亮。」語氣流露出一絲惋惜。

「哼哼～～安歌，人是會變的，我已經不是以前的那瀾了。」

「但妳還是只有一隻眼睛。」

安羽打趣地說。我微微一笑，遙看遠方吃起了蘋果。

「妳變得更勇敢了。」

「對不起，我扯斷了你弟弟的翅膀。」

我懷著歉意地說。安歌左眼的美人痣在雪髮下若隱若現，他側靠在陽台上，靜靜地注視我，清澈銀瞳中的柔情便是他與安羽最大的區別。

他的眼睛裡還有愛，安羽卻什麼都沒有，那雙眼睛是空洞的。

「我知道，涅梵都告訴我了，妳是為了救小羽。」

「第二次是救他沒錯……但第一次是反抗。」

見安歌目露迷惑，我納悶地問他：「怎麼，安羽沒告訴你嗎？他的翅膀是被我分兩次弄斷的，他差點死在我手上。」

安歌驚訝無比。我嘆了一口氣：「安羽是真的很愛你呢。」

「小羽是很愛我沒錯。」安歌垂下頭：「畢竟我們這一百五十多年來相依為命……」

「我知道。他晚上也睡不好，經常做惡夢。」

「你怎麼知道？」

「如果不是他強拉我陪睡，我又怎麼會扯斷他的翅膀？」我尷尬地瞄了瞄安歌，發現他的神情顯得有些複雜，眼神閃爍了一下，忽然擔心地看向我：「小羽沒對妳——」

「有涅梵在呢，你說他敢嗎？」

安歌這才稍微安下心來，垂下雪白的睫毛：「那麼……靈川是真的愛你？」

我別開臉，抱住了頭：「是啊。」

「那瀾。」安歌的語氣忽然變得無比認真：「如果靈川讓妳困擾，妳最後可以選擇我。」

我一怔。安歌想表示什麼？是選擇他的安都生活，還是選擇他？

「不，我不會選你的。」我直截了當地說，因為我尊重安歌。

「是因為小羽嗎？」他扣住了我的手臂。

我搖搖頭，抬頭望著他：「是因為你的情書。」

安歌一怔，頓時滿臉通紅，匆匆放開我的手，轉過身去：「那妳覺得我……」

「你真的比你弟弟不乾脆呢。」我打趣地拍了拍他的後背。

他眨了眨眼，連耳根也微微有些泛紅。

我收回手，撐在陽台上，望著矗立在天地間的尖頂：「安歌，我已經不想再傷害別人了。坦白告訴你，我是喜歡靈川的。」

「咦？」

「但是……我也喜歡伊森，所以我已經沒辦法大方地面對他們了。或許你們覺得要喜歡幾個女人、娶幾個妃子都沒問題，但我做不到。無論我選擇誰，都會傷害另一個人，而那個人的身影也一定會永遠存留在我心中，你覺得這對留在我身邊的他公平嗎？」我問安歌。見他睜大銀瞳怔怔看我，我嘆了一口氣：「雖然靈川說不介意伊森，但伊森呢？我又怎麼去面對兩個男人在一起的生活？我、我真的沒辦法想像！」

不知怎地，我對安歌娓娓道出了長久以來的苦惱。我需要一個傾訴的對象，但跟修說這些是不可能的，除非他能恢復正常。

「那就學著適應眼下的狀況吧。」安歌忽然這麼說。我不解地看著他，他的表情顯得有些複雜。「說實話，我很羨慕靈川和伊森，因為他們能被妳愛著，妳會為他們煩惱，我……卻連說出口的勇氣都沒有，只敢寫在紙上。聽到靈川說愛妳的時候，我很激動，心裡的話差點就脫口而出，說想爭妳。但最後還是不敢，反而是小羽……那瀾，我——」安歌一把握住我的手，真摯地注視我的眼睛。「我真的很想跟靈川爭奪妳，可是我……」

「嗯～聊什麼聊得這麼激動？」安羽的聲音突然響起。安歌幾乎像是觸電般鬆開我的手，轉身看向安羽：「……小羽，你洗好了？」

安歌果然還是在顧忌安羽，他為了強迫自己冷靜，臉上的神情頓時顯得有些不自然。

我轉頭望著安羽，卻愣在原地。安羽的上半身什麼都沒穿，赤裸而雪白的皮膚上殘留著淡淡水

光，胸口的茱萸在陽光下閃爍粉嫩光澤，纖細的腰上鬆垮地圍著白色絲綢，貼著他的臀側，將那性感凹凸的曲線展露無遺，絲綢一邊開著衩，雪白的大腿就這樣裸露而出。除了玉音外，也只有安羽能散發出這種雌雄莫辨的性感美了。

安羽甩了甩沒有乾的濕髮，水珠在陽光下四散飛濺。他朝我邪笑走來，單手扠腰，忽然一手撐在我身後的陽台扶手上，緩緩湊近我。

我慢慢後仰，緊挨著陽台扶手，他的這番舉動讓一旁的安歌緊張得不得了。

「小怪怪～～既然妳主動到我們兄弟的房間，那些討厭的護花使者都不在妳身邊，不如就讓我快活快活吧！」

他一把抓住我的手，直接把我攬入懷中，躍入寢室……安羽還真是直接啊。

這迅捷如飛的速度我早已領教過，還來不及反抗，便被他扔在柔軟的絲綢絲毯上。他扣住我的雙手，牢牢壓住，單膝跪在我的雙腿間。

他眯起眼：「先前已經跟妳較量了那麼多次，妳以為我會放開妳的雙手嗎？看妳還怎麼扯我的翅膀！」他的目光瞬間變得鋒利無比。

此時，安歌突然出現在床邊，斜靠在床柱上，同樣露出邪邪的笑容：「小羽，如果你現在動她，可就失去了永遠擁有她的機會哦～～」

安歌是在說服安羽不要動我。

安羽眯了眯眼，轉頭笑看安歌：「小安說得對，得讓小怪怪永遠在我們身邊才行。不過現在我忍不住了，該怎麼辦？不如打打擦邊球，反正小怪怪好像也挺喜歡我的吻嘛～～」安羽立刻回頭朝我吻下來。

我立刻怒喊：「安羽，別……」

砰！只見安羽頓時從我身上消失。我還來不及反應，就發現安歌已經把安羽壓在牆上了。

我眨了眨眼，坐起身來。安歌扣住安羽的肩膀，臉上第一次露出以往和安羽在一起時完全不同的神情。

「小羽，不要碰那瀾！她真的是個好女孩！」安歌著急而異常認真地說：「你想玩任何女人都可以，我甚至可以陪你一起玩！但那瀾不可以，只有她不可以……算我求你，好嗎？」

「求我？」安羽瞇起雙眸。「小安居然求我～這該怎麼辦才好呢？」他邪氣地瞥眸朝我看來。「小安越是不想讓我碰的女人，我越是想碰。小怪怪～妳讓我的小安打我了，所以……」他的眸光陡然轉厲。「我要讓你付出代價！」

他伸手直接推開安歌，朝我撲來。

「小羽！」

安歌起身追向他，安羽卻飛快地把我從床上抓了起來，「刷」一聲張開翅膀，把我直接抱到屋頂下，俯瞰著急的安歌。「小安～來抓我呀，不然……」他的手撫上了我的小腹，一手緊緊圈抱我的腰，火熱的唇印落在我的耳根上。「我可要吃她囉～嗯～在空中我還是第一次，應該會比較刺激吧？」

「小羽，快放下那瀾！」安歌的眸中噴出怒火。我抓緊安羽環在我腰間的手：「安羽，不要再逼他了！」

「妳閉嘴！」安羽捂住我的嘴：「小安～～你就是那麼懦弱，所以你的女人歸我了，哈哈哈哈哈哈哈哈～～」

安羽抱著我直接飛出陽台，一股巨大的力量卻突然自我們身後而至，有人直接撲在安羽的後背上，導致他飛得有些搖晃！

「小羽，放開那瀾……不要逼我！」身後傳來了安歌的聲音。安羽緊緊抱住我，開口卻語出威嚇：「放開？好啊～～」

環在我腰間的手鬆開了，我墜落而下，底下是一片花海。

「那瀾！」

忽然有人再次抱住我，在空中直接翻身，將我護在上方。這一刻，我看到安羽停頓在空中的身影，展開的翅膀是白色的。

他像是殘酷的天使般站在空中靜靜看我們下墜，但我望見了那雙銀瞳裡的平靜與安心，卻又夾雜著一絲痛，被他隱藏在深處。

他知道安歌會救我，他只是在逼安歌，逼這個溫柔善良的哥哥。

砰！安歌重重摔在地上，安羽再次勾起邪笑，緩緩降落。

我轉頭想察看安歌的狀況，他卻忽然推開我，瞬間從我眼前消失。下一刻，安羽就被從空中直扯而落，安歌狠狠扣住他的手臂，跨騎在他身上。圍在安羽腰間的浴巾禁不起這樣的折騰而微微攤開，導致他的大腿徹底裸露在浴巾外，在安歌身後屈起。

安歌憤恨而痛苦地掐住安羽的手腕：「夠了……小羽，不要再逼我！我愛你，但我也很愛那瀾！

是她告訴我活著應該做什麼，是她給了我未來，我不能讓你傷害她！夠了，小羽！」

「哼！你終於承認了？小安？」安羽邪邪地看向安歌：「可是你明明答應我，所有的東西都願意與我共用，所以你現在是想反悔嗎？」

安歌痛苦地垂下頭，聲音顫抖而哽咽：「對不起……小羽，對不起……我所有的一切都可以和你分享，只有那瀾不可以。但我答應你，我是不會靠近她的，好嗎？」

「夠了！」

聞言，安羽的雙眸瞬間瞇起：「懦夫！小安，你真的是個懦夫！」

我終於看不下去了，這兩兄弟有必要這樣自虐嗎？

「安羽，你別再裝了！」

「臭女人，妳給我閉嘴！」安羽朝我狠狠瞪來。安歌則陷入迷惑，朝我看來：「裝什麼？」

我憤然走到安羽身邊，俯瞰這對兄弟：「安歌，安羽是因為愛你，想讓你變得堅強，才會這樣逼你的！」

「妳給我閉嘴！」安羽作勢要起身，我立刻說：「安歌，壓住他！」

安歌眨了眨雙眼，立刻用力壓住安羽，接著迫切地看著我：「那瀾，快告訴我，把妳知道的全告訴我！」

「妳敢？」

安羽朝我大吼。我毫不猶豫地蹲了下去，把手捂在他的嘴上，他開始用力搖頭掙扎，然而被力量相當的安歌壓制住，讓他完全失去了反抗能力。

我看向安歌：「安歌，安羽是擔心你因為善良和溫柔而受到傷害——」

安歌凝視著我。我用力遮住安羽的嘴，繼續說道：「因為你溫柔善良，當年才會想替安羽死；也因為你溫柔善良，這一百五十年始終願意跟他分享一切，安羽認為唯有讓你變壞，才能使你變得強大，只有冷酷無情，才能在這個世界生存。安羽這麼做全是為了你。」

安歌怔怔地睜大銀瞳，轉頭看向已經不再掙扎的安羽。安羽側開了臉，像是被人瞬間褪去偽裝，赤裸裸地暴露在人前。

「包括剛才安羽對我做的，也是想讓你勇敢、強大起來。他是在逼你，逼你不再妥協於他、遷就於他、忍讓於他……他可能覺得現在的你是不可能得到我的，所以才會那麼做。安歌，不要再誤會安羽了，他……他是為你而墮落的！」

我情真意切地說出這些話，不想再看安歌及安羽為彼此犧牲，痛苦萬分。

「小羽……」

安歌的呼吸有些顫抖，他凝視著身下的安羽。我歉疚地望向安羽那張毫無表情的臉，緩緩放開捂住他的手。

「對不起，安羽，我……我實在不想再看你和安歌繼續痛苦下去，你裝得很痛苦，安歌其實也很難受——」

「誰要妳多嘴！」他忽然推開安歌，直接撲向我，將我的肩膀重重壓下，跨騎在我的雙腿上，憤憤看我，雙手揪住我的衣領：「現在就要了妳！」

「小羽！」安歌驚然疾呼。但我揚起手，無畏地瞪視安羽，放聲大吼：「來呀，我躺平了讓你撕！你現在就把我衣服撕碎，在你哥哥面前直接要了我！」

安羽緊緊抓住我的衣領，銀瞳卻顯得有些動搖：「妳以為我不敢嗎？」

「你當然敢！是你說的，你和你哥就喜歡在一起上女人，我現在躺在這兒，你要叫你哥哥一起嗎？」我緊緊攫住他纖細的手腕。

安羽的胸膛開始劇烈起伏，每一次呼吸都沉重異常，我彷彿聽到了隱藏其中的痛楚。他提著我的衣領，但始終沒有撕開，因為他做不到。他深愛他哥哥，知道我是他哥哥心愛的女人，沒辦法在他哥哥面前上我。

「哈哈！」他忽然大笑出聲，鬆開我的衣領，雙手垂落，低下了頭。「哈哈哈哈哈哈——哈哈哈哈哈——」笑聲中滿是苦澀。接著，他忽然仰起臉，表情帶著一絲狂氣。「哈哈哈哈——哈哈哈——」

那後仰的角度宛如脖子徹底斷裂般恐怖！

安羽的這番大笑讓安歌沉默了，他靜靜站在一旁，緩緩地垂下臉。

「那瀾！」

一旁忽然傳來靈川清冷的聲音，與此同時，冰錐倏然而至。安羽直接抬起手，看也不看地握住了朝他刺來的冰錐，冷冷地望了過去，我也跟著看去，發現在場的不只是靈川，還有涅梵及玉音。

啪！安羽直接捏碎了靈川的冰錐，冰錐化作點點冰晶，粉碎在空氣中。

靈川平靜的臉上滿是陰冷的寒氣，隨著安羽捏碎冰錐，四周的鮮花也開始凍結、枯萎，冰霜瞬間朝我這裡蔓延，氣溫幾乎降到了零度！

與此同時，涅梵也陰沉地望著一絲不掛的安羽。安歌立刻走到安羽身邊，脫下自己的衣服給安羽披上。

「安羽，你真是讓我噁心。」涅梵陰沉的聲音在花園裡響起。

玉音同樣冷冷地斜睨安羽：「嗯～～看來有人到了發情期了。」

「哼！」

安羽緩緩站起，拉好身下的浴巾，披著安歌的外衣，單手扠腰。當我正想起身離開時，卻忽然被他一把扣住，我不由得一怔。此時，安歌也扣住了我另一條手臂，臉上和安羽揚起了一樣邪氣的笑容，這兩兄弟該不會是進化了吧？總覺得徹底攤牌後的安歌和安羽默契更好了！這種默契不再是之前安歌強迫自己去模仿安羽，而是真正的契合！

「我們只不過是跟小怪怪開個小玩笑而已。靈川，我們兄弟決定和你爭到底，你說是不是啊，小安～～」安羽揚起唇角，看向安歌，眼角的美人痣讓他格外嫵媚動人。

安歌點點頭。「嗯，小羽說得對。靈川，不好意思，我也不小心愛上小醜醜了～～所以——」他倏然睜開銀瞳，緊盯著靈川。「我是不會放棄的，更不想讓小羽失望！」

「咦～～小美人好像很搶手呢？怎麼，安歌也對她有感情了？」

玉音嫵媚地倚靠在隱隱透出殺氣的涅梵身上，涅梵陰沉地盯著安歌。

安歌的視線始終聚焦在靈川平靜的臉上：「沒錯，靈川，我愛上那瀾了，從她在我的安都開始！我比你更早愛上那瀾，按照順序是輪不到你的。」

安歌鏗鏘有力的聲音讓周圍的空氣震動起來，不尋常的氣流掃去了花朵上的冰霜，掀起花海的花瓣。

安羽勾唇笑看神情凜然的安歌，銀瞳之中泛著一絲喜悅，他在為安歌驕傲，為他自豪。安歌終於正式跟靈川宣戰了！

然而靈川臉上的神情格外平靜，深邃的雙眸不帶一絲震驚，彷彿早已預料到這一切。他淡淡地看向安羽：「你也是吧。」

安羽一愣。

靈川回頭對我說：「走吧，瀾兒，雙胞胎傷身。」

聞言，扣住我手臂的兩隻手瞬間僵硬了。

「噗嗤！」玉音掩唇笑了，涅梵瞧了他一眼，擰眉望向我。

靈川不疾不徐地走向我，泰然自若地把我從雙胞胎手中拉走，然後淡漠地對安歌及安羽說：「想爭？等她喜歡上你們再說，現在她的心裡有我，沒有你們。」

這番話雖然說得淡然，卻鏗鏘有力地向所有人宣告「那瀾愛上靈川了」！他徹底攤牌了！

涅梵率先朝我看來，像是要求證靈川的這番話是否屬實。

安歌微微垂下眼眸，因為我剛才已經跟他承認我喜歡靈川了。見安歌的神情低落，安羽立刻恨恨地朝我睨來，咬牙切齒，像是恨我傷了安歌的心。

其實我真的覺得他們兄弟挺速配的，在一起吧，別找女人了。

「咻～～」玉音吹了一聲口哨：「靈川有辦法說出完整的句子啊～～而且一語驚人。這是他跟小美人兩情相悅的意思嗎？」

靈川拉起我，走過涅梵和玉音之間，身上的寒氣凍結了周遭的花朵。途中，他頓了頓腳步，冷冷

地瞄了涅梵一眼，沒有說出半個字，卻讓涅梵擰眉別開臉，不與他對視。

靈川就這樣把我帶離了宮殿。我愣愣望著他的背影，眼下的情況就像當初他用鍊子拴住我，走在前頭，我則亦步亦趨地跟在後面。

宮殿裡的侍從並沒有阻攔我們，見我們經過，只是恭敬地對我們行了個禮。

此時外頭突然變天了，天空陰沉沉的，像是沒多久就會降下大雨，我嚴重懷疑是因為靈川心情不好而影響了這裡的天氣。

走了一陣子後，我們停在一片湖邊。湖邊有很多尖頂無門的低矮白白屋，裡頭擺著蒲團和靠墊，像是要給人靜思用的。

靈川放開了我的手，面朝湖泊，在陰沉的天空下良久不語。他又像以前一樣開始發呆了。

這讓我很不好受。

空氣裡飄來綿綿雨絲。我沒話找話地問：「鄯善王回來了嗎？」

「沒有。」他的語氣依舊聽不出任何情緒，顯得有些心不在焉。

「那……你、涅梵跟玉音之所以出去，是為了找他？」

「嗯。」

「靈川……你……有沒有感覺到鄯都有哪裡不對勁？」

「嗯。」

冰涼的風微微揚起了他的頭紗，頭紗下是一頭美麗的銀髮。

我低下頭：「你……你把我拉到這裡，是不是有什麼話想說？」

「嗯。」

「如果是想和我在一起的話，我不想聽。我……」

「不要再壓抑自己了。」

他忽然轉過身來，平靜地看著我，我卻在他那像是能看透一切的目光中後退了一步。

他看出來了，他知道了！我在他的面前永遠無法隱藏！

「瀾兒，不要壓抑對我和伊森的愛。」他朝我靠近一步。我再度後退：「不，不，不！」

我扭頭開始狂奔。

嘩——

大雨傾盆而下，細密的雨簾讓眼前的世界變得模糊而朦朧，同時淋濕了我的身體、我的靈魂。

「瀾兒，不要壓抑自己。」前方的水簾中忽然出現了靈川透明的水影。

我立刻轉身，舉目所見卻依然是靈川。

「不要壓抑自己，那會讓妳痛苦。」

我驚慌失措地拍開他的身影，繼續往前跑。他的水影在我的身旁飄盪：「瀾兒，不要強迫自己不愛我們，那是對妳自己最大的折磨……」

「不！不——」我朝他大吼，他卻依然平靜地對我說：「瀾兒，釋放自己，去愛我們。」

「你要我怎麼釋放？怎麼去愛？」我在大雨中朝靈川的水影痛苦大喊：「我明明不想傷害你和伊森的，真的不想！可是事情已經變成這樣了，我到底該怎麼辦才好？我還想回家，我不想被同化！如果有兩全其美的方法，你以為我不想嘗試嗎？一切都是我沒用……我還利用了修，我真的覺得很對

不起他……想補償他。我知道除了愛他之外，沒有更好的方法了，可是……可是我已經愛上了你和伊森，又怎麼還能再去愛他？我做不到……真的做不到……我感覺對不起你，對不起伊森，對不起修，對不起安歌……這些感情太沉重了，你知不知道？」

我捂住被雨淋濕的臉，一步步往後退，卻撞上了一具溫暖的身體。靈川輕輕擁住我，在我耳邊柔聲呢喃：「當妳對伊森懷抱著愛意時，曾經同化過嗎？」

我在他的懷抱中微微一怔。

「可見愛上我們之中的任何一個人，並不會使妳同化，會同化是因為妳想留在這個世界。」靈川的語氣看似平淡，卻總能精準指出重點。「瀾兒，我不會強留妳在我身邊，讓妳受詛咒纏身，我會和妳一起找到方法離開這裡，所以不要再壓抑自己的愛，我不想看妳那麼痛苦。唯有釋放自己去接受愛，妳才會感到快樂，無論是我的、伊森的、修的，或是安歌和安羽的。只要我們當中有一個人的愛能讓妳快樂，我就會快樂。」

「靈川……」

我怔怔地望著面前的雨簾，滂沱大雨讓這這世界的一切都變得模糊而虛幻。

「釋放自己，瀾兒。」靈川緩緩轉過我的身體，濡濕的銀髮緊貼在他俊美無瑕的臉龐，星輝的雙眸中彷彿懷著博大的天地。「我愛妳，只想看到妳快樂。」他濕淋淋的手撫上我同樣被雨水打濕的臉。「既然妳現在還沒辦法離開，為什麼不讓自己去愛？如果妳這十年內都無法離開，難道就要這樣痛苦十年嗎？不要再強迫自己選擇誰了，讓我們來為妳選擇。我想留在妳身邊，也不介意妳身邊還有別的男人，如果伊森願意，他當然可以和我一起留在妳身邊，像他那種天然型白痴是不會有異議的，妳如果不相信，可以去問他看看。」

天然型……白痴……

我呆呆地望著靈川，他似乎已經徹底看透了天然呆屬性的伊森，好像比我還要瞭解伊森？他真的認為伊森會跟他一起留在我身邊？

「如果妳還是不願意選擇我，現在就可以殺了我，這樣我就不會再出現在妳面前，讓妳選擇得如此痛苦。」他心疼地摸著我的臉，瞳仁漸漸失去神采，千年死寂再次籠罩在他的眼中。「既然無法和妳在一起，我也不想回到以前那種只會發呆的日子，所以如果妳真的愛我，請就此了結我，幫我解脫。」

他抬手輕輕揭開我的眼罩，在我的面前緩緩解開腰帶。隨著衣衫敞開，他赤裸的胸膛和那滿身美麗的冰紋也映入我的眼簾。

我的心瞬間像是被千刀萬剮般，痛得窒息。為了不再讓我痛苦，不再回到過去的日子，靈川寧願選擇死！

他執起我的右手，放在他濕透的心口上：「殺了我吧，我知道妳有能力。」

我不停搖頭……我不能！我做不到！我怎麼能殺靈川？他是我心愛的男人！

我的心開始猛烈收縮。他握住我的手，我卻感覺他像是直接攫住我的心。我愛他，我真的愛他，這份愛壓抑著我、糾纏著我、折磨著我，我因為要做出選擇而痛苦不已。

「既然妳不想殺我，那麼……我也不想再忍了。」

「什麼？」

靈川突然低頭吻在我的唇上，冰涼的唇沾染著雨水。他扣住我的身體與已然濕透的短髮，撬開了我的牙關，開始用力啃咬我的雙唇！

「唔！唔！」

我在他的身前掙扎，雨水沖刷在我們身上。隨著他每眨一下眼睛，雨水便會自他的睫毛上顫落，跟著他的吻一起進入我的口中。

「如果有辦法，請帶我走。」

他深情款款地說，伴隨著火熱的氣息一起吐入我的口中，讓我的血脈隨著他的氣息賁張。

我望著他迷濛的雙眼，不可置信地問：「你真的願意放下這裡的一切、放下你身上的神力跟我走？」這些神力是這個世界特有的產物，一旦離開這個世界，或許就沒有神力了。

靈川微微離開我的唇，緊緊握住我的手，和我十指交扣，平靜的眸中第一次湧出強烈而洶湧的情感。他灼灼地盯著我的臉，朗聲說：「我願意！那瀾，我願意跟妳離開這個世界！如果我的身體無法離開，就帶走我的靈果！我的靈魂將會跟隨妳前往妳的世界，永不相離！」

他全身的冰紋忽然閃耀強烈而刺眼的光芒，瞬間包覆住我的身體，不再只有我的右眼才能看見。

靈川一愣。

就在此時，我清晰地看到一條條冰紋從他衣衫大敞的胸口開始消退，不由得驚訝地摸上那些花紋，它們迅速彙聚到靈川的胸口，剎那間化作一朵閃爍藍光的冰蓮，深深烙印在靈川心口的肌膚上。

我愣愣地望著神紋的變化，這變化到底意味著什麼？

藍光消失後，靈川也困惑地看了看自己的雙手，然後抬眸看我：「發生了什麼事？」

我沉思了半晌，一把拉起他的手，跑進旁邊的小房間裡，一件件脫下他的衣服。他呆呆地看了一會兒，似乎理解到了什麼，迅速甩開所有的衣服朝我撲來，吻上我的唇，也開始脫我的衣服。

「唔……唔！」我費力地推開他赤裸而滾燙的胸膛，他的手卻仍停在我胸口的鈕扣上。我著急的說：「我不是要跟你做這件事！」

他的眼神微微劃過一絲失落，強壓下裡頭正熊熊燃燒著的冰藍火焰，雙手垂落，黯然低下了頭：「哦……」聲音聽起來是那麼地委屈和可憐。

我扯掉眼罩，檢查他的身體。沒了，沒了！手臂上、身上、後背上的花紋全都沒了，只餘下胸口的那一小朵冰蓮。

我的心跳開始加速，這個變化難道預示了什麼？我得證實一下。

我抓起他的手：「靈川，我想咬你一口，你忍忍。」

「嗯。」他呆呆地點了點頭，也不問我為什麼要咬他。

我毫不猶豫地狠狠一口咬下，他的手微微動了動，但沒有抽手，而是任由我繼續咬。他的雙眉緊緊皺在一起，忍住被我咬破手指的疼痛。

一股熟悉的溫熱感忽然湧入我的唇中，不再是奇怪的細沙，而是滑膩且鹹腥的液體！

我的眼淚立刻激動地奪眶而出。靈川一怔，匆匆撫上我的臉：「怎麼了？」

「我好高興……」我張開了唇，拉出他的手指，上頭沾著鮮紅的血液。「你自己看！」

靈川徹底愣住了，星輝的瞳仁裡水波晃漾！

「靈川，詛咒解除了，解除了！或許我們真的可以找到回家的路了，你可以跟我走了！」

我激動地撲向他，緊緊擁住他濕淋淋的身體。

他在原地呆滯良久，我高興地蹭著他溫暖的臉。靈川有血了，不再是人王們口中的怪物了。

「瀾兒，謝謝妳——」

他激動地表示，重重吻落我的脖頸、耳側……一切他的唇可以觸及之處，進而扶住我的後腦，重重親吻我的側臉，熱辣辣的吻帶著灼人的溫度。我緊緊摟住他，也吻上了他的銀髮及耳垂。他的胸膛開始劇烈起伏，火熱的手撫上了我濕透的衣衫，在我的後背不停地游移。

我的呼吸變得凌亂，衝動化作久違的激情，在我們的身體深處熊熊燃燒。他滾燙的手撫上我的後背，攀上了我的酥胸，一顆一顆解開我的衣扣。我身上的衣衫在他的手中敞開，他直接握住了我柔軟的挺立，開始揉捏。

他大口地吸吮我的唇，一手緊緊扣住我的後腰，讓我緊貼他赤裸的身體，冰霜逐漸在四周形成，封住了小屋的門口，成了一扇冰門，外面的世界變得模糊不清，嘈雜的雨聲也隨之消逝。

我跪坐在他的腿上，他順著我的頸項開始吻下，火熱的唇一點一滴地熨燙過我的肌膚。我揪緊了他濕透的長髮，緊緊圈抱住他的身體，他的身體不再像以前那般冰涼，而是和我同樣滾燙。

我的血液隨著他的吻而沸騰。他托起了我的腰，將我的酥胸送到他面前，隨即一把扯開我內衣的領口，在雪乳跳出之際，他含住了上面的櫻粒，火熱的口腔裹覆在那小小的粉蕊上，我的大腦瞬間一片空白，只知道抱緊他，沉浸在他和我的激情之中。

他一邊吮吻我的蓓蕊，一邊褪去我的外衣，托住我的後背，盡情地啃咬我的聳立。貼身而顯得有些緊繃的內衣讓他有些焦躁，他抓住衣襬直接往上提，拽過我雙臂的同時也把我壓在柔軟的蒲團上，衣衫蒙住了我的臉，讓我無法看清眼前，失去視覺的身體對碰觸和親吻變得更加敏感。在他炙熱的舌頭舔弄下，我不由得嬌聲呻吟。

「嗯……嗯……」

「呼……呼……」

小小的矮屋裡只聽得見他粗重的呼吸聲，不再是因為藥物控制，也不再是為了認真探究，這次他是真切地以親吻來表達對我的欲求。

靈川的吻落在我的肚臍上，灼熱的手褪下了我的褲子，我的下半身頓時感到有些空涼，冰冷的空氣覆上我赤裸的雙腿，卻旋即遭到他的雙腿阻擋。彼此的腿開始糾纏、磨蹭，他攀上我的酥胸，輕輕揉捏，隨後再次吻落，壓上我一絲不掛的身體，在我的身上磨蹭。

他除去了纏住我雙手的內衣，泛著潮紅的臉龐映入我的眼簾，臉上神情卻一如往常地淡定。他深情地看著我的眼睛，即使雙眸裡的火焰熊熊燃燒，臉上依然沒有任何表情，宛如已被情欲徹底吞沒，那痴痴的眼神裡，他的整個世界裡，只有我那瀾一個人。

他溫柔地摸著我的臉，撫過我的眼角，凝視著我：「上次妳哭了……」

我定定地看著他，也撫上他的臉龐，他的銀髮滑落在臉邊，垂在我赤裸的身上，感覺有些癢。

他的腿在我的腿側蹭了一下，某個滾燙的硬物瞬間落入我的腿間，灼熱的溫度讓我瞬間繃緊神經，畢竟上次的記憶實在是不怎麼美好。

「對不起……」他歉疚地吻上我的唇：「我不該奢望妳原諒，甚至接受我……」

我緊緊抱住他的身體，他的一步步進逼反而讓我的心獲得了釋放與救贖。

腿間的硬物搏動了一下。他埋在我的頸項，手再度開始撫觸著我的身體，擦過我的櫻粒，摸過我的小腹，抵達我的密區，最後就這樣緊緊貼在上頭，一動不動。

「瀾兒……我不想再忍了……」

說完，他的手指倏然貫穿我的身體，異物的進入讓我的身體微微縮緊，他火熱的吻也再次落下。靈川含住了我的耳垂，吞吐啃咬，手指在我的下身不停地抽插進出，我的身體在他的挑弄下瞬間抵達燃點。我緊緊抱住他，雙腿開始不由自主地蹭上他有力的腰肢。

他回到我的面前，深深吻入我的雙唇，卻又忽然抽出手指，瞬間的空虛感讓我焦躁不已。然而下一刻他便將我一把抱起，放下時伴隨著硬挺的深深進入，蜜穴瞬間被填滿，讓我不由得緊緊揪著他的後背，雨水自他的銀髮滴落，滑落他寬闊的胸膛和明晰的肌理。他一邊抱住我，一邊深深呼吸，硬物在我的體內搏動，變得更加巨大硬挺。

我喘息著撐上他的肩膀，緩緩撫過他的胸膛，那心口的神紋依然閃耀，但已經不再是枷鎖，而是神力的象徵。

當我摸過那朵美麗綻放的冰蓮時，他的胸膛微微繃緊。然後，我情不自禁地碰了碰他胸口的茱萸，櫻粒頓時凸起，他也扣緊了我的腰。我的手再次拂過他的腹部，那清晰的肌理證明這具身體是多麼地強而有力。

「瀾兒……」

他猛地把我托舉起來，埋入我的雙乳之間，緊接著開始使勁撞擊，抱坐的姿勢讓他的進入更深更有力，每一次頂入都讓我的大腦閃過電光。

「呼……哈……」

他低沉的喘息使這間小屋的氣氛變得更加淫靡，沒有高亢的喊叫與大聲的喘息，屬於靈川的靜謐卻讓人更加難以自拔。

他一邊啃咬我的聳立，一邊托起我的腰身，長眠已久的情欲在解放後宛如浪潮般源源不斷。他再次輕輕放下我，吻上我的唇，繼續挺進，然後深深地凝視我的臉，似乎不想放過我臉上任何一絲表情變化。

我羞臊地轉開臉：「可不可以……別看？」

「不行。」他以有些沙啞的嗓音直接回絕我。

我捂住自己的臉，他卻將我的手用力掰開，壓在我的臉側。我忍不住問他：「你在看什麼？」

他深情款款地說，說：「……妳的美。」

我一愣，他卻在此時忽然用力挺進，呻吟瞬間從我的口中流瀉而出：「啊！」

我立刻咬緊嘴唇，但他仍繼續痴痴地注視著我，並在我的上方不斷律動，銀髮也在他動作中飄顫，閃爍著絲絲藍光，美得動人心魄，甚至讓人覺得聖潔。

與靈川結合令人體會到這是人類最聖潔美好的事，沒有任何汙穢淫亂的感覺。

靈川，你讓我感覺自己是在被淨化。

他微微皺起雙眉，眨了眨那雙星輝的灰瞳，體內的硬物忽然脹大，緊接著我便感受到熱液流入。

「呼……呼……」他緩緩趴了下來，伏在我赤裸的身上，深深呼吸：「瀾兒，我滿足了……」

我害羞地別開臉：「這種事不要說出來！」

唉，靈川就是這樣，什麼事都要說出來探討一下。

隨著體內的小靈川緩緩退離，熱液也跟著湧出，我覺得自己的臉熱到極點。

靈川繼續壓在我身上，久久沒有退開。朦朧的冰門透入了一絲陽光，橘紅色的，似乎是夕陽。

看來他不想起來，我也是。

我們就這樣一直抱著彼此。不知抱了多久，他微微撐起身體，轉頭望向冰門外，淡漠的神情裡流露出一抹深沉。

「怎麼了？」

「修。」

隨著這個字從他口中出現，一條毒藤猛然穿透了冰門，靈川擰眉，一把握住了它，只見毒藤上浮現亞夫的神紋。

是……是亞夫牌仙人球！修真的來了！

「你們到底在裡面做什麼？啊——你們在做什麼——」

外頭傳來了修的怒吼。毒藤在靈川手中凶猛地掙扎，像是一條可怕的黑色舌頭！

鮮血從靈川的手中汩汩流出，我驚訝地起身握住他的手，他卻只淡淡看了我一眼：「快穿上衣服！」

「可是——」

「只有妳能阻止這件事，我不想傷害他！」

他深情地望了我一眼，神力自手中爆發，毒藤逐漸被封凍。

我立刻套上背心、內衣和外套，才剛穿好褲子，還來不及扣上鈕扣，整間小屋便被巨大的毒藤掀翻。靈川立刻抱起我，躍出了快要被毒藤捲碎的小屋！

靈川的銀髮在風中飛揚，他順手抄起飄在空中的外衣，圍在自己的腰間。當我們落地後，眼前只見已經被徹底擠碎的小屋，以及全身上下的神紋都在燃燒的修。

他睜大雙眼，痛苦而憤怒地看著我們：「你們到底在做什麼？我的王妃我的愛，妳為什麼要背叛我……我只好殺了妳的……靈川——」

粗大的毒藤倏然而至，直逼靈川。當靈川將我放開後，毒藤便直接繞過我，朝靈川疾飛而去。靈川連連後躍，地上的水珠瞬間化作冰錐而去，卻被無數的毒藤一一擊碎。

修發狂了……都是因為我！

我望向修。毒藤明明圍在我的四周，卻絲毫沒有傷我半分，這全是因為修愛我。然而我……

我立刻朝發狂的修跑去，大喊：「修！住手！」

「不！不——」

他的髮辮瞬間炸開，我替他繫上的中國結墜穗也在這一刻墜落地面，我與他的契約彷彿隨之斷裂。

綠色的長髮像游蛇般恐怖地飛舞，他的眼睛徹底燃起綠光，悲痛而哀傷地透過絲絲長髮看著我。

「妳為什麼要背叛我？妳為什麼要選擇他？我的愛……我的愛……選擇了別的男人……」

他忽然哽咽起來，淚水奪眶而出，毒藤也隨即自空中掉落。修一瞬間又變成了另一個人，捂著臉，緩緩跪在我面前，滿頭長髮倏然飄落，凌亂地遮住了他的臉。

「妳不要我了是不是？妳不要我了……是啊，因為我是怪物，是變態，我的愛不要我是理所當然的——」

他垂下雙手，又開始自言自語。「不！不！都是因為靈川搶走了我的愛，是靈川！一定是靈川強迫我的愛跟他走！我要殺了他！我要救出我的愛——」修的殺意再次湧現，卻又隨即看向另一側。「不，是我……都是我不好！我是怪物！我的父王、母后、妹妹都不要我，我的女王大人不要我也是正常的。她應該離開我，不該和我這個怪物繼續在一起。我是怪物……我沒人要……」

修陷入了深深的矛盾和痛苦，我的心也因為他不斷的自我掙扎而疼痛內疚。是我將他拉入這個痛苦的深淵，讓他的思路在此刻掙扎分裂。

「不！明明是靈川搶了我的女王大人，我的愛！我要殺了他，殺了所有人——」

修身上的神紋瞬間燃燒起來，一頭亂髮也開始伸長，再次像毒蛇一樣在我的身邊飄搖晃動。他緩緩站了起來，整個大地也隨之震顫，周圍的樹木劇烈搖擺。

「他要暴走了。」靈川躍到我身邊，淡淡地說：「修的神力很麻煩，也很難纏。」

我咬咬牙，看著被恨意漸漸吞噬的修。一切都是我的錯，是我刺激了他，眼前的問題應該由我自己解決，不能再像以前那樣逃避！

我深吸了一口氣，大步上前，靈川沒有阻止我。在修站起身體、即將發動神力之際，我捧住他的臉，毫不猶豫地吻上他的唇。

他瞬間睜大綠瞳，驚訝地看著我。我吻得更深了，侵入他的牙關，捲起少年柔軟的舌尖，用力吸去他滿身的怨憤。他在我的吻中緩緩閉上雙眼，如蛇的長髮也輕輕落下，垂在他的肩膀上。周遭逐漸恢復平靜，毒藤也回到一旁的仙人球裡。

整個世界終於趨於寧靜。

我深深吸了口氣，悄悄離開修那被我吻得紅腫的唇。他睜開眼睛，裡頭盪漾著綠色的水光。

我將他緊緊摟在懷中：「沒人能搶走你的愛，靈川當然也不能。你是我的，靈川也是我的，你永遠都會陪在我的身邊，知道嗎？我不准你再說自己是怪物！」

聞言，修先是輕輕回抱我，然後深深抓緊，宛如我是他的救命稻草、他的依託、他唯一的家人。

夕陽映出了粼粼湖光。我轉頭看向靈川，卻見他那淡泊如水的神情在夕陽中蒙上了一層暖光。

「你介意嗎？」我問他。

他眨了眨眼，神情相當平靜：「修很好，還是個處男。」

我的臉瞬間黑了。「我不是因為他是處男才留在身邊的！」感覺自己真的跟不上靈川的思維。

靈川再次眨了眨眼，想了片刻後又說：「他很嫩，乾乾淨淨的。」

這傢伙到底在想些什麼？這難道就是他認真思考後得出的結論？

我決定不再詢問靈川意見。看他一直強調修是個小處男，難道是因為他喜歡乾淨的男人？

「修，能不能幫我拿褲子？」

靈川揚起臉，極其自然地指向上方，我抬頭一看，臉再度黑了……靈川的褲子什麼時候掛到樹上去了？而且他還如此泰然自若地尋求修的幫助，難道是忘記剛才誰才因為他而暴走的嗎！

然而正當我擔心修會不會再次暴走時，他卻放開了我：「好。」

什麼！這兩個男人這麼快就和好了？

男人……應該說是老男人的世界我真的看不懂。

修揚起手，花藤隨即伸出，他還真的幫靈川取下了褲子。

「謝謝。」

靈川揮揮手，他面前的空氣瞬間結成了霧，方便他換上衣服。

我拾起地上的中國結，再次替低下頭去的修綁頭髮。

「你們剛剛在做什麼……」修低啞地問。我為他梳辮子的手一顫：「沒、沒什麼。」

「……我也要。」

他伸手探入我的外套，摟住我的腰，貼在我的胸脯上。我的心跳瞬間加快，感覺太陽穴跳突不已。

「我的愛……我明白……呵呵……」他放開我，忽然曖昧地笑了起來，眼神逡巡，不住點頭。

「我明白，妳是成年女人……養個像靈川那樣的男寵剛剛好……」他咧開嘴，詭異地笑著。

為修梳好辮子的我愣愣看著他，他把靈川當男寵嗎？

此時，靈川從一旁走了出來，邊走邊整理自己的衣衫。我立刻看向他：「川……修把你當我的男寵……」

我想靈川這麼聖潔的人一定會介意的。

聽到我這麼說，靈川呆呆地看了我片刻，旋即轉頭望向修：「嗯，我是你女王大人的男寵，以後我會服侍她夜寢的。」

我頓時石化在原地。看來這群人王們有著屬於自己的邏輯啊，靈川這呆子絲毫不介意什麼身分問

題……還是他覺得這樣去哄一個瘋子比較和平？

這樣真的好嗎？

「好……乖……」修還真的高興了：「要服侍好我的女王大人……」

我想自己是永遠無法理解他們這些老不死的思維邏輯了。

此時，我望見涅梵的身影，瞬間打了個哆嗦清醒過來，安歌和安羽卻已經像流星般秒速落到我面前，各自單手扠腰，宛如一面鏡子互映出兩個人影。

「又發生了什麼事？地動天搖的？」左眼有著美人痣的安歌挑眉看我：「在鄯善的地盤上開打可不好哦～」

右眼有著美人痣的安羽環視著我身邊的靈川和修：「嗯～難道是你們為我們的小那那打架了嗎？」

小、小那那？不要隨便給我取暱稱好不好？真是肉麻至極！

涅梵和玉音也走了過來。我懶得解釋，修卻忽然上前一步：「我的愛是我們的女王大人～不是你們的！」

雙胞胎們聽到這番話，同時瞇起眼睛。靈川也在此時執起我的手：「是，我已經是她的人了。」

安歌和安羽頓時瞪大雙眼，涅梵和玉音也停下了腳步。

我驚訝地看向靈川，見他說得氣定神閒，像是事實……不，這的確是事實沒錯，可、可是不要說出來比較好吧？

「靈川，你這是什麼意思？」安羽厲聲質問。

靈川有些傻氣地對他說：「你們兄弟以前和笑妃不是也經常做那件事嗎？」

安歌和安羽的臉同時黑了。我則再次感覺到靈川真的不簡單，居然連這件事都知道！別看他平時沉默寡言，原來什麼都知道。

「靈川，你是想破壞規則嗎？」

安歌上前作勢要抓靈川的衣領，毒藤卻驟然橫掃而至，他立刻退後了幾步，目露驚訝。

修陰戾地盯著雙胞胎：「不要用你們的髒手碰我女王大人的男寵……他是聖潔乾淨的……他要服侍我的女王大人！」

安歌和安羽此時可以說是完全石化在修面前了。

「你們沒有資格做我女王大人的男寵——」修繼續補充：「你們太髒了。哈哈哈哈！你們不配靠近我的愛……」

安歌立刻朝我看來，像是在向我求證，銀瞳中滿是不可置信。

我扶著額角，好想死……修這個瘋子的邏輯我實在完全不懂啊！他先是要殺靈川，結果當靈川承認自己是我的男寵後，居然開始保護起他了？現在甚至還打算為我物色新男寵？

靈川該不會是早就看穿了他的思考邏輯，所以主動承認自己是個男寵？現在他只要一動不動地旁觀修和別的男人打架就可以了！

天哪，眼下最好有個地洞讓我鑽下去，這兩個男人非要把嗯嗯啊啊的事說得全天下都知道嗎？

我一邊往後縮，一邊已經感覺到從安歌和安羽身後射來的另一道異常陰沉的目光了。我只好皺了皺眉頭，昂首向前大聲道：「沒錯，靈川是我的人了，修也是我的人，是我破壞了規則。我已經不再是你們八王的玩具，如果你們還想繼續，我可以繼續讓你們輪流，但你們別想再決定我的命運！誰敢動我一下，我就讓他灰飛煙滅！」

我抬起右手，集中所有力量甩向右側大樹，金光自手心迸射而出，直接打在一旁的樹上，被打中之處頓時在所有人王面前灰飛煙滅，形成一個大洞。

銀髮雙胞胎怔立在我面前。

「哦？看來小美人在這段時間加強了練習呢～～」

玉音雙手環胸笑看著我。涅梵冷冷地望著被我打穿的樹洞，眸中寒光閃爍不已。

「修，帶我和靈川回去吧。」我對修說。

「是……我的女王大人……」

修揚起手，仙人球瞬間回到他的手中，花藤隨即從身下托起我們，身體高高離地。我俯視下面的四個男人，靈川說開了也好，這下總算能讓他們知道我已經不是他們共同的玩具了！

總覺得靈川是刻意表明我們之間的關係的。雖然這麼直截了當的方式讓我有些不適應，但心底的種種糾結終於能徹底放下；從隱瞞欺騙轉為徹底承認後，我的心也終於獲得了完全的釋放。

除了承認時那刻的尷尬和窘迫，眼下我的心境可以說是完全放鬆了，既不用再瞞著修深怕刺激他，也少了那份欺瞞修的罪惡感，更消弭了對他感情不純的內疚心。對於靈川，我也沒了強迫自己選擇的糾結，和不得不放棄的痛苦。

承認需要勇氣。這份勇氣是靈川給我的，是他救贖了我，他才是我的恩人。

站在陽台上，靈川陪我一起看夕陽，底下的塔廟染上了夕陽的金光，讓鄯都更加變得縹緲虛幻。

修在房內替仙人球澆水，心情看起來也好得不得了。他咧嘴對著仙人球不停自言自語：「哼～哼～乖～～知道你渴了。你的王成了我的愛的男寵，哈哈哈！他也是我的了……真好啊……我又多了個家人。嗯哼哼哼……」

我回過頭望向正對著夕陽發呆的靈川：「你老實告訴我，你把修當作什麼了？」

「兒子。」他看也不看我一眼地回答。

果然……我就奇怪他怎麼一點也不介意，原來他是把修當成我們的兒子了！雖然表面上他以男寵的身分把修哄得開開心心的，實際上他卻是成了修的父親大人……根本就是腹黑川！

「我還以為你會說寵物？」

「寵物是伊森。」

……靈川已經把我身邊的男人都分類好了嗎？

他淡然地看著前方：「至於摩恩是奴隸。」

「別說了，我跟摩恩根本一點關係都沒有。」

靈川轉頭看著我：「從奴隸的角度來看，他做得很稱職。」

我扶著額角說：「你這句話可不是像在誇獎他，要是被他聽到的話，等你死了，他會把你的靈果切碎的……」

不管怎麼說，摩恩也是個死神啊，是有特殊技能的。儘管人王們活著時他拿這群人沒辦法，但死了可就得聽他的了。

靈川眨眨眼，居然笑了。雖然只是抹很輕很淺的笑容，但非常美麗。

「川，你覺不覺得這裡有些不對勁？」

「嗯。」他微微蹙起眉頭，低頭望向下方：「空了。」

他伸手一指，我往下看去，卻瞬間驚呆了。

只見整個王宮全空了！沒有侍者，沒有侍婢，望出牆外，連行走的僧侶也不見一人，整座城的人像是瞬間蒸發，不見蹤影！

我之前並沒有留意到這個異象，被靈川點出後，這才發現眼前的空城是如此地令人害怕！仔細想想，湖邊的那些小屋照理說是讓僧侶靜思所用的，卻不見沒有一個人，這不正常——這裡不是佛國嗎？

靈川又抬頭看向天空，夕日西落，整個城市卻寂寥得連一隻飛鳥也不見蹤影。照理說此時應該是鳥兒歸巢的時刻——雖然在我的世界不常見到這個現象，那是因為各種汙染及濫砍濫伐，都市裡除了麻雀和鴿子之外，幾乎已經看不到鳥兒們的身影。

然而來到這個世界後，我常常能看到鳥兒歸巢，更別說先前在森林茂密的修都了，那裡的鳥可是大到足以乘坐的！一大群掠過空中，看起來就彷彿密布的烏雲一般。

「怎麼連隻鳥都沒有？」

「……幻城。」

靈川突然脫口而出了這兩個字，我愣愣地盯著他凝視高空的臉。什麼是幻城？

砰！身後傳來巨大的聲響，緊跟著，靈川突然攬住我的腰，轉了個圈，帶我躍向一旁。隨著他的銀髮飛揚，我赫然看見房門飛過我們面前，直直掉出了陽台。

這巨大的破壞力，絕對是來自於那對雙胞胎！

看來跟人王談戀愛果然很危險。雖然我現在也有神力，可以自癒，可是誰都不喜歡受傷吧？畢竟還是會痛的！

呃，除了我們可愛的兒子修之外……

「安歌，你想做什麼？」

來人果然是安歌。只見修全身繃緊，站在房內，面朝門口。

靈川正打算要進去，我一把攔住他：「讓我自己解決吧，不然你們總是打架也不是辦法。房子可沒有自癒功能。」我指了指掉出陽台的房門。

靈川眨了眨眼，對我點點頭：「嗯。」旋即讓開一條路。我抽著眉，擰拳進入房間，映入眼簾的是已經大步進入房間的安歌和安羽，門外還有戒備地望著我們的涅梵和玉音。

「滾出女王大人的房間——」修生氣了。

安歌沉下臉，安羽揚起陰邪的笑容，瞥了瞥這間房間：「既然你們也睡這裡，為什麼我們不可以？」

「滾——」修殺氣升騰。我立刻上前拍拍他的肩膀：「修，把我的劍拿來。」

修微微一怔，殺氣立刻消失無蹤，似乎有些害怕我的劍。沒錯，我的劍可是能讓人王們瞬間灰飛煙滅的。

雙胞胎齊齊瞇起眼睛。修將我的劍平舉到我面前，我一把抓住，抬眸看向安歌和安羽：「不要拆房子了，你們兩個快跟我來！剩下的人是不是也該好好調查一下鄯都？難道你們沒發現這座城徹底空了嗎？」

站在我面前的雙胞胎，以及和門外的涅梵和玉音紛紛一怔。

我提劍穿過愣在原地的安歌與安羽之間，回頭望向他們：「還不來？」說完，我大步走到門口，兩人立刻隨我而至，伴隨著整齊劃一的腳步聲。

「女王大人！」

身後傳來修惶惶不安的聲音，似乎我只要消失片刻，便會讓他陷入無比的恐慌。

我轉身對他溫柔一笑：「修，跟緊靈川，可別讓別人的髒手碰了他。」

修眨了眨綠瞳，立刻開心地跑到靈川身邊。儘管實際上是讓靈川幫我看緊修，但跟著靈川，我也學會了對修要說反話。

靈川抬手拿出鐲子——那是以前他拿來拴我用的。現在他把它拴在修的手上，然後對我淡淡點頭：「妳去吧。」

「嗯。」

我飛快轉身，卻望見了涅梵嚴肅的面容。

「如果這裡有危險，妳先走。」

意外的，他對我說了這句話。我怔了怔，但他和玉音隨即便轉身離去。

涅梵是個鎮定冷靜的人。記得當初伏都陷入危機時，他也是為了我的安全著想讓我先走。

我之所以領著雙胞胎走出王宮，也是想證實城內確實沒了人。早先送我們過來的侍者全不見了，他們在我們不知不覺間接連消失，像是被某個神祕的空間逐一吞噬！

「真的沒人了。」

安歌驚疑地看著四周，我們站在空蕩蕩的大殿裡。雖然不見人影，燈卻全都點亮了，像是有看不見的幽靈在打理整座王宮。一切現象隨著外面的夜色越來越深，變得更加詭異。

安歌戒備地環顧四周，安羽卻一直以陰森的目光盯著我，即使我不看他，也能感覺到他的目光有多麼可怕，刺得我渾身疼痛，身上的殺氣讓他比這座詭異的宮殿更加可怕。

他忽然一把用力推開安歌，安歌頓時飛了出去。

刷！安羽展開了羽翼，一把抱起我的腰，迅速飛出了宮殿。

「小羽！」安歌追了出來：「放開那瀾！」

我有些不安地望著安歌，安歌著急地對安羽說：「小羽，夠了！」

「哼！就知道小安會心軟。」安羽冷冷地說：「既然小安問不出結果，還是讓我來吧！」說完，他圈緊我的腰，疾速上升。

「安羽，你打算把我帶到哪裡去？」

「到上面乘個涼。」

安羽抱起我，直朝王宮最高的尖頂而去。與此同時，我看到了底下跳躍緊追的安歌身影，他的雪

髮在月光中變得有些刺目。

我們來到了這座王城的制高點，那裡有個小小的圓頂涼亭。安羽帶我降落在上頭，直接把我壓在涼亭的柱子上，在月光下慢慢收起了身後白色的翅膀。

「妳對得起小安嗎？」他憤怒地瞪著我：「小安喜歡妳，他從沒這麼喜歡過一個女人！妳怎麼可以拒絕他？妳應該去愛他，在他身邊！」

「這種虛情假意的愛，你覺得真的好嗎？」我大聲反問，肩膀被安羽掐得生疼：「還是你覺得我假裝喜歡他，他就會開心了？」

聞言，安羽瞇起了銀瞳：「我不管！我要妳現在就去他的身邊，我只要看見妳在安歌的身邊！」

「安羽，我已經是靈川的人了，你覺得安歌不會介意嗎？」

「哼～～」安羽揚起唇角，邪魅地笑了，眼角的美人痣在月光中盡顯妖嬈：「女人，我們可是一百多歲的人了，妳認為我們會在意妳的身體嗎？我們要的是妳的心——」

安羽忽然直接揪住了我的心口。我愣怔看他，他壞壞地低頭湊到我的耳邊：「我們什麼女人沒嘗過？我要的是妳的心，我要妳把心給我的哥哥！至於妳跟別的男人身體上的關係，我——不——管！」

撲通！我的心臟倏然收緊，這並非心動，也不是對安羽產生了情愫，而是因為聽到了他說的「心」。

我和闍梨香在夢中相遇了無數次，我也問過她無數次該如何解開人王們的詛咒，她都指向了我的心口。

而現在靈川的詛咒解開了，難道是因為我用心愛他的緣故嗎？

可是……不對，我也用心愛著伊森，為什麼伊森身上的詛咒沒有解除？

「用心……」我在安羽的身前喃喃自語。安羽跟我拉開距離，我呆呆地望著他：「難道……意思是用心去吻？」

無數童話裡解除魔咒的方法都是「吻」，莫非在這裡也是嗎？

我凝視著安羽，卻意外地發現他的銀瞳裡滿是動搖。他倏然收回抓住我胸部的手，眸光灼灼地看著我：「妳想做什麼？」

「做個試驗！」

說完，我直接捧住他的臉，用心、用所有的感情去吻安羽的唇。這一刻，我是愛他的——我如此告訴自己，因為我要用愛之吻解除這個可怕的魔咒！

安羽倏地瞪大眼睛，我也看到了忽然從下面躍出、停頓在月光下的安歌。他驚訝地看著我強吻安羽。

安羽忽然用力推開我，憤怒地抹著嘴唇：「妳到底有什麼毛病啊？我是要妳跟我哥哥在一起，妳不要靠近我！」

安歌降落到安羽身後，安羽立刻轉身：「小安，不、不要誤會……她發病了，你也知道她是個瘋子，是個瘋女人——」

安歌靜靜站在他面前，低頭不語。

「小安，你說話呀！你放心，只有你的女人我不會碰，你不要誤會，我不會動那瀾的！」

當安羽著急地解釋時，我走到他身後，拉開他的領子，清楚看到了依然妖嬈的黑色神紋！

「妳不要碰我！」

安羽登時轉身，滿臉通紅地瞪我！

我愣愣看他：「安羽，你變了，以前你——」

「妳給我閉嘴！」

他立刻打斷我，我一怔。安羽真的變了！

還記得之前他惡作劇裝成安歌來試探我時，明明無時無刻黏在我身邊，雖然是為了羞辱我、捉弄我，但當時的他確實對我騷擾不斷。然而今天他卻要我離他遠一點。看來在我徹底說破他的心事後，他對安歌的愛愈發明顯了。

我望著安羽惱羞成怒的表情，笑了，他頓時一僵，愣愣地望著我，身後的安歌也有些出神地看向我。

「你們都誤會了，我既沒有發瘋，也不是喜歡上安羽，只是想試驗一下怎麼解開你們的詛咒。」

他們齊齊一驚，同時露出苦笑別開臉，略顯邪魅的表情染上了一抹純真：「怎麼可能？妳別開玩笑了。」

兩人異口同聲地說。儘管這在以前經常發生，此刻卻讓兩人倏然一怔，驚訝地互看著對方。

我笑了：「這才是你們真正的默契。以前你們的那些都是裝的，現在倒真的是心意相通了。」

聞言，雙胞胎望著彼此，眨了眨眼，神情微微一滯，隨後又同時各自扭開臉，看向別處。

我輕聲對安歌說：「安歌，對不起，我知道你愛我，但我無法回應你。」

「沒關係。」

「憑什麼？」

安歌與安羽又同時開了口。安歌有些歉疚地回應我，安羽卻顯得憤慨不甘：「妳明明連試都沒有試過，卻那麼肯定不會喜歡我哥哥？靈川那呆子有什麼好的？他只會對著天空發呆，妳難道不悶嗎？」

安歌握住安羽的手腕：「小羽，算了——」

安羽憤然甩開他的手，瞇起銀瞳。「小安就是那麼軟弱！她是你愛的女人啊！」他甩手指向我的臉。「是男人就要把她搶回來！」隨即又陰沉地回頭看我。「這一百五十多年來，我哥哥從未愛上任何女人，所以妳必須對他的這份感情負責！否則——」安羽的嗓音異常低沉凶狠，銀瞳裡閃爍殺氣。

「別的男人也別想得到妳！」

「小羽……」

安歌憂心忡忡地抓緊安羽的肩膀。

我看著安羽銀瞳裡的不甘願，實在像極了那幅畫裡的眼神，我忽然恍然大悟：「原來不僅僅是我的心，還有你們的心！」

安羽瞬間愣住了，銀瞳裡的怨懟也隨之消退。我抬起手放在他的心口上：「靈川的心獲得了釋放，所以他解除了詛咒。但你們——」

「妳說什麼？」安羽立刻一把扣住我的手腕，安歌也同樣吃驚地問我：「那瀾，妳說什麼？靈川解除了詛咒？」

由於手腕被安羽握得太緊，我痛得皺起眉頭：

「是的，所以剛才我才會拿安羽來做實驗，不過沒成功。安羽的那雙眼裡充滿憤怒，我在想要解除詛咒，可能也需要你們自身的改變。」

安羽立刻鬆開我的手：「我不信！妳帶我去看！」

他又將我一把摟緊，直接躍出涼亭，一陣急速下落後，他「刷」一聲張開了翼翅，我們立刻飛了起來。

唉，他還是那麼性急啊！

人王們再次聚在一起，這次卻少了鄯善。空空如也的宮殿裡，我們成了唯一的主人；白白和摩恩至今也還未歸來，我不由得開始擔心起他們的安危。

涅梵、玉音、安歌、安羽、靈川、修齊齊坐在大殿裡。明明是鄯善的宮殿，此刻卻像是屬於我們的。

我坐在正中央，靈川和修分別坐在我的兩旁，再右邊是涅梵和玉音，左邊則是安歌和安羽。如果是在從前，這裡可不會有我的位置，因為我的立場是等著被這群人王輪流的寵物。

當時八王裡除了修之外，其餘都到齊了，然而今天修在場，卻少了伏色魔耶和鄯善，他們的失蹤讓人憂心。

涅梵疑惑地問安歌：「安歌，你這麼著急地將我們召集到此處，是不是發現了什麼？」

安歌沒有說話，反而是靠在他身旁的安羽說了起來：「這座城一眼便知有古怪，既來之則安之，鄯善遲早會出現，而且我們人王不老不死，有什麼可怕的？今天之所以召集你們來，是為了另一件困擾我們樓蘭兩千年的事！」

涅梵和玉音吃驚地面面相覷，隨後又回頭望向安羽。

安羽瞥向我，嫵媚的眸光流露出一絲天然，卻又帶著邪氣：「有人解開了……我們當中某個人的詛咒……」

涅梵和玉音頓時吃驚地看著我，修也愣住了，機械般的緩慢轉向我。

大殿裡瞬間像是被抽走了空氣，沒了半絲聲音，使原本就已經詭譎莫測的宮殿顯得更加幽靜。

靈川微微蹙眉，看著我：「妳說了？」

「嗯。」

我此刻忽然有些後悔說了這件事：「是、是啊……你不想解開別人的詛咒嗎？」

咦？靈川居然真的這麼想，還真是無情！這傢伙到底有沒有善心啊？我開始覺得他更像個惡魔了。

「靈川，你這是什麼意思？」

安羽率先跳了起來，安歌立刻抱住他：「小羽，冷靜！」

「小安，你為什麼要阻止我？他找到了解除的方法，卻刻意不告訴我們，想讓我們繼續做怪物！」

安羽真的生氣了。

「哎呀呀～～川，這次你真的有些過分囉～～」

玉音單手支臉，慵懶地笑看靈川，那妖冶的眸光裡卻泛著森然殺氣。涅梵也早就沉著臉，緔緊神情，青筋暴突了。

然而即使此刻宮殿裡的殺氣已然爆表，靈川依舊淡定。他眨了眨眼，對我說：「因為如果詛咒的解除與我跟妳發生關係有關，我不想看妳為了解除他們的詛咒而和他們每個人發生關係。」

我瞬間僵在原地。靈川，你幹嘛說得那麼直接啊？我好歹也是個女人，會害羞的好不好！

當他極其淡定地說出這番話後，整座大殿的殺氣頓時降至冰點，氣氛也變得有些古怪尷尬。

安羽緩緩坐回原位，垂下了隱隱發紅的臉，安歌偷偷瞄向他，同樣也是滿臉通紅。

「原來是這個原因？」

玉音眨著妖媚的眼睛，看著靈川，比女人還要嫣紅的唇驚訝地半張，妖嬈的姿態像是想誘惑人到他身邊，與他一起纏繞被單翻滾。

涅梵擰緊了眉頭，那兩條眉毛眼看就要打結了：「川，我們知道你跟那瀾的關係了，你不必再三強調。」

看來涅梵想的跟我一樣。

「哦。」靈川傻傻地望向涅梵：「我只是實話實說，你們不是想知道如何解除詛咒的嗎？」

靈川淡漠的口吻讓涅梵的臉有些抽筋，那副神情像是快要被逼到臨界點，崩潰了！

「真的是這樣嗎？」修咧開嘴對我說：「那女王大人，妳也能幫我解除嗎？」

我的臉一下子紅得比番茄還要紅。我錯了，我真的不應該莽莽撞撞地說出來的，果然應該先跟靈川商量一下，這下大家都誤會了！

「靈川，沒想到你這麼自私？」安羽邪邪地望著我：「小怪怪這是在救贖我們，是在做好事，說不定她自己也會很高興呢！剛才她才為了試驗而親我了哦！」

安羽壞壞地指向自己的嘴，我的臉瞬間由紅轉紫。

這些男人都有毛病嗎？為什麼非要說出來不可？這難道是值得驕傲的事情嗎？

「她是在施捨你。」靈川堅定的話語從我身邊而來，我驚訝地轉頭看他，他沒有絲毫責怪我的意思，反而以一種極其淡漠的目光看著安羽，那超脫生死的目光更像是在為安羽哀嘆：「而且肯定沒用。」

安羽再次沉不住氣地站了起來：

「靈川，你太過分了！你不要一個人霸占那瀾！從她掉下來開始，她就是我們所有人的！你已經打破規則在先，我們有權將你逐出這個遊戲！」

安羽徹底生氣了。

安歌也站了起來，雙手環胸，斜睨靈川：

「沒錯！那瀾沒有跟我們發生親密關係過，你怎麼知道她不會喜歡我們？你這麼悶，你真的覺得她會一直喜歡你嗎？」

安歌這話也算是反擊嗎？他終於被安羽刺激了嗎？

眼看氣氛越來越怪異，怪到我根本沒辦法插嘴。事態完全超出我的想像，也脫離了我的控制。

為什麼我跟人王們相處在一起，情況最後總會演變成吵架，甚至是打架？

「不可能。」

靈川更加淡然地回答，彷彿這是宇宙間亙古不變的真理，他已經懶得解釋其中原因。他的唇角甚至還挑起了一抹若有似無的笑，卻讓我的背脊瞬間發涼！

「你怎麼那麼肯定？」安羽好笑又好氣地瞪著靈川：「沒有比較，你怎麼知道誰更好？」

靈川不帶任何表情地望著他們一會兒，眨了眨眼：「因為我是處男，你們不是。」

安歌和安羽瞬間石化在當場。

「對！」修也激動了起來：「我們都是處男！你們不乾淨，配不上我的女王大人，哈哈哈哈哈哈──」

我看到涅梵扶著額角，就在我扶額之前；玉音也在他身旁掩唇憋笑。

這不對！真的不對！整件事的主旨到最後怎麼會演變成對象是處男的重要性？這到底是什麼邏輯？我完全看不懂了！

但我又不敢說出「其實是不是處男我根本無所謂」的這種話，別看靈川是呆子，他根本就是惡魔。至於修更是個瘋子，我可不想去刺激瘋子，畢竟靈川好不容易才安撫他的。

這兩人真的是以處男的身分自豪啊。

也難怪涅梵會扶額了，我看他真的快要撐不下去，即將崩潰了。

我無奈地勾住靈川的脖子，湊到他耳邊：「川，發生關係是沒用的，我跟你第一次發生關係時，你的詛咒不是也沒解除嗎？」

他淡淡地說：「那次妳沒愛上我。」

「…………」

「『那次』？」安歌訝異地看著我，一旁的安羽則咬牙切齒地說：「看來你們在一起已經不是一天兩天的事了？」

「哼，沒想到是呆小川下手最快啊？我們這些不是處男的男人倒是一直規規矩矩的。」說完，玉音勾住了涅梵的脖子：「梵，你這次太仁慈了，讓別人搶先了哦～～」

涅梵登時殺氣四射地睨向玉音，也只有玉音敢在涅梵憤怒時繼續貼在他身上。

「那瀾，妳太過分了！」安羽憤然坐下，甩頭不再看我，模樣像是在說──我再也不要跟你做朋友了！

我抽了抽眉：「你們這些人能不能把注意力集中在破除詛咒上啊？」

安歌也轉開臉坐下，和安羽一起沉悶不言。

我繼續勾住靈川的脖子，悄聲說：「川，只是相愛似乎也沒用，因為我跟伊森已經……但他也沒有解除詛咒──」

靈川一愣，呆了一會兒，星輝的銀瞳圓睜：「原來如此！如果發生關係沒用，到底又是什麼原因解除了詛咒？」

「發生關係也沒用嗎？」涅梵揉著太陽穴，緩緩抬起頭，陰戾的眸光筆直地射向我：「妳到底跟幾個男人上床了？」

我的後背一緊，雙胞胎格外陰鬱的目光再次集中在我身上，我立刻低下頭。涅梵好可怕，簡直就像爸爸一樣。

「算了。」涅梵無力地揮揮手，如此堅強的男人在這番討論下似乎瀕臨崩潰了。「川，你說說解除詛咒後的變化吧，或許能找到一些線索。」

還是他夠冷靜啊。

聞言，安歌、安羽、玉音、修紛紛陷入沉默，看向我身邊同樣安靜的靈川。

靈川說了起來：「起先，我以為解除詛咒需要滿足兩個條件，一是與那瀾彼此相愛，二是與她成為真正的夫妻。」

我總算鬆了口氣，他此刻的用詞終於變得比較正常了。

安羽恨恨地白了靈川一眼，別開臉，但沒有再開口打斷他；安歌朝我看來，銀瞳裡閃過一抹落寞。

涅梵擰眉點點頭，玉音的神情倒是格外認真。

靈川轉頭看向我：「瀾兒，妳誤會了，我之前說的『與妳發生關係』，指的便是那一次。」

我一愣，原來是我把順序搞錯了，只想著今天這次。

他繼續解釋：「因為那個人與妳真心相愛，身上的詛咒卻沒有解除，所以當妳今天接受我時，成功破除了我身上的詛咒後，我所能想到的不同之處便只有發生關係了，因為妳沒有跟我說過妳和那個人也——」

他的銀眸星輝閃爍。那個人……指的是伊森吧。

是啊，靈川先前並不知道我跟伊森也發生過關係，而今天確實是當我的心接受他後解除了詛咒，

那麼他的第一個推斷應該沒有錯，解除詛咒可能需要和我彼此相愛。

他知道我喜歡伊森，所以他開始分析自己與伊森的不同之處，在不知道我跟伊森曾發生過關係的前提下，他想到了我們的第一次，研判可能還要與我發生肉體關係，達到身心的結合，才能徹底解除詛咒。

然而現在這兩點都被我給否定了。

「見妳一直以為我指的是今天的事，我就順著妳的話說下去，順便逗逗他們。」靈川相當淡定地表示。

我愣愣看他：「逗、逗他們？」

難怪他之前表現得有些反常，還老是拿處男的事來說嘴，敢情是在故意逗弄這群人王？

「靈川，你居然敢逗我們玩？」

安羽受不了地揪著頭髮，煩躁得無言相對，看來他也快被靈川逼到絕境了。

「嗯？小川川，你變壞囉～～」

玉音笑看靈川。

我擰眉閉眼，長長吁出一口氣。唉，你們錯了，其實他本來就這麼壞心眼，只是以前不愛說話而已。

「是的，我是逗你們的。」靈川再次淡漠地承認：「這很好玩。」

靈川，亞夫知道你其實是個這麼調皮的人嗎？如果你經常這樣逗逗他，或許那孩子就能健康成長了。

「說正題！」

涅梵再次受不了地開口，寂靜的大殿充斥著有些鬱悶的氣氛。

靈川轉過頭，平靜地望向眾人：

「之前我的確懷有私心，我不能讓我的女人為了解除大家的詛咒而犧牲，我相信以瀾兒的心性，她很有可能會這麼做。但我們的最終目的是解除這個世界的詛咒，難道你們也要讓瀾兒跟這世界的每個人相愛、做夫妻？」

聞言，人王頓時無言以對。

「詛咒破除後，我的血恢復正常，神力卻沒有消失，至於是否能像正常人那樣衰老死去，抑或是繁衍後代，還需要時間來證明。」

目光漸趨冷靜的人王們面面相覷。

安羽好奇地問靈川：「你的血現在跟那瀾一樣了？」

「嗯。」

「證明一下吧。」

安羽揚起唇角。

靈川毫不猶豫地伸出左手，舉起右手，空氣頓時浮現出冰錐。我吃驚地看著這一切，一條花藤卻忽然伸了出來，捲住靈川的右手——是修！

「我可以證明——」修環視大家：「我見過他的血，是真的！是滾燙而鮮紅的血——」

他越說越興奮，雙眸睜到最大。

涅梵看著修的樣子，蹙起眉頭：

「看來是真的，修的興奮已經說明了一切。」

「那之後呢？」安羽忽然反問：「難道我們還要等到那瀾生了靈川的孩子，和他一起變老才能確定嗎？」

「是否破除了長生不老的詛咒，我們只能靠時間來證明。」涅梵認真起來：「但既然靈川的血已經恢復正常，便代表他是正常的人，不再是個怪物！」

涅梵的這番話讓在場眾人啞口無言。他們非常想擺脫怪物的身分，然而人流的是血，而非沙子。

安羽忽然抽刀割向自己的手。我驚呼：「安羽！」

不見任何表情變化，安羽就這樣劃開了自己的手心，一縷金沙自他的手心流下，所有人的目光都轉為黯淡。

安羽擰了擰眉，赫然揚手：「涅梵，你說得對，只要能變回普通的血，我願意嘗試一切方法！」

「小羽……」安歌心疼地望著安羽。安羽問靈川：「靈川，你能讓我們看看希望嗎？」

希望？這是什麼意思？

「嗯。」

靈川點點頭。

安羽從座位上起身走到我們面前，靈川平靜地看向他。當安羽將手裡的刀遞給靈川後，靈川竟然毫不猶豫地一把捏住刀刃，所有人的視線立刻集中在他握住刀刃的手上，修興奮地瞪大眼睛。

鮮紅的血從靈川白皙的指尖溢出，我心疼地別開臉，這畢竟是這群人王們的事。

鮮血一滴一滴地落在我們面前的桌上，染紅了安羽的刀。安羽激動得綻放笑容，涅梵和玉音更從座位上站起，緊緊盯著靈川的血，眼中充滿灼灼的渴望！

安羽收刀轉身，坐在原位上的安歌眸光顫動。

「小安你看，這就是我們的希望！」

這群人對血原來是那麼地渴望，他們是那麼地渴望變回一個正常的人。

「血……」修趴到桌子上，伸出舌頭作勢要去舔。我立刻受不了地提起他的領子：「修，你不要那麼噁心！我一定會讓你變回人類的！」

當我說完這句話時，所有人立刻朝我看來，我瞬間有種萬箭穿心的感覺，就這樣僵在原地。

「靈川，你一定要儘快找出方法。」涅梵立刻轉頭看向靈川。靈川點了點頭：「嗯。」

咦？靈川，萬一解除詛咒真的得執行你之前提到的那些事，我也要照辦嗎？

見靈川的目光無比認真，涅梵的神情這才逐漸轉柔，黑眸中露出了罕有的踏實與安心。他總是一副心懷戒備的模樣，卻只因為靈川答應了他而安下心來。

看著靈川平靜的目光，我想他應該是認定解除詛咒跟那些事無關了，才會答應下來。

那麼到底又是出於什麼原因呢？

我開始在一旁仔細回憶和靈川相處的每個細節。然而以我神經大條的程度來說，要想起細節實在太難了。

但靈川應該沒問題，難怪人王們把希望全放在他的身上。

不知不覺間，靈川的傷口已然癒合，可見神力依然存在。我還是能看到他心口的花紋，它們成了真正的神紋，而不是像之前一樣纏繞住人王們的身體，猛一看還真的有點像個靈魂的牢籠。

「那麼，我們進入下一個議題吧。」

涅梵的目光再次變得深沉，安歌和安羽也因為他的嚴肅而陷入沉默。涅梵像是人王中的領導著，統率著這裡每一位人王。

「川，你對這座空城有什麼看法嗎？」

涅梵望向靈川。當這些男人們認真議事時，我感覺到了他們身為人王的王者氣度，也看到他們令人敬畏的一面。

「這是座幻城。」靈川回答：「而且從我們穿過聖光之門後就一直存在了。」

涅梵點了點頭：「你果然也這麼覺得。」他擰起眉頭，事態似乎顯得有些嚴重。

我疑惑地問：「什麼是幻城？」

「是鄀善最擅長的法術。」安歌對我解釋：「我們這些人王中，只有鄀善擁有幻術的能力，一般人很可能在不知不覺間被引入他的幻境，而且幻境會成真，最後把人完全困死在其中，永遠無法脫離。」

我有些驚訝：「鄀善為什麼要困住我們？」

人王們沉默了，紛紛看向彼此。

涅梵凝重地看著靈川，靈川也難得地流露出一絲憂慮。安歌望向安羽，安羽則瞇起眼睛，舔著唇。

修惶惶不安地環顧空蕩蕩的大殿。玉音慵懶地斜倚原位上：「這有很多種可能。鄀善很有可能是在保護我們，或許魔王已經抵達鄀都。但也有可能是——」

玉音搖搖頭，顯然不想說出第二種可能。

「鄀善背叛了。」安羽替玉音說了出來，雙手環胸，斜睥冷睨：「如果是這樣，我看我們乾脆在這裡住下來，跟小怪怪一起研究破除詛咒的方法，感覺也不錯啊！」

他嫵媚地朝我看來，對我風騷地舔了舔唇，我渾身起了雞皮疙瘩。

涅梵的黑色背影忽然矗立在我前方，徹底擋住安羽的目光。他隨即開口：「川，你今晚陪著那瀾，其他人跟我一起找出口。」

「涅梵，你有什麼資格命令我們？」安羽立刻提出抗議。

然而涅梵還來不及開口，我便霍然起身，站到前方的桌子上，昂然而立：「那換我來命令如何呢？」

聞言，涅梵先是一怔，隨後微微低頭，依舊站在我的身前。

雙胞胎也驚訝地看向我，只有玉音還是那副沒有骨頭的模樣，癱在自己的座位上。

我掃視眾人，沉語道：「今晚由修來保護我，其餘的人都去找出口！我會在房間裡好好想想如何破除詛咒。就這樣，會議結束！」

「是……女王大人……」修對我恭敬地行了個禮。靈川起身走到涅梵身旁，淡淡說了句：「走吧。」

我也拉起修往回走。既然這些人王誰都不服誰，那就由我來發布命令吧！不管他們聽不聽，至少我說話了，安歌和安羽就會老實一點，不然涅梵很難搞定他們。

本來以為找到修，救活靈川，就可以湊足八王的力量，順利打敗魔王，卻沒想到在此時踏入了另一個陷阱，而且這個陷阱還是在我們不知不覺間布下的。時間上也非常巧合，正好是我找來修和靈川與涅梵等人會合的時候。

在找到修之前，我和涅梵的分工便是由他通知安歌和鄯善，負責集合眾人，商量對策，部署兵力。並在與我會合後迅速到鄯都集合，因為這裡將會是魔王入侵的第一站。

魔王無法通過聖光之門，所以他只能這樣一個都城一個都城地靠近。但他有岩漿，岩漿是可以流入聖光之門的，伏色魔耶為了不殃及其他國度，關閉了聖光之門。直到現在，伏都的聖光之門依然緊鎖著。

按照原定計畫，我們現在就應該跟鄯善集合，休息一日後啟程前往伏都，營救伏色魔耶，然後打敗魔王，結果卻被困死在這裡。

希望情況真的是像玉音說的第一個可能性，鄯都遭遇了危險，鄯善因為想保護我們而讓我們進入幻城。而非他背叛人王，效忠於魔王。

不，我不相信鄯善會背叛，他是那麼好的一個人。當初我掉到這個世界，只有他幫助我，還給了我清剛防身。

我坐在床上，翻出清剛握在手中，憂心忡忡地望著陽台外的月色：「修，你有沒有感覺到白白和摩恩的氣息？」

修站到床邊，搖了搖頭，咧嘴一笑：「這對他們或許是件好事，他們離開了。」

我放下清剛，在清冷的月光下，匕首上的寶石閃閃發光。

「但願吧……」我躺了下來。

修站在床邊，瞥了我一眼，隨即匆匆低下頭：「女王大人，我可不可以……」

「上來吧。」我直率地說，雙手枕在腦後。

「好……好……」

他匆匆脫下鞋子，爬到我的身旁，開始慢慢褪下自己的衣服。他只穿著一件外衣，雪白的皮膚在神紋的光芒照耀下，也染上淡淡的綠色。

「女王大人……」

「嗯？」

「妳能不能……再親我一下？」他低頭攪動手指，怯怯地問我。

我看看他，再次坐起身：「好。」

他顯得有些激動，雙手開始不停地揉捏。

我捧起他的臉，他眸光顫顫地望著我。我印了個吻在他的額頭上，他眨了眨綠瞳，看起來卻有些失望。

我困惑地看著他：「怎麼了？」

「我……我……我想要的……不是這個……」

我一愣，忽然想到了什麼，頓時滿臉通紅。難道他指的是我白天那個情急之吻嗎？

看來對於男女情愛有些懵懵懂懂的修，似乎因為那個吻而有了些體悟？

修緩緩抬起頭，綠盈盈的眸中閃耀著動人的光芒。他忽然將手撐在我的身側，整個人微微前傾，輕輕地吻上了我的唇。

綠色的睫毛在月光中輕輕晃動，宛如美麗的蝴蝶般從我眼前飛過，小心翼翼的吻帶出了他的青澀與羞赧。

他只是輕輕地碰了碰我的唇，便再次垂下頭，惴惴不安地飄移視線：「好了……我睡了……女王大人也睡吧……」

接著，修便像是逃跑一般，快速地躲入被子下，安靜地一動不動。

我在月光下愣愣地坐了一會兒，隨後躺在他身旁，內心因為這個吻而陷入深思。

修的感情、摩恩和白白的失蹤、人王們的查探……一切都讓我輾轉反側。

我知道自己能力有限，與其煩惱這些有的沒有的，不如養精蓄銳，以防不時之需。

但我也意識到，自己不能因為修是瘋子而不去在意他的感情，正因為他是個瘋子，對我的愛才是最純粹直接的，甚至比伊森和靈川的愛更簡單明瞭。可是，我該怎麼回應他對我的感情呢？難道真的要這樣一直哄下去嗎？

他給了我全部，不僅是愛，還有忠誠。說句實在話，如果我命令靈川和伊森去做事，他們未必會去做，但是修絕對會。他給了我太多太多，我不能這樣對待他。

「女王……大人……睡不著？」耳邊傳來修的聲音。

「嗯。」我轉身盯著他的後背：「修，如果解除詛咒，你會回到修都嗎？」

「修都……修都……我是怪物……我是怪物！父王！母后！妹妹！」修受到了刺激，再度激動起來，我立刻從身後抱住他有些輕顫的身體：「修，你不是怪物，我會讓你恢復正常的，我會的。」

此時他忽然轉身，伸手緊緊抱住我：「女王大人是我的，是我的！」

修倏然收緊手臂，勒緊我的身體，接著一口狠狠咬在我的胸上。

「啊！」

我吃痛高呼，他卻隔著我的睡裙，用力含住了我的嫩蕊，像是本能的吸吮。

即使他的動作粗暴而青澀，然而蓓蕊受到的刺激很快勾起了我深處的欲望。我的身體開始發熱，血液也滾滾沸騰。

「修！」

我慌張地想推開他的肩膀，但他使勁握住我的手，翻身壓了上來，重重將我的手扣在靠背上，隨即繼續隔著我的睡裙，大口啃咬我的雪乳，直到胸口的衣裙全部濕透，在夜風下透出絲絲的涼意。

他壓在我身上，綠瞳睜到最大，痴狂地看著我：「女王大人——我的女王大人——」修的聲音變得粗啞，幾近嘶吼，宛如我們初見之時，興奮到了極點。

我驚惶地望著他，修又變身了嗎？

修是個瘋子，精神多半處於一種錯亂的狀況下，他的大腦裡彷彿分裂出無數個修，會在他受到一定刺激時出現。

自從我找到他之後，好不容易才讓他的情緒維持在一種較為平穩的狀態下。但他偶爾還是會發狂一下，比方說有人要傷害我的時候，或是我身邊有別的男人的時候。

但他依然會聽我的話，做個乖孩子，直到現在。是靈川讓他徹底暴走了嗎？雖然我用吻讓他平靜下來，靈川以男寵的身分去哄他，但修的狀態已經不如之前那麼穩定。

「女王大人——」

修興奮大吼，赤裸裸的身體在月光下顯得格外蒼白，身上綠色的神紋也閃爍著詭譎的光亮，那一朵朵綠色的玫瑰正在朦朧的夜色中爭相綻放，展現出一種狂野的冶豔。

「妳是我沁修斯的！」他忽然扣住我的下巴，猙獰大笑：「哈哈哈哈哈——哈哈哈哈哈——是我的——是我的——」

我的心裡忽然劃過一絲喜悅……修終於能說出自己的名字了！之前他總是不敢提起自己的名字，彷彿那是個讓他陷入痛苦和錯亂的魔咒。然而現在——

「女王大人——」他湊到我面前，那張小臉上的嘴角咧到最大，宛如一副可怕的小丑面具：「我們該怎麼玩才好呢？嗯？長夜漫漫，實在是讓人好期待啊～～」

他緩緩嗅著我的臉。我繃緊全身，感覺他的口水都要流到我的臉上了。

「修，你能不能冷靜一下……」

「不能——」他坐起身體，在月光中撐開雙臂，身體散發出朦朧的綠光。修在月光中像是正準備變身的精靈：「我的愛！我的女王大人睡在我身邊，讓我無法冷靜——」

「修！」我撐起身體，他卻猛然伸手將我再次壓下，神情凶狠無比：「妳給我老實躺下！」

他重重地壓制我，眼中滿是興奮，瞳孔放大，綠髮垂落。修張開嘴，口水似乎真要滴到我的身

上。

「那麼……我們從哪裡開始呢？」

忽然間，有什麼細細的東西鑽到我胸口的衣領，在我的溝壑間蠕動，冰冰涼涼像是蛇一般的存在讓我全身發麻。我立刻一把抓住它，全身卻瞬間像是被針扎般戰慄——那居然是修的頭髮！

我僵硬地拽出那縷頭髮，它繼續在我的手上繼續蠕動。

「啊！」

我嚇得扔開它，然而另一縷綠髮又撫上了我的臉。

「喜歡嗎，我的女王大人？」修緩緩以冰冷的臉蹭上我的臉，一隻手猛然鑽入我的衣領，握住了我的聳立。「我的女王……我的愛……」

「修——」我扣住了他握住我酥胸的手。

「啊，我的女王大人！」他一邊揉捏著我柔軟的胸部，一邊嘆息：「女王大人……好香……」

我知道我身上很香，這都得感謝伊森，但現在的我一點都不想散發這股香氣。我同時在修身上聞到了非常濃郁的玫瑰花香！

我用力抓住修的手，一個翻身朝他壓下：「修，今天不行！」

修的長髮在他的臉邊蜿蜒游移，朝我的領口再次探來。我實在受不了這頭讓人毛骨悚然的頭髮啦！

「今天為什麼不行？」

他的頭髮在我的頸上上下摩挲。修瞇起綠瞳，讓人瞬間感受到了成年男子的情欲。是啊，他已經一百多歲了！

「我想要——我想要——」他朝我粗吼著，更像是在命令！

唉，他想怎麼做我都認了，然而這頭頭髮實在嚇人，讓人嚇得感覺都沒了！

我立刻握住他的頭髮，用力一扯：「別再讓你的頭髮動了！」

修微微一怔，臉上邪惡的表情忽又轉為亢奮。他抓住我的手：「對！我的女王大人，就這樣摧殘我吧——撕裂我吧——咯咯咯咯……」

我頓時全身僵硬，幾縷綠髮也從我手中滑落。好久沒出現的破鴨嗓子笑聲又出現了！修又變回我們第一次見面時的變態鬼畜狀態了！

「快！」修向我挺起胸膛，指尖一點點劃下，停落在自己心口的茱萸上：「劃開這裡——把我的心臟挖出來——獻給我的女王大人——快啊——咯咯咯咯——我好興奮！我好興奮啊——我終於要看到自己的心臟到底是紅色的，還是金色的——女王大人快把我剖開，讓我進入高……」

啪！我毫不猶豫地一掌拍下。實在是受不了！

「都說了多少次了，不要這麼變態！」

我終於忍不住朝他發飆了！

他弓起的身體又躺回了床上，頭慢慢轉了回來，臉上滿是哀傷。唉，看來他又要變身了。

我恨死精神分裂了！

「女王大人……不喜歡嗎……」他露出一副快要哭出來的表情，已然不見那屬於成人的情欲，而又回到那個十六歲的青澀少年。他的雙手在赤裸的身前不安地攪動，綠瞳裡漸漸溢出了水光，淚水自

他的眼角滑落。「我……我做錯了嗎？我……我做錯了……女王大人不喜歡我了……不要我了嗎？女王大人不要我了……因為我是變態……我是怪物……」

我撫著額角，他又變回那個自卑而沒有安全感的沁修斯了。

我摸著他被淚水沾濕的臉：「修，我當然要你，但你別像剛才那樣好嗎？我有點怕。」

「知……知道了……」他的視線開始飄移，我緊緊抱住了他。「修，今天我才剛剛接受靈川，你讓我適應一下、緩緩好嗎？我說過我會一直讓你待在我身邊的，不會不要你的，所以睡吧，我們明天還有很多事要做——」

「嗯……嗯……」他在我的懷抱中啜泣了一陣子，呼吸漸趨平靜。

我長吁了一口氣。看來瘋子變身快，睡得也快，這是累了吧？畢竟人格總是那樣分裂，大腦能不累嗎？

我一定要治好他，不然他又變成那副鬼畜的模樣，我也受不了！

好不容易哄睡了修，我躺在一旁，原本想等靈川的消息，最終還是睡著了。

我隱約感覺到有人在黑暗中注視著自己，這種可怕的感覺讓我猛然驚醒，眼前卻出現一個黑影，我驚然起身：「誰？」

然而對方就那樣靜靜地站在黑暗中，默默不語，熟悉的感覺讓我驚跳的心慢慢恢復平靜。

「闍梨香？」

人影慢慢步出黑暗，站在月光下，身上是一件月牙色、剪裁有些印度傳統服飾風格的裙衫，美麗的紗麗遮蓋了她的容顏。

她緩緩揭下紗麗——果然是闍梨香！

我驚喜地跳下床，抓住了她的手臂：「闍梨香！好久不見！」

她依然沒有說話，只是對我微笑，然後低下頭，緩緩執起我的手，將我拉出陽台，明月就在我們眼前。

銀白的月光瞬間吞沒了整個世界。當我隨她再次跨出腳步時，眼前出現了鄯都的王宮，我和闍梨香站在王宮前……不對，這不像是我現在住的王宮，因為周圍全是來來往往的人。

他們似乎看不見我們，然而這個鄯都卻比我們所住的鄯都更加真實。

「王宮？闍梨香，妳帶我來這裡做什麼？」

我疑惑地望著闍梨香，儘管她向來不說話。

她露出微笑，帶我轉身，卻見鄯善朝我們開心地跑來，身上依然是我第一次見到他時的裝扮——上半身赤裸，用許多珠鍊裝飾，下半身穿著白色寬鬆的褲子，沒有穿鞋，手上的臂環在陽光中閃耀，腳鍊上的鈴鐺隨著他的步伐發出清脆悅耳的鈴聲。

一頭微捲的長髮在他的腦後束起，兩束鬢角微垂在臉側，在他奔跑時不住晃動。那張俊美得像是中東印度混血王子的臉上布滿喜悅。

他朝我和闍梨香跑來，卻在即將撞到我們時穿過了我的身體。我一愣，但眼前的景物瞬間物換星

移，出現了王宮的花園。

花園不遠處的鞦韆上，出現了一位美麗的印度混血女孩，她有著非常精緻的臉龐，眉間掛著寶石墜飾，一頭黑髮如瀑布般披散而下。

「愛妃！」

鄯善大叫跑來，我看到他奔到了那女孩的身邊。仔細一看，女孩似乎也才十六、七歲左右。

「看，這是妳要的月亮石，我幫妳找來了。」

鄯善遞上寶石，眼中滿是寵溺。

女孩接過寶石，歡喜地握在手裡，隨即抱住鄯善：「王對我真好，無論我要什麼，王都可以給我。王，我也想像闍梨香女王一樣長生不老，像她那樣保持美麗，卡薩林雅都快要嫉妒死了，你快幫我去問問嘛～～闍梨香女王到底是怎麼長生不老的？」

鄯善溫柔的神情裡透出了一絲為難，但是他的臉上依然掛著微笑，對卡薩林雅點了點頭。

卡薩林雅開心地跳起舞來，在花園中轉圈、轉圈、不斷轉圈，翩翩的舞裙飛揚飄逸，像一朵豔麗綻放的大紅花。

我吃驚地看向闍梨香：「這就是鄯善殺妳的原因？只為了滿足自己女人長生的欲望？」

闍梨香的唇角淺淺揚起。她沒有點頭，也沒有搖頭，只是再次拉起我的手，來到了王宮的另一個房間，我們的面前站著鄯善。

這到底是鄯善的記憶，還是闍梨香的？

「女王陛下。」

著，也帶著一種女王的威嚴和疏離感。

鄯善欲言又止地望著站在窗邊的闍梨香。她身上的裙衫和我身邊的闍梨香一模一樣，即使只是站

「鄯善，卡薩林雅越來越美了。」

闍梨香沒有轉身，只是凝視著窗外，那裡有一道正在歡樂跳舞的紅色人影。

「多謝女王陛下誇獎。愛妃年紀還小，有些事情不知輕重，請女王陛下諒解。」

「她有你全心全意愛著，真幸福啊。」

「女王陛下？」鄯善顯得有些驚訝。

闍梨香緩緩轉身，笑著對鄯善說：「但你這樣寵著她，會把她寵壞的。」

聽見闍梨香的好意提醒，鄯善並沒有生氣，反而流露出一絲懷念：「卡薩林雅與我是青梅竹馬，她自幼父母雙亡，入宮成了我的未婚妻。我曾經告訴自己，一定要讓她開開心心地度過每一天，盡我全部的愛來彌補她失去父母的痛。凡是能力所及的，我一定會盡力滿足她。」

「是嗎？」闍梨香垂下目光：「鄯善，如果真的有人想奪取我的神力，我希望那個人是你。」

她輕輕抬起頭，鄯善訝異地怔立在原地。

「女王陛下，我不會那麼做的！」他著急地上前解釋。闍梨香笑了笑：「我知道你不會，但其他人會。」

鄯善顯得無比震驚，然而闍梨香的神情看起來相當坦然。她從袖子裡取出了一把匕首，我頓時愣住了——那不是鄯善送給我的清剛嗎？

「這把匕首名為清剛，是半件神器。」

闍梨香將清剛放到鄯善面前，鄯善連連搖頭，沒有接下。

「鄯善，接下它，用它刺入我的心臟，我就可以解脫了。」

「女王陛下——」鄯善的聲音顫抖起來，一步步後退。

闍梨香淡淡地望著手中的清剛：「五百年了，我終於知道最痛苦的不是看著情人在自己的懷裡死去，而是他們在眼前，卻無法相認。」

「女王陛下……」鄯善呆呆地看著闍梨香。她轉頭看向窗外：「我們被困在這個世界裡，歷經無數次生死輪迴，我認出了他們，他們卻已經忘了我。我看著他們愛上別的女人，甚至恨我，才知道這是多麼痛苦的一件事。我看著他們輪迴了一世又一世，卻無法繼續與他們相愛。被情人遺忘的感覺，是如此地寂寞和痛苦……」

闍梨香緩緩回過頭，雙目顯得有些虛無縹緲。

「鄯善，你也曾答應過卡薩林雅，要生生世世愛她吧？然而下一世，你真的能認出她嗎？」

鄯善一怔。闍梨香將清剛放入他的手中：「當他們來找我時，讓我解脫吧，看在我們也曾有一世相識相愛的份上。」

闍梨香撫上鄯善的臉，輕輕一吻。我的大腦頓時一陣嗡鳴，闍梨香愛著鄯善？

鄯善手持匕首，愣愣地站在房間中。當闍梨香離去時，他手中的清剛「匡啷」掉落在地。

我驚訝地望向身邊的闍梨香，見她平靜地看著鄯善，眸中卻已經溢出了淚光。

世上最痛苦的事，不是看著情人在自己懷裡死去，而是一世又一世和曾經相愛的人相遇，然後被對方遺忘。

「他們……真的忘記妳了？」不知為何，我的心感到一陣絞痛，痛得令人快要窒息。

闍梨香轉過身來，溫柔地看著我，伸手放在我的心口上。我對她說：「我知道了，我會用『心』幫他們解除詛咒的。可是……可是光是彼此相愛似乎沒有用？而且，我、我無法跟所有人相愛，到底該怎麼樣才能解開這個世界的詛咒？」

闍梨香微微蹙眉，看向上方。

這究竟是什麼意思？

我再次看向闍梨香，卻發現我們此時正身處日刑台上。她伸出右手，高高指向上空，我疑惑地再次仰頭看去，頂上的天空高不可攀，廣闊地無限延伸。

金光驟然而下，刺痛了我的眼睛。

我立刻低頭揉了揉眼睛，隨即朝闍梨香一瞥，她卻忽然拿出清剛，放到我的手中，目光深沉：「殺了她！」

我大吃一驚：「殺誰？」

她忽然甩手指向一旁，我順著她的手臂望去，發現我們竟然不知不覺間又站在王宮的臥房裡，床上出現了另一個闍梨香！

只見床上的她面無表情，像是一尊人偶般呆坐著，空洞的眼睛卻彌漫著一股黑暗的邪氣！

就在這時，鄯善突然出現了。他端著一碗粥，坐到闍梨香的身邊，微笑著餵她：「喝粥了。今天有沒有感覺好一點？」

「怎麼又多了個闍梨香？」我不由得驚呼。鄯善立刻回頭高喊：「誰？」

我的身體突然被彈出了那個世界，驚醒之時，天色已亮。我發現自己的手中握著一樣硬硬的東西，緩緩舉起一看——正是清剛！

我猛地坐起，愣愣看著手中的清剛……這到底是怎麼回事？鄀善究竟怎麼了？床上的那個闍梨香又是誰？

闍梨香每次出現都懷著目的，這一次更是直接要求我殺人，然而要殺的居然是「她」！

可是她不是早就死了嗎？還有剛才鄀善為什麼又能察覺到我的存在？那感覺好真實，與以往的夢境有所不同。

「女王大人……妳醒啦……」修的聲音輕輕傳來，我立刻看向他，發現他已經穿好了衣服，手裡也端著一碗粥。「女王大人……請吃……」

我的眼前頓時浮現鄀善餵闍梨香的畫面。躺在床上的闍梨香看似闍梨香，卻又讓人感覺哪裡不對，尤其是那雙空洞得宛如人偶的眼睛，裡面還泛著黑氣，怎麼想都不正常。

「修，女王陛下醒了嗎？」

靈川也來了。我抬頭看向他，他先是一愣，下一刻便衝到床邊，捧住了我的臉，在我還來不及反應時，忽然吻上了我的唇。

我愣愣地望著他，滿臉通紅。他緩緩離開我的唇，看著我點點頭：「臉色好多了。」

「咦？」靈川吻我是為了讓我臉色好看？

「妳做惡夢了嗎？」他擔心地詢問我。我有些著急地說：「你們找到出口了嗎？」

他抿了抿唇，搖搖頭。

修把粥碗送到靈川面前：「靈川……餵女王陛下吃飯……」他還真的把靈川當成下人來使喚了。不過靈川倒也沒介意，接過時還應了一聲「是」。

看不下去的我自己接了過來：「我有手，不用你們餵。」

我放下手中的清剛。靈川靜靜地拿起它，在我喝粥時問了一聲：「清剛？」

「一大早拿著清剛，這是又要殺誰呀～～」

玉音的聲音從房外傳來，眨眼間，他和涅梵的身影已然出現。緊接著，陽台外忽然被大片羽翼的陰影覆蓋，巨大的陰影一直延伸至我的床上，安歌和安羽隨即也站在陽台上。

我看著他們，擦了擦嘴。修把碗從我手中端走，我則用沒有被遮蓋的右眼看著所有人王：「正好你們都到齊了，闍梨香又給我托夢了。」

「闍梨香！」

所有人王立刻驚詫地頓住腳步，站在清晨明亮的陽光下。

闍梨香這個名字是個魔咒、是個禁忌，從我掉到這個世界開始，每個男人都會因為這個名字而瘋狂、失控、懷念、愧疚、自責。

我繼續說：「有件事一直沒告訴你們，闍梨香經常會托夢給我。在靈都時，是她帶我去看了山洞裡的壁畫，告訴我她和靈川的淵源——」我看向靈川，他呆呆地望著我。

我握住了他的手：「川，闍梨香沒有忘記你，她一直都記得你。」

靈川的眸光顫了顫，垂下眼眸。我的心中湧起一股詭異的酸澀感……唉，真是自作孽，我明明選擇告訴靈川這件事，卻又吃起醋來。

我再度看向沉默不語的人王們，涅梵的反應比我預想的來得平靜，已經向我傾吐出心事的他，此刻聽到闍梨香的名字也不再發狂。

玉音有些擔心地望著涅梵；安歌和安羽雙手環胸，相對側立，靜靜地看著別處。

「闍梨香說了什麼？」

寂寥的房間裡響起了涅梵低沉的嗓音。

「這次很特別，她給我看了一段她和鄯善的往事。她希望別人要殺她時，能由鄯善親自讓她解脫。」

「為什麼？」涅梵吃驚地朝我看來。玉音也瞇起眼睛，摸著尖尖的下巴，開始回憶：「難怪當時鄯善第一個衝了上去——」

安歌和安羽面面相覷，也朝房內看來。

我擰了擰眉，繼續說下去：「闍梨香說，這輩子最痛苦的不是看著心愛的人在自己的懷裡死去，而是看著他們一世又一世輪迴、重生，卻不再記得彼此曾經的愛，將她徹底遺忘，甚至憎恨她。我想你們當中有人很可能曾經是闍梨香的情人——」

「什麼？」

涅梵、玉音、安歌、安羽，甚至是靈川，在聽到我的話後都面露驚訝。靈川凝視著我，將我的手握得更緊了。

「所以你們親手殺死了自己的摯愛！」修忽然興奮起來：「哈哈哈！你們親手殺死了自己的情人，所以闍梨香當時沒有反抗，原來你們當中有人曾是她的愛，她才會沒有反抗。哈哈哈哈——」

我輕輕一嘆，這小瘋子說不定也是闍梨香曾經的愛呢，不過我懶得跟修解釋了。

「闍梨香認出了鄯善曾經是她的情人，所以選擇了鄯善。你們不覺得闍梨香很痛苦、很可憐嗎？」我難過地看著面前的人王：「曾經與情人許下生生世世相愛的誓言，輪迴後卻被對方徹底忘記，眼睜睜地看著他們愛上別的女人，甚至憎恨她，想殺她……闍梨香說被情人遺忘讓她相當寂寞，在這長達五百年的痛苦折磨下，換作是我也會選擇解脫。我想她死的時候，應該也是懷著恨意，才會說出那句話吧──『我終於解脫了，而你們──』」

「『會繼續孤獨寂寞地活下去。』」

涅梵、玉音、安歌、安羽和靈川異口同聲地道出了這句闍梨香臨終時的遺言。

「闍梨香孤獨了五百年，寂寞了五百年，痛苦了五百年，她愛她的情人們，卻也恨他們忘記了她，她是一個女人，不是聖母，所以她選擇用這種方法來報復曾經愛她，並許下生生世世要和她在一起的諾言的男人們，最後，她的目的達成了。但我覺得現在她後悔了，所以才會時常托夢給我，提示我如何解除你們的詛咒──」

「不！不！我絕對沒愛過闍梨香！我肯定不是她曾經的情人！」涅梵終究還是激動了起來，一雙大手揮過我面前，帶起一陣猛烈的勁風：「我的哥哥愛著她，她為什麼不接受？她可以接受的！」

「如果她不想再愛上男人了呢？」我大聲疾呼，涅梵一怔。「情人在轉世輪迴後將她忘記，雖然非他們本意，卻也像是拋棄了她，所以她不想再愛了，她累了，你懂不懂？」

聞言，涅梵低下頭，雙拳緩緩擰緊。

「一開始，她可能是不想再經歷情人死在自己懷裡的痛苦，所以怯懦了，沒有主動找回自己的

愛。後來，她看到自己的所愛喜歡上別的女人，雖然對方失去了前一世的記憶，但她仍記得。這情況就像是被情人們背叛，她開始失去信心，變得迷茫無措，無法再接受男人，難以再去愛……然後，她正好藉八王之亂來了結自己，結束這種痛苦——」

如果她一開始主動尋找轉世後的情人，結局或許會變得不同。

然而轉世後的情人並非那麼容易找到，他們會變成各式各樣的人，生活在各式各樣的環境中。他們不記得闍梨香，不會生來就去等待某個女人，即使可能在午夜夢迴時分隱約覺得心中有那麼一個女人，醒來後卻仍會繼續生活在當下的環境裡，認識新的女孩，結婚生子。

所以這種情況是否真能稱之為「背叛」？實在難以定奪，闍梨香也沒有任何理由責怪他們。這種如同啞巴吃黃蓮，有苦難言的痛楚，她只能獨自吞嚥，最後在日復一日的忍耐中醞釀出恨果。

難怪闍梨香要我不要恨，因為她已經為自己的恨感到後悔。

除非當下的環境讓這些男人們無法接觸別的女人，並跟闍梨香產生交集，曾經的愛才會被喚醒，他們也才能和闍梨香一起完成那個生生世世的諾言。

「完了……我是不是也搶了闍梨香的男人？」

我冷汗涔涔地望向靈川，然而本來就有些呆傻的他看起來卻更呆了，他指向我：「闍梨香。」

「什麼？」我一愣，這句話是什麼意思？

「不要在愛情上兜圈子！」涅梵有些煩躁地再次開口：「闍梨香與她情人們的愛情故事我一點都不感興趣，我只想知道既然她這次托夢給妳，到底有沒有帶來有用的訊息？我們不想聽她的過去，只想知道怎麼出去！鄯善到底在做什麼？」

「對啊，就算我們當中有人曾是闍梨香的情人，在她報復我們時也就兩清了～」

安羽滿不在乎地斜睨我，真不捧場！唉，我錯了，跟男人談愛情簡直是對牛彈琴，我還以為我說的話能觸動他們的心弦……真是一群沒心沒肺的傢伙！

我想了想：「闍梨香沒告訴我怎麼離開，不過我看到鄯善了，他還活著，至於為什麼困住我們，還是得出去才能問他。」

「鄯善到底在搞什麼鬼？」安歌有些氣憤地表示。

安羽聳聳肩：「誰知道呢？當年他第一個衝上去殺了闍梨香，或許他現在懊悔了，想把我們全部困住，為闍梨香報仇呢！」

聞言，所有人的目光全都投射在他身上，我也吃驚地望向他——搞不好真的是這樣！

安羽因為被看得有些彆扭，受不了地對我們說：「你們看我幹嘛？都有毛病啊？」

「不是！安羽，我覺得你說得有道理！」我情不自禁地拿起清剛，下了床。「你們看，當初鄯善送我清剛時，曾經這麼對我說——『如果他們對妳不利，就用清剛刺入他們的心臟』，要怎麼殺死你們的方法是他告訴我的！」

涅梵盯著我手中的清剛，玉音難得地陷入沉思，安羽呆立在原地，安歌驚訝地凝視我，靈川則靜靜地坐在床邊，只有修仍像個小瘋子般邪邪笑著，左顧右盼。

「當時我只覺得鄯善是好人，然而現在仔細想想，你們不覺得奇怪嗎？鄯善明明也是人王，卻告訴我該怎麼殺死你們。我當時是你們的玩具，每個月都要輪流造訪一個王都，所以也只有我能接近你們這些人王！」

人王們面面相覷，臉上的神色空前統一，凝重無比。

「在鄀善送給我清剛之前，我正好傷了修，他是不是因此覺得我具有反抗精神，想藉我的手來殺死你們這些人王呢？」

沉默開始在房間裡蔓延。我現在越想越覺得這個推測極有可能，然而當務之急還是得找到出口離開這裡，才能直接面對鄀善，解開所有的謎團。

「安羽，難得你也會用腦子思考一次。」

沉寂許久後，涅梵說出了這樣一句話。

「哼。」安羽白了他一眼，轉頭看向外面：「與其在這裡亂猜，還不如趕快找到出口，和鄀善對質～～」

眾人頓時顯得一籌莫展。

我努力回憶闍梨香在夢境裡曾經帶我去過的每個地方，腦海中忽然浮現出日刑台的輪廓。

對了，那個地方一定可以！

我立刻問靈川：「這裡有日刑台嗎？」

人王們一愣。安羽有些好笑地看著我：「怎麼，妳該不會是上癮了吧？」

「出口！」靈川忽然從床邊站了起來，涅梵頓時看向他：「川，你找到出口了？」

「嗯。」靈川點點頭：「——日刑台。」

他堅定地看著涅梵，涅梵似乎也從他的目光中接收到某種資訊，面露驚喜：「日光！」

「你們到底在說什麼？」

安羽莫名地看著涅梵和靈川。

安歌低頭想了想，隨後也露出了恍然大悟的神情。

玉音慵懶地走向陽台：「好，那我們就去日刑台看看吧～」

日刑台是處決樓蘭罪人的地方，它可以讓這裡的人徹底灰飛煙滅，甚至連靈魂都不復存在。光是使人的身體徹底沙化，那怵目驚心的景象便足以令人望而生畏。

正因為日光是這個世界的剋星，鄯善製造出來的幻城理應也無法承受日刑，因為幻城是由神力形成的，只要與樓蘭神力有關，真正的日光就對它有用。

我們站在日刑台前，修緊緊抓住我的手，顯得相當害怕。能讓小瘋子如此害怕，顯見日刑台在樓蘭人心中具有多麼恐怖的印象，即使是人王們也得在它面前俯首稱臣。

「那瀾，如果要啟動日刑台，需要有人站在神柱下。」

涅梵認真地望著我，指向那根讓人望而生厭的神柱。我鬱悶地撓撓頭，走上日刑台，站在那根神柱下。

「不……不！女王大人！」修緊緊抓住我的手：「不要進去，不要離開我——」

人王們的目光落在我和修的身上。我溫柔地摸了摸修的頭：「不要怕，我只是去站一會兒，不會丟下你的，就像在靈都那樣。」

「像在靈都……」修的眼神有些縹緲，似乎陷入了回憶當中。

在靈都，靈川打算徹底了結自己與亞夫的羈絆，居然想到用日刑讓他灰飛煙滅。當時日刑台啟動後，我便快速進入其中，修則停在外頭。

我走上日刑台，對著靈川、涅梵、安歌、安羽，以及玉音等人點點頭。幾位人王半蹲下來，準備啟動日刑台。

符文在我身下閃耀，上方天空雲層旋轉，此時靈川卻緩緩起身，打著赤腳走上日刑台。

其他人王們齊齊大吃一驚。

「川！你要做什麼？」

靈川顯得相當平靜，轉身看他們：「實驗！」

我立刻高喊：「川，這太危險了！」

然而他看起來絲毫不介意。當陽光即將落下時，涅梵倏然搶步上前，伸手把他拽回日刑台外，靈川的銀髮和衣衫頓時飛揚亂舞。修卻在此時邁開腳步，與靈川擦肩而過，朝我跑來：「女王大人，不要丟下我——」

「不！修，不要過來——」我心驚地跑向修，靈川也掙脫涅梵的手，朝修抓去：「修！」

「靈川！修！」

涅梵、玉音、安歌與安羽一邊驚呼，一邊紛紛朝他們伸出手。但就在這時，陽光傾瀉而下，將他們全數逼退！

「修——」我驚惶地抱住朝我撲來的修，他也緊緊回抱我：「女王大人……請妳不要拋下我……不要……」

「不……修！不……」我的全身開始顫抖。點點綠光自我眼前飛起，我心痛地抱緊他，淚水奪眶

而出，滴落在他綠色的長髮上。「修，你怎麼那麼傻？我只是想啟動機關，好讓我們一起離開——」我難過得無法繼續說話，只能眼睜睜看著他綠色的長髮在日光中化作飛沙，融入我眼前的金光之中，我為他束髮的金絲結也緩緩墜地，發出宛如世界破碎般的聲音。我能感覺到那雙緊緊環抱住我的手正在開始慢慢消逝……我該怎麼辦？我該怎麼辦？

「不，修，不要離開我！不要——我不要失去你——」

我更加用力地抱住剩餘的修，他卻沒有表現出絲毫痛苦，只是緊緊貼在我的臉邊。

不，快救救我的修，我不要失去他！

「我怕……」修在我的懷中輕輕顫抖：「靈川不是也進來了嗎？我怕，我好怕，又要只剩我一個人在外面了！我不要再一個人了，我要跟我的女王大人在一起，要跟我的愛寸步不離……我的愛去哪裡，我就要去那裡……我的女王大人去哪裡，我沁修斯也要去那裡！我的女王，我不要離開妳——」

他無比恐懼地大喊著，綠光卻忽然自他的體內迸射而出，蓋過我面前的日光。我驚詫地看著他像是被綠光穿透一般，被包覆在其中，情況與當初的靈川如出一轍。失去的身體、雙手、長髮也開始慢慢恢復，並且成長！

「修……」

我輕輕放開修。只見那頭長及腳踝的綠髮在陽光中飛揚，盤繞在他重生的身體上，恰好遮蓋了他赤裸的下半身。他在綠光的洗禮中緊閉雙眼，身上的花紋開始往心口快速收縮，最後化作一朵妖冶的玫瑰。

隨著陽光緩緩淡去，他赤裸的身體也緩緩降下，我慌忙接住搖搖欲墜的他，彷彿綠色的玫瑰花瓣

在光芒中飄零。

修原本被綠髮遮覆住的容貌產生了很大的變化，變得與他父親的畫像十分相似——亞洲與希臘混血的俊美王子殿下，宛如希臘神話中的美神，但依然可以辨認出是修；狹長深凹的眼睛此刻因為緊閉而隱沒在散亂的瀏海下，堅挺的鼻梁下是緊抿的薄唇；唇線微長，讓人想起他過去將嘴角咧到最大的恐怖模樣。

成年版本的修少了一分稚氣，多了一分酷勁和野性。

靈川的身影也從日光中隱現。他淡淡地看著自己的雙手，平靜地說：「果然沒事。」

「川，你的衣服！」靈川身上的衣服還在。

靈川轉向我，卻在看到修完好無缺時目露驚訝：「這是——」他立刻脫下衣服，蓋在修赤裸裸的身體上。修依然昏迷不醒。

修的詛咒解除過程跟靈川有些類似，卻又不盡相同。靈川解除詛咒時並未昏迷，然而修不僅昏迷，還長大了，這一切更像是重生！

是的，修重生了！

「川！修！」

涅梵、玉音、安歌和安羽急急跑入，此刻沒人顧得上我們是不是已經打開了幻城之門。

「這是誰？」安歌驚訝地看我懷中的修。

「是修。」靈川淡定地答。

「什麼？」

人王齊齊驚呼，望著我懷中的成年男子，他的身上蓋著靈川的白衣，衣襬下微微露出赤裸的雙腳。

人如果不會被日光曬化，衣服似乎也曬不化，如果不是這樣，我恐怕要曬一次裸一次了。

「這是怎麼回事？」

涅梵彷彿受到嚴重刺激，朝我大吼，最為鎮定冷靜的他似乎已經了解狀況，但這個狀況讓他抓狂萬分。我想這裡沒有一個人不著急，畢竟眼睜睜看著身邊的人一個個解除了詛咒，卻掌握不到原因，怎麼可能不急呢？

我握住修無力的手：「修解除詛咒了。」

「什麼？」詛咒毫無徵兆地解除，讓安歌、安羽，涅梵及玉音大感震驚。

「瀾兒，妳該不會是跟修——」靈川欲言又止，呆呆看我。我疑惑地看向他：「什麼？」

他的眸光閃了閃：「昨晚……你們……」

「沒有！」看出靈川目光裡的潛台詞，我立刻否認：「我昨晚並沒有跟修發生關係！你還是認為詛咒的解除跟那件事有關嗎？」

聞言，靈川的表情忽然變得平靜，嘴角還揚起一個淺淺的幅度：「現在證明是徹底無關了。」

「你放心了？」我無語地反問。這根本就是在吃醋！也太明顯了。

「嗯。」他滿意地點點頭。

「所以修到底是怎麼解除詛咒的？」涅梵盯著昏睡的修，有些急躁地問。

「而且還長大了！」玉音瞪大了雙眸。

我抱緊修虛弱的身體。「修在陽光裡差點就……」回想方才的景象，我的心又是一陣疼痛，無法再承受一次那樣的景象。我深吸了一口氣，好不容易才讓自己平靜下來。「我想修應該是重生了。如果你們也想嘗試一下，我很願意！」

我抬頭望著他們，只見涅梵、玉音、安歌和安羽的目光有些閃爍。

沒有一個人能像修這樣毫無顧忌地衝進來，只為了來到我身邊，這種毫無雜念的直率舉動只有瘋子做得出來。修的確是瘋子，所以他對此幾乎毫無顧慮，一看見靈川朝我走來，他便直接衝了上來，他當時一心只想著要跟我一起離開。

嗯？一起離開？難道說……

我的腦海中似乎劃過了某個念頭，但一時來不及細想。

「喂。」靈川忽然叫了一聲：「我想當務之急是要解決眼前的問題。」

聞言，我們紛紛抬起頭，眼前的景象卻讓我們全怔立在日刑台上。

只見原本空曠的日刑台周圍出現了一個又一個的刑台，一排又一排，巨大的數量讓人膽顫心驚！

每個刑台上都綁著一個人，他們有的是僧侶，有的是普通樓蘭人，他們像是在等候行刑，奄奄一息地在刑台上昏沉沉地望著我們。

「天哪……」

我捂住了嘴，心目中的佛都瞬間變成修羅地獄，滿坑滿谷的刑台讓日刑台周圍的空間完全成了個可怕的刑場！

那個善良的鄯善，那個把清剛交給我的鄯善，那個安慰我不要害怕、他會保護我的鄯善，到底變

成了什麼模樣？

「鄯善這是入魔了嗎？」

安歌吃驚地張望四周。只聽見從那些刑台隱隱傳來微弱的呼救聲。

「救命……救命……」

看來這些人似乎已經徹底地被遺棄在這裡，自生自滅。

「哦～～？」玉音雙手環胸，睞著妖媚的狐狸眼看著這一切：「我以為你們兄弟已經夠邪惡了，沒想到居然有人能超越你們～～」

「你在說誰呢？死人妖。」安羽冷眼瞥向玉音：「死在你手上的人難道就少了嗎？你不是喜怒無常，一不高興就賜人家死嗎？」

玉音漂亮的眼睛頓時射出了寒氣，臉上的笑容卻依然如昔。

「別爭了！」涅梵冷冷地望著雙胞胎和玉音：「先找到鄯善再說。」

涅梵大步走出日刑台，玉音妖豔地瞥了安羽一眼，跟在涅梵身後。

我立刻對雙胞胎說：「你們能不能幫我抱一下修？」

安歌點點頭：「好。」安羽卻突然攔住他，跩跩地抬起下巴，冷冷一笑：「自己的男人自己抱，況且靈川不是還在嗎？走！小安，這個女人不缺男人。」

安羽硬是拖走了安歌。

我感到有些鬱悶，望向身邊的靈川，發現他不知何時又對著天空發呆了。

「川。」

「……我也想重生。」他呆呆地說。

我有些無語：「你沒看見修差點化了嗎？我可不想再經歷一次——」

「妳是在心疼我嗎？」他低下了頭。

「當然！」我生氣了：「那樣很好玩嗎？而且你已經是個成年人，又帥得不得了，萬一重生長歪了該怎麼辦才好？」

靈川眨了眨眼睛，露出一絲笑意，然後摸上自己的臉：「那可不行，我很滿意自己現在的長相。」

這傢伙居然也有臭美的時候。

靈川彎腰抱起了修，低頭打量他：「沒我好看。」

望著他的神情，我頓時有種哭笑不得的感覺。靈川根本是典型的悶騷嘛！

「對了，川，當初我問闍梨香該如何解除所有人的詛咒時，她就是站在這裡，然後指向天空……難道每個人真的都得經歷日刑一次？」

靈川星輝的瞳仁裡捲起了深深的漩渦，隨後形成了一個巨大的宇宙，彷彿蘊藏了無限的時空。他再度抬頭望著天空，我疑惑地問：「上面還有什麼嗎？」

「上面有他。」

「誰？」

「神王。」靈川淡漠地說，天上的流雲安靜地從我們上方飄過。

咦，神王？神王尉遲法……那個傳說中的神王？

「喂！你們還站在那裡做什麼？」

日刑台外傳來了安羽的催促聲。他單手扠腰，姿態相當高傲。

靈川低下頭，臉上的神情依舊看不出情緒。他以公主抱的方式將修帶離日刑台，我則掏出口袋裡的眼罩，想想卻又放了回去。從今天開始，我想用自己的右眼發掘更多真相。

只有這隻眼睛才能看到平常看不到的現象，才能觀察這群人王們解除詛咒時的變化，我不想錯過任何蛛絲馬跡。

雖然仍有些不適應，但感覺已經比之前好些了，我的身上也因為充了電而暖洋洋的，再次充滿力量。

當幻城消失時，我隨身帶著的背包也出現在日刑台上。我背著它跟上大家，走入那密如樹林的刑台。此時此刻，我真希望眼前的一切才是幻象，鄯善不會用如此殘忍的方法對待他的子民，即使他們可能是罪犯。我一直認為在他的管理下，應該不會有罪犯的出現；即使出現，也會被他的慈愛和善良感化。

一路望過去，都是被捆綁在刑台上的犯人，數量多得令人怵目驚心，他們在刑台上備受煎熬的臉讓我不敢直視。

當中有很多人已經發不出聲音，有的則只有微弱的呼吸，即使殘忍如安歌與安羽也說不出半句話。

「這些人快死了。」安羽碰了碰那些人無力垂落的腦袋：「他們熬不過一天。」

「那快放了他們！」我著急地說。

安羽有些好笑又好氣地問我：「萬一他們是壞人呢？」他聳了聳肩，嘴角忽然揚起一抹邪笑。

「不如讓我來為他們解脫？」說完，他扣住了其中一個人的下巴。

「住手！」涅梵阻止了安羽：「等搞清楚情況再說。無論如何，他們是鄯善的子民，我們無權干涉鄯善治理鄯都！」

「這根本不需要權利！」我終於忍不住了：「這是一個人的是非觀！我不相信由善良的鄯善治理的鄯都會有那麼多罪犯，你們還比較有可能！」

我指著涅梵、玉音和安羽，他們的面色頓時緊繃。

安歌因為我沒有點到他而偷偷鬆了口氣，安羽立刻鬱悶地望向他。安歌揚起與安羽相似的笑容，像是要安撫他似的攬上他的肩膀，安羽這才不再繼續鬧彆扭。

「鄯善那麼善良，他一定會善待自己的子民，他的子民也一定是善良謙和的人。之所以會出現這樣的情況——」我環顧在烈日下曝曬的人：「一定是鄯善變了。」

我知道自己的判斷或許武斷，甚至毫無說服力可言，但我相信自己的直覺。

安歌曾經的荒唐促使安都人民反抗；亞夫過於嚴守祖輩制訂的律法，使靈都人民活得拘謹而痛苦；伏色魔耶的強大讓他的子民好鬥，崇拜個人英雄主義；菲爾塔的友好與和善讓修都人民處在一種祥和的氛圍中。

一切都證明王對自己的子民是有引導和影響作用的，所以，我不相信善良的鄯善會把鄯都治理得滿地罪犯。

「救命……救命……」

人林中出現了奄奄一息的呼救聲，我立刻朝那裡跑去，人王們緊跟我而來。

被綁在刑台上的是一名老者，他的鬍子已經全白了，一頭銀髮在曝曬中枯萎而凌亂。

「救命……」他低著頭，用最後的力氣喊著：「神使……」

「神使？」安羽好奇地挑了挑眉。

「可能是因為我們突然出現在日刑台上，才會被誤認為神使吧。」涅梵推測。

我立刻放下背包，從裡面拿出了水瓶，餵老者喝了一口水。老者緩了緩，慢慢睜開眼睛。

「請問到底是怎麼回事？」我焦急地問。

老者依然沒力氣抬頭：「王……王忽然變了……只要是反對他的人……全被綁在了這裡……」

果然是鄯善變了！

靈川淡淡地打量著老者，眸光閃爍，我知道他正在思考。

涅梵上前一步：「你是誰？」

「我是阿普諾提長老……」

「鄯善為什麼會變？」玉音也走上前問。

「闍……闍梨香女王……復活了……」

老者困難地吐出這句話，涅梵、玉音、雙胞胎，甚至是沒什麼表情的靈川，都大吃一驚！

我當初看到的果然是真實世界的景象，就是那個躺在床上、目光空洞的闍梨香！

「闍梨香怎麼可能會復活？」

安歌難以置信地搖搖頭。玉音立刻望向一臉懷疑的涅梵，似乎怕他動怒暴走。

「那是妖魔的化身……王被迷惑了……」一旁也有人吃力地說了起來，身上的衣衫和老者一樣，看來也是長老或大臣。「我們曾經勸誡王……但王不聽……」

所以鄯善是把勸誡他的人，或者該說是認為闍梨香是妖魔化身的人，全綁在了這兒？問題果然在鄯善身上！

「王變了……求神使救救王……」

「求神使救救我們的王……」

「救救王……」

聲聲哀求在人林中此起彼落，儘管他們被鄯善綁在這裡曝曬，此刻卻是依然央求我們拯救鄯善，這些人對鄯善居然沒有絲毫恨意，即使他們將會被活活曬死！這究竟是個多麼有佛心的民族？

我憤怒地捏緊拳頭，沉聲道：「救他們！」

「嗯。」

靈川毫不猶豫地放下修，揮開左手，空氣中登時開始聚集一條條水柱，直衝天際。

緊接著，涅梵也揮開雙臂，氣流猛然揚起，在掀起我們衣衫的同時也穿過每座刑台，瞬間切斷繩子，人一個個倒落在刑台上。

靈川隨即收手——嘩！水如雨而下，淋在那些遭到曝曬的人身上。醒著的人開始大口大口喝水，昏迷的人也在水中漸漸甦醒。

我們像是被一場大雨包圍，然而上空卻沒有水滴。

靈川再次抱起修。我看向前方：「走，去找鄯善！」

「我有種不好的預感。」涅梵擰起眉頭：「看來魔王已經來過了。」

我遙望遠方的天空，只見離日刑台越遠的地方，也就是越靠近王都之處，天空愈顯陰沉。

眼前的鄯都與我們初入時的景象相差了十萬八千里，雖然那是座幻城，但從涅梵他們的反應研判，那才是鄯都原本的姿態。

現在的鄯都像是籠罩在黑漆漆的陰影之中，令人恐懼萬分。

當我們走入王都時，街上杳無人跡，家家戶戶都關緊門窗，每個人的目光中都充滿驚懼，但還是有少數比較大膽的人以充滿期待的目光遠遠看著我們，像是在祈禱我們能夠拯救他們的王。

整座王都的天空滿是圍繞不散的黑雲，紫色的閃電時隱時現，像極了伏都的魔域！

這現象實在太不正常！難道魔王真的來過了？

喀擦！閃電忽然像是有意識一般，在我們靠近王宮時劈下，離我最近的安羽立刻抱起我往後退，「刷！」一聲張開翅膀，帶我飛離地面。明明平時表現得最厭惡我，卻在此刻將我從危險中帶離，真是個傲嬌彆扭叛逆的孩子。

「魔族果然在這裡！」

涅梵抬頭望向黑色的天空，黑雲裡突然出現了黑色人影，像荒漠的禿鷲般在我們的上空盤繞，像是在等待時機俯衝而下，將我們生吞活剝。

玉音吃驚無比：「鄯都被攻陷了？」

「不是攻陷，我看更像是投降。」安歌瞇起眼，盯著盤旋在上方的黑影。

涅梵的面色愈發緊繃：「我們之前曾來鄯都提醒鄯善，要他準備抵禦敵人，沒想到在我們去找安

歌、等待修和川的這段時間裡，他卻背叛了我們！」

我望向深黑的宮殿：「不見得是背叛。」

「不是背叛是什麼？」攬住我身體的安羽冷笑。

「是入魔。」靈川的臉上露出罕見的凝重神色，銀髮在黑暗世界裡飛揚。

「入魔……」人王們凝重地看向那座被紫色電龍包圍的宮殿。

「我見過長老口中所說的闍梨香。」我娓娓道出當初沒有說完的夢境。

「什麼？」所有人王異口同聲地驚叫。

我看著被黑雲籠罩的鄯都：「是真正的闍梨香要我看的，然後她把清剛交給我。我現在才明白她是想叫我殺了那個闍梨香，解救鄯善——」

人王們陷入沉默，玉音和安歌不約而同地看向涅梵，涅梵卻忽然甩去黑色的外衣，露出更適合戰鬥的紫色長衫，緊緊盯著王宮的入口：「我們進去救鄯善吧！」

「不錯～～」玉音看似懶散地雙手環胸，身上的殺氣卻比平日有過之而無不及：「都什麼時候了，還那麼在意闍梨香的事，我可是最喜歡他了。」

咦？玉音不是最喜歡涅梵嗎？明明整天黏在一起……難道涅梵是閨蜜，鄯善才是真愛？

涅梵和玉音對視一眼，飛躍上前，頓時只見紫色的閃電再次而下，劈向他們。看來王宮果然是界線。

靈川揚起臉，目光一直朝著我。

我疑惑地俯視他：「怎麼了？川？」

他的銀瞳捲起了深深的漩渦，化作浩瀚的宇宙：「瀾兒，如果鄯善因闍梨香入魔，妳也要用闍梨香將他喚醒。」

「闍梨香！」我焦急地指向自己：「現在我上哪裡去找闍梨香？」

靈川星輝的瞳仁裡變得愈發明亮，緊緊盯著我：「妳就是！」

我怔在安羽的環抱之中。

靈川忽然看向我身旁：「安羽，送她進去！」

「哼。」安羽在我身側冷笑：「我憑什麼要聽你這個呆子的命令？」

靈川的銀瞳忽然閃了閃，他垂落眼眸，情緒似乎顯得有些低落：「因為我們這裡沒有人能帶她進去……」

我猛然感覺到攬住我腰的手臂一緊，看來安羽覺得這句話是種讚揚，心情頓時好得不得了。他緊緊抱住我，揚起手臂插入雪髮，得意地高昂下巴，邪邪笑著對靈川說：「沒錯，只有我才能帶她飛翔！小怪怪，妳可要抱好了！」

我立刻抱住安羽的腰，順便對抬起頭來望著我的靈川豎起大拇指，果然他最腹黑，一兩句誇讚就讓安羽瞬間聽從他的話。像安羽這種叛逆學生典型的怎麼會是腹黑銀髮的對手？身邊有靈川，絕壁降萬王！

安羽抱起我，疾速飛向王宮。靈川將修放了下來，用冰窖護住他，隨後開始協助涅梵、玉音和安歌突破重圍。

黑色的人影倏然落下，朝我們飛來——果然是魔族！有著漆黑身體、黑色翼翅的他們飛向我，卻

在看到我的那一刻讓開來，朝下方的涅梵等人而去！

「呿，小怪怪，看來魔王對妳是真愛啊～～」安羽的臉貼上了我的耳垂：「妳這樣對我哥是不是太過分了？」

我抽了抽眉：「你確定我如果真的和你哥哥在一起，你不會鬧彆扭？你明明有戀兄情結！」

「哈哈哈，我怎麼會彆扭？」他輕鬆愜意地在閃電間穿梭飛行。我淡淡說：「我要是跟你哥哥在一起，他大多數時間就會陪著我——」話才說一半，某人已經全身緊繃，滿臉不悅了。

「然後他將會沒工夫陪你——」攬住我身體的手一緊。

「也沒多餘的時間和你玩模仿遊戲——」抱住我的身體開始散發寒氣。

「你別忘了安歌曾經說過，只有我，他不會跟你分享，所以你會漸漸失去你的小安，這樣真的好嗎？」

「你這個混蛋女人！」他聲嘶力竭地粗吼，用力地將我拽開並高高舉起：「小安是我的東西！我才不會讓妳獨享！妳滾——」

他幾乎使盡了全身力氣，將我扔進王宮的陽台。在我離開他的那一刻，魔族立刻朝他飛撲過去。

我一邊在空中飛翔，一邊望著他陰鬱的側臉、飛揚的雪髮，以及由白轉黑的翅膀，被魔族漸漸淹沒。

安羽真是個口是心非的孩子，他一方面希望哥哥幸福，得到自己心愛的情人，另一方面卻又不想失去安歌，認定安歌是他的東西，他對安歌的獨占欲足以斷定他絕對有戀兄情結！

砰！我被重重摔在陽台上，滾了兩圈，撞在一旁的牆上，瞬間痛得胃抽筋。這全是我自己不好，

沒事幹嘛去招惹安羽？結果被他直接扔了出來，本來他說不定會溫柔地把我放在陽台上的。

我在陽台上搖搖晃晃地站了起來，緩了緩勁，轉身走入無人的房間。當我跨入房間之際，周圍的黑暗開始逐漸化去，像是另一個世界正慢慢從黑暗中剝離而出。陽光逐漸透入房間，溫暖的房間內，連花瓶裡的鮮花都掛著清晨的露珠。

我驚訝地轉身再看向陽台外，哪裡還看得到黑雲魔族？只見陽光明媚、彩蝶飛揚，這難道又是一個幻城？是鄯善把我困在幻城裡，還是……他其實是把自己關在裡面？

我走入房間。房間內空無一人，不過走廊上倒是有人的聲音。我跑到房門邊，聽到了侍女們正小聲交談。

「快給王送去，不然他又要生氣了！」

「可是、可是我好擔心外面的哥哥……」

「噓！妳是想被拖出王宮嗎？妳忘了凡是被拖出去的人，沒有一個能回來的！」

侍女害怕的對話聲讓我更加確定是鄯善出於某種原因將王宮給隔離了。但他起碼仍讓眾人生活在這個充滿陽光的美麗場所，這或許是鄯善最後的一點善念了。

我環顧四周，發現這是個女人的房間。我打開衣櫃，看到一件白色的裙衫，瞬間想起身穿白裙的闍梨香，還有她頭上白色的紗麗。

「妳就是……」

靈川的話縈繞在我的耳邊，他說我就是闍梨香，難道是要我假扮她？我看了看白色的衣裙，毫不猶豫地換上，隨後拿出清剛，背上背包，用紗麗遮住臉龐，走出房間。

婢女們在走廊上來來去去，有些疑惑地望著我身後的背包，有些則形色匆匆。

我拉住其中一個婢女問：「闍梨香在哪裡？」

她緊張地望著我：「妳、妳到底是誰？」

我緊緊揪住她：「來救你們的人。」

然而讓我意外的是，她卻害怕地往後退：「外、外人！救命啊，有入侵者！」

天啊，鄯善的人還真是效忠他，一個個都被曬了，還一心只想要我們救鄯善。而我現在說要救他們，他們卻喊人來抓我！

士兵們跑了上來，將我堵在走廊裡，我立刻握住腰間的聖劍，拔了出來。

「住手！」

我忽然聽見鄯善柔柔的聲音，頓時望向前方。隨著士兵慢慢退開，我終於看到了許久未見的鄯善。

他依然穿著寬鬆的燈籠褲，赤裸的上身泛著健康的小麥色，綠松石點綴著他的身體，幾縷捲捲的棕色長髮散在臉邊，看起來比幾個月前來得更長了點。

我收起聖劍。他朝我慢慢走來，目光一如我們初識時溫柔，赤裸的腳上鈴聲發出「叮鈴」的聲響。他站到我面前，緩緩伸出手，臂環在陽光中閃過一抹青光。

鄯善的手指緩緩碰觸我的紗麗，輕輕揭下。他揚起一抹微笑：「能再次見到妳真好，那瀾。」

看來他早就知道是我來了。

他先是凝視我片刻，隨後執起了我的手：「跟我來吧。」

他隨即轉身離去，我跟在他身後，發現士兵和婢女們無不擔心地看著鄯善。他們到底在擔心什麼？擔心我欺負他們的王嗎？

我們來到一間無人的房間，我看到了夢境中闍梨香躺著的床，此刻上頭卻不見她的身影。

「昨天是妳吧？」

他忽然來了這麼一句。我立刻看向他，他微笑地坐在床邊，輕輕地摸著床單。

我不解地問：「為什麼要那麼做？把人王全關在幻城裡？」

他停下了撫觸床單的手，陷入沉默，整個人宛如徹底融入明亮的陽光裡，小麥色的肌膚在陽光中閃耀著迷人的光彩。

這一刻，他彷彿靜止在陽光中，形成一幅朦朧而充滿異域風情的水彩畫。

「妳讓我失望了。」平靜的聲音讓時間的齒輪再次運作。我愣愣地望向他：「失望？」

「我以為妳會殺死其他人王，結果——」他緩緩抬頭看著我，溫柔的臉變得毫無表情：「妳卻和他們在一起。」

我驚嚇地後退一步：「原來你真的想為闍梨香復仇？」

鄯善眨了眨眼，垂下頭。

「哈……哈哈。」我忽然感覺整件事都是那麼地可笑：「既然你想為她復仇，當初為什麼又要殺她？」

「為了幫她解脫。」他的目光變得空洞虛無：「我察覺到她的痛苦，想協助她解脫。但是——」

鄯善的神情變得充滿怨恨，聲音也不再柔和：「那些人只是想得到她的力量，只是為了私欲而起了殺

念，他們應該為她的死付出代價！」

「他們已經付出代價了！」我大聲道。

「那樣還不夠！」鄯善霍然起身，雙手緊擰：「這還不夠……不夠……我要讓他們死在他們的玩具手裡，這樣才夠諷刺！唯有讓他們死在一個原本被他們看不起、認為最低賤的人手裡，才是最大的諷刺——」

看著他即將失控的神情，我冷冷一笑：「你怎麼不說是你自己沒能力為闍梨香復仇，甚至連接近他們的機會都沒有？」

「住口！」

他朝我大吼，臉上的微笑已經瀕臨崩潰。他雙目圓睜大口大口呼吸著，像是有什麼東西讓他很痛苦，令他無法喘息，那東西想要脫離他最後一點理智的控制，完全掌握他的心。

忽然間，我的眼角瞄到了一個熟悉的人影，我立刻看過去，正是闍梨香！

她正站在一旁看著我，空洞的雙目中是漆黑的深淵：「妳終於來了。鄯善，把她抓起來交給魔王。」闍梨香面無表情地對鄯善說。

我立刻看向鄯善，發現他的臉上也失去了表情，那個曾經笑得溫柔無比，宛如寵溺妹妹的哥哥，已經不見了。

我憂急地上前：「鄯善，就算你想為闍梨香報仇，也不能跟魔王聯手啊！那是魔王，只會讓你自己入魔的！」

此時，我忽然發現即使我想說服鄯善，身邊的闍梨香也沒有阻止我，只是靜靜地看著這一切。按

照常理，她現在應該攔阻我才對，難道她只是個空殼，不具有任何攻擊力？

鄯善緩緩抬起有些疲憊的臉：「因為……他復活了闍梨香。」

我怔然看他，心中登時燃起憤怒的火焰。「你確定那是真正的闍梨香嗎？」我憤然甩手指向闍梨香。「那明明只是個空殼！鄯善，你為什麼這麼執著於闍梨香的生死？涅梵他們已經後悔殺死闍梨香，整日活在對她的愧疚中，那已經是對他們最好的懲罰了！你為什麼還這麼堅持要復仇？當初是你親手協助闍梨香解脫的，你為什麼現在還想要讓她活過來？」

無法原諒，無法原諒，居然為了製造一個闍梨香的人偶讓自己安心而效忠魔王，我絕對無法原諒！

鄯善顫抖地抬起自己的雙手：「因為……因為……我想好好愛她……補償她……兌現……自己當年的諾言……」

「咦……」我驚訝地看著他痛苦落淚的臉。

「我們曾經相愛，但是……我忘記了她，忘記了與她生生世世相愛的誓言，是我背叛了她的感情，是我讓她變得孤獨痛苦而想要尋求解脫，是我……全是因為我……是我的錯……是我的錯……」

他哽咽落淚，低啞哭泣。

看來我們全都錯了。

我們以為鄯善背叛了人王，以為他想為闍梨香復仇，卻沒想到是他自己想補償闍梨香，只因為她的那句話讓他深信不疑。

鄯善的痛苦終究來自於他的善良。他的信仰讓他堅定地相信闍梨香的話，相信生死輪迴；他的善

良更令他對那個根本毫無證據的諾言深感愧疚。

他相信闍梨香，相信自己曾是她的情人，這明明是完全沒有證據的記憶，他卻依然堅信。然後，他把闍梨香的孤獨、寂寞、痛苦，以及最後的死亡，全都歸罪在自己身上！

他深陷在對自己的仇恨和厭惡中，乃至無法自拔，最終醞釀出了心魔。

我激動地揮手：「這根本不是你的錯！是闍梨香的錯，是她自己的錯！」

鄯善驚詫地抬臉：「不！是我的錯……是我的！」

「是闍梨香的！是她自己的猶豫彷徨，使她活在煩惱要不要繼續去愛你們的痛苦中；是她自己的膽小懦弱，使她因為不想再體會失去你們的痛苦，不敢再去尋找你們、愛你們；是她自己搖擺不定，最終錯失了一次又一次與你們重逢相遇相愛的機會！」

說到這裡，我忽然怔住了，這不就是在說我自己嗎？因為害怕被同化，以至於在要不要去愛伊森的事上糾結，之後又在到底是要愛靈川還是伊森的事上猶豫彷徨，顯得膽小懦弱、搖擺不定，最後錯失機會。這每一個字都像是在說我自己！

原來闍梨香要我用心看的不僅僅是別人，還有我自己！她在提醒我，不要像她那樣最後失去了一切。

這麼想著，我變得愈發堅定，絕對不能讓這樣的悲劇再繼續下去，闍梨香一定是希望我能解開鄯善的心結，因為造成鄯善改變的，是闍梨香對他說的那句話——「曾經我們也相愛一世……」

我認真地望著鄯善：「當闍梨香認出你們，發現你們已經各自成家時，卻又對此吃醋、自怨自艾，這難道不是她自找的嗎？鄯善，最後的一切都是她自己親手造成的。」

聞言，鄯善怔然後退，跌坐在床上。

我激動地握緊清剛。「所有的痛苦都是她自找的，是她在感情上不乾不脆，卻又不斷哀傷愛情的逝去，她甚至沒有為找回你們而努力過，又有什麼資格來怪你們不再愛她、沒有兌現當年的誓言？你們已經轉世投胎，已經失憶了，難道還要去捕捉心裡那個若有似無的身影而孤獨終身嗎？那才是最大的自私！最後，她因為受不了這些痛苦，自己尋求解脫，卻又想要報復你們……這根本有問題，是她拋棄了你們，不是你背叛了她！是她違背了生生世世要和你們在一起的諾言！」我激動地上前抓住鄯善。「鄯善，不要再因為那句話而心懷愧疚了，因為闍梨香自己明明也沒能做到——」

他抬起頭，驚訝地看著我。

我緊緊掐著他的肩膀：「你真的沒做錯任何事，不能因為轉世投胎的失憶而怪罪自己沒有遵守你們要生生世世相愛的諾言。闍梨香已經後悔了，她後悔用長生來懲罰你們，也真的不想再看你這樣痛苦下去，被心魔控制……」

「妳怎麼會知道？」他緩緩站了起來，目光痴痴地落在我的臉上：「妳是怎麼知道女王陛下對我說的話的？」

我一怔，心中瞬間下了決定，立刻重新抓起紗麗蒙住自己的臉，只露出眼睛：「因為我才是闍梨香！」

鄯善震驚地站在我面前，圓睜的眼中清澈映出了我的倒影。

我捧住他的臉：「鄯善，好好看著我的眼睛，我是闍梨香，是真正的闍梨香，那個傢伙根本就是冒牌貨！你看她的眼睛是空的，那是你的心魔！」我甩手指向那個宛如空殼的闍梨香。

鄀善愣愣地搖頭：「不，闇梨香不會從另一個世界而來……」

「那是因為我拋棄了你們！我完全拋棄了這個世界、拋棄了神力、拋棄了心中所愛，然後……然後不知怎地就被這個世界拋棄了。但是命運讓我再次回來找尋你們，彌補自己的過錯。對，我是回歸的靈魂啊……所以當我墜入天河時的心情才會那麼平和，那是因為得到天沙眷顧！也因此你們這些人王的神力對我無用！」我的心跳驟然激烈起來：「鄀善，所以我真的是闇梨香！我回來了，來找你們，想跟你們說一聲對不起……」

我的眼前倏然浮現闇梨香的影像。是這樣嗎？闇梨香，妳是不是想讓我替妳跟他們說一聲對不起？

只見她的眼淚緩緩流下，從我的眼眶中溢出。我感覺到她的心痛、悔恨和愧疚，體會到她的自責與哀傷。

「女王……陛下……」

顫顫的聲音響起，鄀善單膝跪落在我面前，雙手緊握住我的手，貼在自己的臉上，不斷抽泣。

我輕輕抱住他，淚水滴落他褐色的髮間。「對不起……鄀善……讓你入魔是我不好……現在，我希望你能除去你的心魔，跟我回家……」我放開他，將清剛再次放在他的手中，他抬起頭凝視著我，我定定望著他。「還記得嗎？當初是我交給你清剛，要你協助我解脫，然而當那瀾出現時，你又把清剛交給她，這難道真的是巧合嗎？」

他頓時揚起一抹和煦如陽光般的微笑，目光帶淚地搖了搖頭：「不，是命運讓我把清剛還給了主人……」

「去吧，這次是要讓你自己解脫，從我的束縛中徹底解脫——」

鄯善低頭俯瞰手中的清剛，我往後退了一步。他手握清剛緩緩起身，再次抬頭時，雙眸中卻懷著堅定的精光。

他走向闍梨香，闍梨香依然雙目空洞地看著他：「你會後悔的，鄯善。」

「不，讓妳留在世上，我才會後悔！」說完，鄯善舉起清剛，毫不猶豫地刺入闍梨香的胸口。黑氣瞬間從她的心口噴湧而出，粗重的聲音自她的口中傳來：「那瀾——妳會後悔的——我已經找到了林茵，一旦我們合體，就是天下無敵，哈哈哈哈——哈哈哈——」

闍梨香的聲音已經徹底變成魔王的聲音。

我冷冷望著她，抽出自己的聖劍：「是嗎？如果你再不滾來見我，後悔的將會是你！你這個噴黑煙的怪物！」

我一刀砍落，黑煙立刻化作金沙，耳邊傳來魔王的怒號：「啊——我一定要得到妳——啊——」

砰！闍梨香在這個房間裡炸碎，化作點點金沙，散布在陽光璀璨的空氣裡。

鄯善雙目祥和地望著那點點金光，揚起了一抹輕鬆的微笑。

金沙飄出陽台，外頭燦爛的世界漸漸變得斑駁，出現了黑暗與那紫色的閃電。

忽然，整座王宮晃動了一下，我一時間沒站穩，朝鄯善撲去。

乓！我倒在他的身上。他怔怔看我，小麥色的臉倏然紅了起來，照理說那樣的膚色是很難看出有沒有臉紅的。

「對、對不起，一定是人王們在強攻，我去叫他們住手。」

我匆匆爬了起來，他卻忽然又拽住我，在又一次的晃動中把我往他的方向用力拉去，然後緊緊抱住我。

即使上方不斷有碎石因為劇烈晃動而剝落，他依然靜靜地抱著我。

「鄯善？」

「請讓我……這一世……好好愛妳……即使妳不愛我……」

我怔怔伏在他的身上，聽著他胸膛裡的心跳。「你為什麼……會信那句話？你已經轉世了，闍梨香的話可以說毫無根據……」

「因為在殺她時，我發現我已經愛上了她。」

我的心跳猛地一滯，原來鄯善真的殺死了自己最心愛的女人，「生生世世相愛」這種事真的是存在的！只是因為沒有遇到那個人，沒有點燃心底的那根燈芯而已。一旦邂逅了，燈芯自然而然會點燃，即使身邊已經有了另一個她，最後也會受到心中的愛火指引，找到前世深愛的女人。

「大家都以為我是為了滿足卡薩林雅想長生不老的願望，殺死了闍梨香。」鄯善抱緊我，在我耳邊低啞地說著：「卻不知道我在協助她解脫的那一刻，心已經徹底破碎。我知道自己心中的那盞燈徹底熄滅了，可是我只能選擇那麼做，當時看她那麼痛苦地尋求解脫，我告訴自己一定要達成她的心願，我知道她不想死在那些人骯髒的手中，才會用自己的手讓她解脫——」

轟！王宮像是要被人整個端起，再次震顫起來，外面的走廊傳來了婢女的尖叫聲。

「結果卻在你的心裡種下心魔……」我撐起身體，在看到布滿亞夫神紋的花藤爬入這個房間時淡淡地說：「修，停下吧，鄯善已經回來了。」

鄗善睜了睜眼睛，一時似乎感到困惑，卻又很快恢復了平靜祥和，像是頓悟了什麼，臉上再次揚起溫柔的微笑。

我想要起身，白色的紗麗自他身前緩緩提起，他抬手抓住我的紗麗，紗麗就這樣從我的頭上被輕輕扯落，覆蓋在他身上。

我看向陽台外，望見身上裹著靈川的衣服、渾身纏繞毒藤的修。他渾身都是殺氣，看來即使他的身體變成了大人，但他的心依然沒變，現在的他看起來似乎有點暴走。

「修？」

「女王大人——」

他朝我大喊，充滿殺氣的綠瞳裡滿是混亂，激動而興奮地看著我。與此同時，一片花藤托起靈川到陽台邊。

我問靈川：「川，你怎麼讓修暴走了？」

靈川呆呆地說：「修的破壞力最強，只有他才能突破王宮結界。」

我無語地盯著他絲毫不感愧疚的臉：「你跟他到底說了什麼？」肯定是靈川說了什麼，修才會暴走。

靈川眨了眨眼睛，露出一副人畜無害的表情，靜默了片刻才說：「我說妳來找鄗善——」他又刻意頓了頓，星輝的雙眸閃爍了一下才接著說：「——那個。」

「那那那那個！」我扶額大嘆。

「現在……就讓我把鄗善那個混蛋……碎屍萬段——哈哈！哈哈哈——」

修的毒藤飛舞起來。他一旦暴走，就只有那個方法可以阻止了。

鄯善自我身邊站起，吃驚而疑惑地看著修：「那是修？」

「沒錯，但還是有點不乖！」

說完，我提裙躍過那些毒藤，撲在修身上，直接吻上了他的唇。他身旁的毒藤瞬間緩緩收回，我們降落在陽台之上。我放開他，他的眼神慢慢恢復清明，看到我的那一刻，他開心地咧開嘴：「我的女王大人……」

他的身子一軟。當我扶住他時，他已經陷入昏迷。

我鬱悶地望向靈川：「川，修才剛剛重生，你這樣是想弄死他嗎？你不能因為他頭腦混亂就隨心所欲地控制他。」

靈川眨了眨眼，目光裡透著一絲委屈：「我只是想來救妳……」

他低下頭。鄯善走到修身邊，撫上他的額頭，目露擔心：「這孩子還在發燒，快扶他到床上去。」

呼，這才是正常人做的事情，我身邊終於多了個正常人了。

就在鄯善準備扶修到床上的同時，魔物倏然飛入，靈川立刻揚手，殺氣撩起了他潔白的袍衫和滿頭的銀髮，一根冰錐瞬間刺穿魔物的胸口，就這樣在空氣中化作一縷黑沙。

我注意到靈川似乎生氣了，只能算那些魔物倒楣。

讓修躺好後，鄯善立刻走到靈川身邊。就在這時，安羽也抱著玉音上來了。

「玉音！」

鄯善高興地看著玉音，玉音的臉上卻流露出從未有過的憤怒，當安羽放開他後，他便一拳朝鄯善打來。

砰！鄯善被打倒在地上，玉音跨騎在他身上，扣住他的下巴。

安羽揚著邪氣的笑，張開翅膀蹲在陽台扶手上，一副等著看好戲的姿態。涅梵和安歌也躍了上來，一看到眼前的景象，不由得大吃一驚。

玉音一把提起鄯善的下巴，憤怒地盯著他的眼睛：「我們都沒入魔，你卻入魔？居然還想殺我們，你到底在想什麼？」

玉音又是憤怒地一拳要下去，卻突然被涅梵阻止。涅梵深沉地望著鄯善：「一念成佛，一念成魔，鄯善入魔並不意外。」

是啊，一念入佛，一念入魔。我看向外頭盤旋不去的魔物……魔王是不是也能被感化呢？

我指著陽台外：「你們是不是應該先把那裡的東西處理一下？」

眾人紛紛順著我的手望去。玉音放開鄀善：「哼，回來再教訓你！」

「呵……好。」鄀善站起來，抬手放在玉音的肩膀上：「如果你這拳早一百年打我，或許就能打醒我了。」

「等除掉那些東西，我絕不會手軟！」玉音擰了擰拳頭，瞪圓了妖豔的眼睛，然而那張雌雄莫辨的臉讓他即使憤怒，也像是嫵媚的女人在對自己的情人撒嬌。

人王們第一次站在同一陣線，齊聚我身旁。

玉音、鄀善、涅梵、靈川、安歌與安羽站成一排，看著外頭尚未散去的魔物，忽然齊齊躍出陽台，各色衣衫在紫色的閃電中飛揚，情景讓人難以忘懷。

集結六位人王的力量，大批魔物很快就被清除，總算還鄀都一個真正陽光燦爛的天空。在釋放被自己處罰的子民時，鄀善難過地落下了眼淚，卻沒有一個人恨他。像是原諒孩子偶爾鬧脾氣似的，他們寬恕了鄀善，並感激我們救回了他們的王。

匡噹！牢門打開，我看到被關在結界牢房裡的摩恩與白白。

「吱！」白白立刻衝向我，摟住我的身體。

摩恩雙手環胸，靠在牆上，單腿微微曲起，邪魅地瞥向我：「比我預計的時間慢了點～～我還以為妳不會來救我了呢～～」

鄀善歉疚地看著我：「對不起，關了妳的朋友，因為我的幻城針對的是妳和其他人王，他們可以

自由進出。」

「呿～～」摩恩白了鄀善一眼：「本殿下是死神，這種結界怎麼可能關得住我？只要死了人，本殿下就可以去任何地方！」

鄀善一驚：「你是暗夜精靈族嗎？」暗夜精靈似乎較聖光精靈更為罕見，也難怪他這麼吃驚。

摩恩勾了勾唇，離開牆面時忽然化作小小精靈朝我飛撲而來：「我之所以留在這兒，是想讓那那來救我～～」

「滾開！」我毫不客氣地把他一巴掌拍開。

啪！摩恩就這樣貼在牆上。鄀善站在一旁，默默地笑了。

「吱吱吱吱！」白白也捧腹大笑。

我將摩恩從牆上剝落，放在手心給鄀善看：「鄀善，你的直覺是對的，摩恩是收集靈果——也就是你們的靈魂——再將它們重新放入世界的死神，這個世界的確是有生死輪迴的。」

昏暗的牢獄裡，鄀善的眸光閃爍，像是在期盼些什麼。

因為修仍在昏迷，眾人決定暫時留在鄀都休整一段時間以恢復神力。

魔王肯定已經前往下一站——安都。不過因為他無法通過聖光之門，去安都必須耗費不少時日，那裡暫時應該是安全的。我們只要算準日子從聖光之門過去，直達安都即可。

因為有了充裕的時間，大家開始計畫如何解救伏色魔耶。鄀善說伏色魔耶被魔王困在伏都裡，並沒有帶在身邊。

吃完許久以來第一頓安穩的晚餐，我趴在修房間的陽台上，凝視著星空滿布的天空與美得不太真實的月亮。

好安靜啊……男人們都去討論怎麼救伏色魔耶的事了。伏都現在應該完全變成魔都了吧？魔都裡充滿魔力的空氣與人王們的神力是相剋的，吸入越多，人王們便會越來越虛弱，所以他們不能在魔域裡久留，這次的救援行動必須速戰速決。

摩恩不再隱藏身分，同樣投身這場任務。看來男人們的體內都流淌著渴望戰鬥的熱血，難怪總愛看些打來打去的片子，他們的戰意已然沸騰。

白白也是，牠也跟著靈川去了。

叮鈴！上方傳來清澈的鈴鐺聲。鄀善躍到我面前，穩穩地坐在陽台的扶手下，靜靜地俯瞰我，那頭捲曲的長髮使他的臉顯得更加柔和秀美。

「鄀善，有件事我必須要告訴你。」

他在星光之下溫柔地注視我：「是妳同時愛著靈川和修的事嗎？」

我歉疚地望著他。他的目光裡流露出一絲憐惜，伸手撫上我的臉：「為什麼要露出這樣的表情？妳沒有做錯任何事情——」

「對不起，其實……我不是闍梨香。」我覺得這個謊不能一直撒下去。

鄀善愣在夜空下。

我著急地握住他的手：「當時情況緊急，我實在想不出別的辦法……而且闍梨香真的後悔了，她讓我看了你和她的過去，證明她心裡是有你的！她因為你入魔而徘徊不去，一直留在身邊看著你。」

這件事必須解釋清楚，不然會害他單戀錯人！

鄯善的神情漸漸變得和緩，溫柔的目光落在我的臉上：「那妳覺得闍梨香為什麼會選擇妳？」

這次輪到我愣在這朦朧的夜色下。

他露出微笑，注視著我的眼睛：「我相信——」

「相信？」

他點了點頭：「我相信當時妳相信自己是闍梨香，我在妳的雙目中看到闍梨香的眼睛。如果當時妳自己不信，又如何能讓我相信呢？妳放心，我不會強迫妳接受我，但我也希望妳能相信自己那時對我說的每一句話，或許此刻妳認為自己是在假扮闍梨香，不過那時我在妳的眼中看到的不是那瀾，也不是那瀾假扮的闍梨香，而是我的女王陛下。」

他緩緩執起我的手，在月光中俯下臉，輕輕吻在我的手背上。

我怔怔地站在他身前，他溫柔地看著我：「妳要我不要糾結於前世，妳也是。闍梨香已經死了，妳希望我從闍梨香身上徹底解脫，也就不該再去在意這些事，妳就是妳——那瀾。我愛的是闍梨香，不是那瀾。」

鄯善笑著搖了搖頭，這番話徹底掃去了我心中的顧慮。

「如果哪天我愛上了妳，才能證明妳是闍梨香的轉世。」他的眸光在月光中顯得和善無比。「因為我相信前世，相信自己的確曾經和闍梨香相愛。」

他眼中不容動搖的信念讓我有些感動。

「我該去協助涅梵他們，不然他們又要生我的氣了。」

鄯善輕輕躍起，腳踝上的鈴鐺在月光中劃過一抹暗金的流光，在幽靜的夜裡留下一串清澈的鈴聲。

我回到修的床邊，他依然靜靜地沉睡著。我抓起他的手，放在臉邊——那隻手還是和以前一樣冰涼——腦中出現當時他在日光中化去的模樣，心中一痛，太多太多的回憶隨即浮上眼前。那個曾經把頭髮胡亂裹在繃帶裡的修，那個成天說著自己是怪物的修，那個對我死心塌地的修，那個不畏陽光，要隨我而去的修……

修，我們以後也要一直在一起，不再分開。

我握住的手突然反過來抓緊我的手，我一下子被拽到了床上，回神之際，修已經在我的上方，長髮凌亂地披散在我的臉邊。

那張比原先更加瘦削的臉上是一如往昔的興奮神情，修的嘴角咧到最大，由於雙頰不再嬰兒肥，使這抹笑容看起來更像是快要超出他的臉龐。

修的綠瞳在夜晚中閃現著森然綠光，如同野獸在夜間看到了獵物，裡頭有著興奮、激動，以及渴望。

「修？你醒……唔！」

熱情的吻倏然而下，讓我來不及反應，他像是小狗一樣輕輕咬著我的唇，然後用力地舔。嘴唇柔嫩的肌膚很快被他舔得發麻，伴隨著他粗重的呼吸聲。

「呼……」

有什麼漸漸纏上我的手臂，鑽入我的手心，像是小貓想要得到寵愛而輕撓主人的手心般。這種軟綿綿滑溜溜的感覺……是修的頭髮！重生之後，他的頭髮更長了！

「唔！」

我掙扎起來，他一下子抓緊我的手腕把我牢牢摁在床上，開始舔我的臉，我的耳朵，我的脖子。又有頭髮纏上了我的脖子、我的腰、我的腿，綠色的長髮宛如繃帶，把我和他像木乃伊一樣牢牢綁在一起，難分難捨！

修離開我的唇，重重地喘著氣，激動令他的吐息變得激烈。他咧嘴看著我：「女王大人……」興奮的目光落在我的臉上，那副神情像是要把我馬上生吞活剝！

「修，放開我！」

我掙扎了一下，手臂卻被他的頭髮纏緊。

「不放……」他低下頭，像小狗一樣在我身邊不停嗅聞。「女王陛下是我的……我要和我的愛在一起……」

他又伸出舌頭湊上我的臉，像是小貓在我的臉上慢慢舔弄。他的身後升起細細的花藤，我頓時心驚不已：「修，你想幹嘛？」

「增加氣氛……」他舔上我的耳垂：「妳們女人不都喜歡情調……和氣氛？」

我害怕地望著那四處飛揚的花藤：「這叫恐怖好嗎！」

「是嗎……」他再次撐起身，赤裸的身體在月光中染上淡淡的銀光，綠瞳渙散了一下：「一定是沒有玫瑰花……對……玫瑰花……」

「這根本不是玫瑰花的問題好不好？」

花藤開始攀上周圍的一切——床柱、牆壁、桌椅……很快的，整個房間都變得像是修都的舊王宮一樣，到處爬滿花藤，染上一種古老而神祕的氣息。

忽然，那些花藤上出現了花苞，下一刻，它們在月光中一起綻放，白色的花瓣頓時像是蝴蝶振翅般展開，點點花粉染上了月色，在花朵綻放時飄出，散布在整個房間之內，濃郁的花香瞬間彌漫在空氣中。

童話般的景象美得讓我窒息，心跳也彷彿在這美景中止住，像是百合似的美麗花朵此刻開滿了整個房間。

接著，紅色的玫瑰花瓣如雨一般自上方撒落，落在我的手中，也落在修的身上和長髮上。

我掬起一束沾上紅玫瑰花瓣的綠髮，鮮紅花瓣和搶眼綠髮的強烈對比顯得格外刺目。紅色的花瓣如同斑駁的鮮血，布滿修的身體。

「女王大人……」

他放開我的手腕，痴痴撫上我的臉，不知何時變得火熱的手撫落我的頸項，爬上了我的胸部。

他的手停在我的胸部上，隨即緩緩地吻了下來，輕輕咬住我的唇，小心翼翼地伸出舌頭鑽入我的口中。我緊盯著他泛著潮紅和興奮的臉，抬起被綠髮纏繞的手，撫上他同樣熾熱的臉。

他的吻似乎有些小心翼翼，按在我心口的手猛然一揪，冰涼的花藤自我的領口鑽入，遊走在我的衣裙下，接著又像蛇找到獵物緩緩收緊。我的酥胸被他揉捏在手中，受到擠壓而愈發高聳。

花藤纏得越來越緊，看來修的力量正在逐漸失控，弄痛了我的身體。我微微擰眉，在他的吻中發出呻吟：「嗯……」

他停了下來，離開我的唇，撐起身體，痴痴地望著我在他身下喘息。

「修……有點緊……」

他的綠瞳倏然睜大，漩渦越來越急速，眸光顫動不已，隨即被熊熊燃燒的火焰吞沒。他的呼吸像是暫時凝滯了，低啞的聲音自口中而出：「我的愛……」

他猛地抓住我的衣領，用力撕扯起來：「我的愛……妳是我的……是我的女王大人！」

啪刷！啪刷！我的衣服被徹底撕碎，花瓣如雨般落下，修的容顏和身體變得若隱若現！同時也露出了我被花藤纏緊的身體與高聳的雪乳。

「修……」

我的心跳猛然收縮，無法直視他眼中的瘋狂，想要掙扎，卻被他的花藤纏得更緊。花瓣落在我的身上，發出「撲撲簌簌」的聲響。

「我的女王大人！我的！我的！」

痴狂的呼喊從他火紅的唇中流瀉而出。修突然低下身，抓住我被花藤圍緊的胸部，重重啃咬起來。

「啊！」蓓蕊被人忽然用牙齒咬住讓我痛呼出聲：「修！」

「嗯！嗯！」

他用力吸吮，同時含住蓓蕊，近乎拉扯地撕咬，同時以另一隻手撚動另一邊的蓓蕊。儘管動作粗

暴，我的身體卻依然在他瘋狂的愛撫中火熱起來。

像是嫌自己的手跟舌頭不夠用似的，他還以長髮摸著我的身體，用花藤撫上我的臉。然而要命的是，那花藤上是亞夫的花紋！

「啊！修！不要用……亞夫……唔！」

呻吟不受控制地脫口而出，我只能咬緊下唇。

但修還是聽話地撤去了那些花藤，接著從我的胸口往下舔去，柔軟的舌頭從我的腹部開始慢慢往下滑，舔上我的肚臍。當夜風拂過，我清晰地感覺到被他舔過而留下的濕滑痕跡，不由得抓緊身下的床單，卻只抓到了一把玫瑰花瓣，整張床已然變成修都舊王宮花園裡那張鋪滿玫瑰花的花床。

恐怖和浪漫，原來只是一線之隔。

儘管夜風徐徐，依然吹不散房間裡的濃郁花香。修舔上了我的密區，我整個人瞬間緊繃，想掙扎起身，卻又因為被舔弄而失去了所有的力氣。

他舔上了我的大腿內側，長髮漸漸從我身上散去，但我已經徹底癱軟在玫瑰花雨中，無法起身。

「修……」

「女王大人……」修抬起我赤裸的腿，一點一滴地舔著，直到舔上我的腳背。他粗喘著說：「我的……女王大人是屬於我的……」他抱住我的腿，痴痴地蹭著。

我微微撐起身體，綠色的長髮披散在他赤裸精實的身體上，如同一件綠色的薄衫垂至他的腿邊，微微遮覆住他高挺的昂揚，令我的心跳瞬間凝滯片刻。我閉起了眼睛。

硬物倏然擦過我的密區，我收緊身體，不敢去想，也不敢去看。

「我的愛……」

他的呵氣吹在我大腿內側，癢癢的，指尖輕輕撫過。忽然，他抬起我的雙腿，下一刻，身體就被熱鐵貫穿。他抓緊我的腿，近乎瘋狂地狂猛抽插起來。

「我的！我的！是我的——！」

他用力地撞擊，像是要撕裂我的身體般完全侵入，猛烈的撞擊讓我的身體震盪，帶起了身旁的花瓣，柔嫩的幽穴因為突然的突刺而帶出了一絲疼，但很快就被他極深的頂入帶出的快感淹沒，每一下深深的撞擊都彷彿要撞上我靈魂的最深處。

「我的！我的！我的！女王大人！女王大人！我不要離開妳！」

他瘋狂地撞擊著，我只能咬住下唇，才不至於讓呻吟呼出。我微微喘息，睜開眼睛，看到了他在月光中飄動的綠髮。

「舒服……舒服好舒服……」

很快的，他瞇起雙眼，意識被快感吞沒，完全沉浸其中。他忽然抽出，趴下埋入我的腿間，軟舌瞬間侵入幽穴，饑渴地舔弄吸吮，已經發熱的幽穴忽然又被撩撥，升起了一種格外焦躁，空虛的感覺。

「嗯！嗯！嗯！」

他狂亂地舔弄著，軟舌在裡頭四處亂竄，宛如隔靴搔癢一般。

我難以忍受地抓緊他的長髮，他倏然興奮地揚起臉，唇角垂落一抹讓人無法直視的銀絲。他伸出舌頭舔過火紅的唇，捲起那抹蜜液，接著興奮地睜大眼睛。

「女王大人……妳是不是很喜歡……是不是……」他慢慢地爬上我的身體。「對……就這樣弄痛我……撕扯我……愛我就弄痛我——」

我受不了地再用力一扯他的頭髮，他的雙瞳登時睜到最大，猛地又把他的硬物刺入我的身體。我驚顫地收緊了身體，那是比之前更加博大的熱鐵，弄痛他真的會讓他更加興奮！

「不夠——不夠——我還要痛——」他在我身上嘶嚎。我緊緊抱住他，指甲深深抓入他後背的肌膚，他立刻興奮地再次衝刺起來：「對——很好——弄痛我——讓我興奮——快讓我更加——更加地興奮——」

我也豁出去了，被他這樣喊我實在受不了，一口咬住他的肩膀，他的身體頓時變得緊繃，在我的抓咬中變得更加瘋狂，更加猛烈的衝刺與摩擦讓我無法控制地嬌喊出來：「啊！啊！」我只能繼續咬住他的身體，才不至於讓這羞人的呼喊繼續出口，使他更加得意。

「啊！啊！」

他激動高亢地喊了出來，抱緊我的身體，一口含住我的胸口，用力地吸吮舔弄，舌頭在我的蓓蕊上打轉、含住、輕咬，我用力抓緊他的手臂，在他白皙的肌膚上留下一條條粉紅的抓痕。

「啊！啊！」

他揚起臉，更加快速地抽插起來，整張床隨著他劇烈的動作而晃動。突然他的雙眉微微一緊，體內的熱鐵也在此刻猛然脹大，我瞬間感覺到熱液燒燙了幽穴。

他緩緩伏在我的身體上，眼前是慢速播放的玫瑰花雨。我在繽紛飄落的花瓣中慢慢闔上了眼睛，激烈的情事讓我的腦袋眩暈發脹，被一波又一波的熱浪衝擊，久久無法回神。

鼻息間全是玫瑰花的花瓣香，我自玫瑰花海中醒來，噴出了兩瓣花瓣，隱約看見修坐在晨光中，疑惑地看著自己的雙手。

聽到聲音的他朝我困惑地看來，清澈的目光裡雖然滿是不解，但意識似乎異常清明，沒有半絲混亂或是瘋狂。

我從花瓣中坐起來，腰部一陣刺痛。修實在太激烈了，還是靈川溫柔，我的頭還在痛。

我扶住自己的頭，各色玫瑰花瓣幾乎淹到我的胸口，遮蓋住我的春光。修這是要把我埋了嗎？

「妳是誰？」忽然從修那邊傳來了疑惑的聲音：「妳為什麼會睡在我的旁邊？」

我一怔，僵硬地看向他，他的目光卻不再混亂，可以看出他正常了！

慢著！他居然恢復正常了？

然而我也從修的眼中看出他的疑惑不是假裝的，他真的不認識我了！

我驚疑地問他：「你不認識我了？」

他搖搖頭，望見我的身體，頓時驚訝地臉紅起來：「妳妳妳……妳怎麼不穿衣服？」

我氣鬱地低下臉，抱住頭：「這是真的分裂了……」之前修的狀況還不到徹底精神分裂的程度，真正的精神分裂會在不同的身分間轉換，而且不記得另一個自己在做什麼。

我緩緩下床，看到他紅著臉偷偷看我，於是憤怒地瞪向他，他立刻別開臉。

我踩在自己破碎的衣服上，撿起靈川幫修披上的衣服穿在身上，隨後才轉身朝他招手：「你過來，我告訴你這是怎麼一回事。」

他愣了愣，手伸到玫瑰花瓣下找了找，起身時抓了一條床單圍在自己身上，然後下了床。就聽話這點倒還能證明他還是修。

我走到陽台上，量了量距離，轉身對他繼續擺手：「過來站好。」

他疑惑地看著我，還是站在了陽台邊。我往回退：「很好，別動，你很快就會知道答案。」

他的臉上依舊是一副懵懵懂懂的神情。

我壓下胸口的憤怒，深吸一口氣，跑了起來：「你去死吧！」跳起一腳踹在他胸口上，他登時睜圓了眼睛，往後翻出陽台外。

「啊————」

我跑到陽台邊察看，靈川、涅梵、玉音、安歌、安羽、鄯善與摩恩此時正好從下面走了出來。聽到驚叫的他們一起往上看，接著幾乎同時讓開身體。

砰！修摔在他們圍成的圈裡。人王們僵硬地看了一會兒，隨後一起抬頭，用一種近乎恐懼的目光看向我。只有靈川表現得比較淡定，還蹲下身戳了戳修摔暈過去的臉。

我恨恨地望著修片刻，轉過身去。

混蛋！居然敢不認識我？尤其還是在完事之後，更不能原諒！

修之後被靈川撿了回來，委屈地抱住靈川：「川～～她打我～～」他的身上乾乾淨淨，沒有半絲昨晚激情的殘留，因為人王即使解除了詛咒，依然擁有神力。

我淡定地坐在自己的房間裡，沉著臉看靈川：「你把他撿回來幹什麼？你們人王不老不死，摔不死他！」

「哦～～好無情啊～～」玉音笑咪咪地看著我：「這是用完就甩嗎～～」

涅梵的臉色更陰沉了，鄯善擔心地盯著修，安羽雙手環胸白了我一眼，安歌則是看著我發愣，修害怕地躲到靈川身後。甚至就連白白此刻也緊緊抱住靈川的腿，像是看到魔鬼一樣驚恐地看著我。

靈川摸著修的頭，目光中似乎覺得有些好玩。

「那那～～妳又把人家怎麼了？」摩恩化作小精靈飛到我面前。

我猛然而起：「是他把我忘了！」

「我根本不認識妳！」修忽然大喊，這聲大喊讓所有人驚訝地看向他。

修疑惑地環顧大家：「看什麼看？你們殺死了闍梨香，獲得了她的神力，為什麼還不回去？還待在鄯都？」

眾人的目光更加驚疑了。

修又疑惑地看著自己：「咦，奇怪，不是說不老不死，我怎麼長大了？」

人王們面面相覷，連安羽也顧不上繼續白我眼，而是看向修：「修，現在距離那件事已經一百五十年了，你真的不記得一切了？」

「一百五十年！」修驚訝地瞪大眼睛！「那、那我的父王、母后、妹妹……」

涅梵上前按住他的肩膀：「修，你瘋了一百五十年，你的父王、母后，還有妹妹已經……」

「不——不——」修受不了打擊地抱住自己的頭，痛苦地輕顫：「他們不可能死的——他們不可

能的——不會是一百五十年的，你們騙我！你們一定是騙我的——不——父王——母后——不——不會的——」

見他陷入了痛苦的混亂之中，大家的目光顯得擔憂無比。

涅梵緊緊握住修的肩膀：「修，冷靜，一切都過去了……」

修的雙手深深抓入自己的長髮：「父王……我不是怪物——我不是——女王……大人……」他忽然怔了一怔，慢慢抬起頭看向我。

我憂慮地看著他，這是又分裂回來了？

他的目光從呆滯漸漸轉為興奮，終於，我所熟悉的那個修回來了，然而眾人仍處在修分裂來分裂去的狀況中，無法回神。

修，那段黑暗的日子傷你傷得太深，讓你即使正常也不願去回憶。如果那段日子真的讓你那麼痛苦，你就繼續瘋下去吧，我不介意，至少你跟我在一起時是快樂的。

「女王大人——」他激動地跑向我，一把抱住我，開始不停磨蹭我的臉：「我的愛……我的女王大人……我好喜歡妳折磨我……再給我一次痛吧……我還想要……」

我瞬間全身僵硬。天哪，還是讓修分裂回去吧！

此時此刻，我只感覺到所有人王外加一隻精靈王的目光全釘在我身上，宛如萬箭穿心。

「我好喜歡……我好喜歡……」

修還在我身上蹭。涅梵皺著眉頭，轉身就要走，玉音忽然使壞地單手靠在他的肩膀上，壞笑看著我：「原來有人好這味～」

「不是的！」我急著說，但安羽已經一個冷眼掃來：「不是？看來昨晚有人在我們商討大事時又輕鬆快活了！」

我抽了抽眉：「我做什麼跟你們無關吧！」憤怒的大喝讓安羽和涅梵一怔，整個房間變得格外安靜，像是有人瞬間抽走了空氣。

安羽狠狠地瞪視我，像是我背叛了他的哥哥！安歌卻忽然摟住他的肩膀：「小羽～～別管那女人的事了～～你看那女人都把你氣出皺紋了～～」他托起安羽的下巴。

「我不老不死，哪來的皺紋？」安羽憤然拍開安歌的手：「我是替你感到不值！小安，那樣的女人根本不值得你愛！」

「那就不愛囉～～」安歌無所謂地聳聳肩，露出和安羽以前一樣無所謂的神情：「最近好像是小羽你比較在意呢～～」

安羽猛地一愣，瞪大的銀瞳呆滯地看著安歌邪笑的臉。

「大家別吵了。」鄯善走出來緩頰：「那瀾有了自己的選擇，我們應該為她高興。不是說她能幫我們解除詛咒嗎？我覺得這件事更重要吧。」

氣氛終於因為鄯善的這番話緩和了下來。

「修，你讓開。」

修聽話地讓開，坐在我身邊看著自己的手：「變大了……呵呵……變大了……好……好……」

眾人無視修的自言自語，大家都已經習慣在討論事情時，修還沉浸在自己的世界裡。

摩恩飛到我的肩膀上，拍了拍我的臉：「原來妳還有這種功能，幫助人王解除詛咒？怎麼？是靠

那個嗎？」他壞壞地看向一旁自言自語的修。

寒氣忽然自面前傳來，靈川已經站在我身前，挺拔的身體完全遮蔽住上空，帶來強烈的壓迫感。

「讓開。」他只是淡淡說了聲，看落我臉邊的摩恩。

摩恩挑釁地看他：「不讓又怎樣？」

靈川不說話，直接抬手，「啪！」打了個響指，一個冰盒頓時出現在空氣中，直接罩住摩恩！

摩恩憤怒地在裡頭拍打，卻聽不到任何聲音。

「嗤嗤嗤嗤！」

白白捂著嘴笑，竄到靈川的後背上。嗯？我的猴子什麼時候歸靈川了。

處罰了對我不敬的摩恩後，靈川轉身，淡定地坐在我身旁，一副我的正牌老公模樣。

涅梵、玉音、安歌、安羽及鄯善各自坐下，涅梵和玉音就近坐在臥榻上，雙胞胎坐在一旁的桌子上，鄯善就地坐在枕墊上。

「那瀾，我們希望妳一起去營救伏色魔耶。」

涅梵率先開了口。我有些驚訝地看著他，一旁冰盒裡的摩恩放棄地盤腿坐在裡面。

安歌和安羽看向我，又像連體嬰般的同時開口：「伏都已經變成魔都，魔力對我們有害，我們無法進入，只有妳可以。」

我擔心地問他們：「你們確定伏色魔耶還活著？」

「如果他死了，摩恩應該會知道。」

鄯善看向摩恩，看來他們昨晚真的已經詳細討論過了。摩恩聳了聳肩，靈川微微揚手，替冰牢開了個小窗，好讓他聽到我們的談話。

鄯善繼續說下去：「既然暗夜精靈沒有收割到伏色魔耶的靈果，就證明伏色魔耶還活著。」

「此外～正好看看解除詛咒的靈川和修是不是和妳一樣，不再受魔力影響～～」

玉音的蘭花指指向靈川和修。

靈川淡淡地望著大家，眨了眨眼，神情顯得有些呆傻：「瀾兒為我哭過。」

我一愣。這是指他被亞夫殺死時，我流在他心口上的眼淚嗎？

他轉頭看向修：「也為修哭了。」

當修曬化時，我的淚水也曾滴落在他的頭頂。我的確為他們哭過，而且是真心地落淚。

「川，你認為是我的眼淚解除了詛咒？」我抓住了他的手，他的眼中也滿是不確定。我望向鄯善，他微微一愣。「可是我也為鄯善哭過，卻沒有讓他解開詛咒。」

靈川擰起了眉：「那麼看來果然還是因為那點吧？」他似乎想到了。

「什麼？」談及詛咒的解除，人王們都緊張萬分。

靈川看向我，我對他點點頭：「我也想到了。」

「好，妳說吧。」心有靈犀地對視片刻後，我轉頭看向大家：「是跟我離開的決心！」

涅梵、玉音、安歌、安羽紛紛一怔，鄯善垂下頭擰眉深思。

「跟妳這個瘋女人離開？」摩恩在冰牢裡隨意地問，口氣像是我在跟他開玩笑。

我點點頭：「排除其他因素，我只想得到這點。川解除詛咒前願意放下這裡的一切，跟隨我回到我的世界；至於修嘛，我想也不用說明了，他的行動已經說明了一切。所以在座的各位只要願意放下這裡的一切跟我走，詛咒應該會解除。」

我輕描淡寫地說完這番話，卻讓那些人王們的目光變得波瀾不定！

雙胞胎第一時間看向彼此，他們根本無法放下對方！

涅梵深沉地握起拳頭，放到自己的唇邊。他算是這些人王中最認真當王的一個，他把當王視為一

份事業，甚至有吞併其他王都的野心，是最放不下這個世界的人。

鄯善抬起頭，看向陽台外自己的王都。他那麼善良，應該也放不下自己的百姓。

至於玉音——

「別開玩笑了～～」玉音懶洋洋地撥弄著自己的指甲：「我們在這兒當王當得好好的，為什麼要跟妳跑到另一個陌生的世界重新開始？你們那裡的科技比我們發達千年，我們在妳的世界根本無法生存嘛～～」

玉音的性格像貓，註定喜歡安逸。

「哼，這種事也只有呆子和瘋子能做到。」摩恩也失去了平日黏我的那股騷勁，看來他也無法放下。在這裡，他是人人敬畏的死神，可是到了另一個世界，一切都是未知數。他撥了撥自己的紫髮。「對了，伊森那個傻子倒有可能願意。哼哼哼哼～～我想到了，那那——」他朝我壞壞看來。「不如妳把伊森帶走，聖光精靈一族就是我的了！哈哈哈！」

原來他是在打這種如意算盤啊。

我淡淡望向神情凝重的人王們：「我當然知道去另一個世界需要勇氣，就像我在自己的世界也活得逍遙自在，到了這裡卻成了你們的玩具！」

幾個人王的臉上頓時露出尷尬神情。

我懶得看他們，漠然表示：「條件應該是這點沒錯，要不要解除詛咒隨便你們。但如果不是真心願意放下這一切應該沒有用，不信你們可以試試看。」

當我說完後，涅梵居然站了起來，抬起右手發誓：「我涅梵願意隨那瀾離開這個世界！」鏗鏘有力地說完後，他定定地看著我，其餘幾個人王也望向他。

我的下巴差點脫臼，平日冷靜鎮定的涅梵居然也會做出這種傻事？涅梵的這個舉動讓所有人露出了跟我一樣的表情，可見在他們心中，他絕對不是會做出這種白痴嘗試的人。

我費了好半天才回過神：「別看我了，沒用。」他身上的神紋依舊閃亮。涅梵沒有絲毫變化的這點也證明詛咒不是那麼好糊弄的，不是真心誠意，僅憑嘴上說說，根本無法解除。

涅梵擰擰眉，不信邪地直接抽出玉音隨身帶的波斯小彎刀，往自己的手心就是一劃。當金沙溢出時，我看到他眸中的一絲頹喪。

我已經不再心疼這些人王劃自己了，隨他們去！

他失望地坐下。玉音勾起唇笑了笑，伸手摟上他的脖子：「梵～～你還是老老實實地留在這裡陪我吧～～」

沒想到最放不下一切的涅梵，卻是最渴望解除詛咒的人。

好不容易恢復鎮定的涅梵擰了擰拳頭，看向我們：「現在按計畫行事。川，你跟修陪那瀾去伏都救伏色魔耶，其餘人跟我到安都設防！」

「你不去伏都？」靈川淡定地看涅梵。

涅梵立刻瞪大眼睛問靈川：「你這是在向我炫耀嗎？」他就像隻渾身皮毛全都豎起的獅子，朝靈川大吼，接著又瞥了我一眼：「而且看著這個女人就心煩！」

玉音和鄯善一起看向他，各自露出笑容。

靈川呆呆地望著涅梵一會兒，眨了眨眼：「哦。」這個「哦」字讓涅梵高漲的氣焰瞬間熄滅，他垂下頭，久久不言。

「那我們走吧。」靈川拉起了我。我看向一邊還在跟亞夫仙人球聊天的修：「修，我們要走了，收拾一下行李。」

修從亞夫仙人球前緩緩抬起頭，呆呆看著我一會兒，眨了眨眼，隨即猛然起身，困惑地看四周：「我怎麼……」

我隱隱有種不好的預感。

他慢慢轉過身，在看到我的那一刻立刻瞪大眼睛：「妳這個女人怎麼還在這裡？」

「看來還是要把你踹下去！」我擰了擰拳，作勢要衝上去，卻被靈川一把抱住。

修立刻舉起仙人球：「別過來，不然我對妳不客氣了！」

「你——敢！」我隔著靈川憤怒地指向他：「敢動我試試看啊！你不記得我，那破仙人球倒是記得挺清楚！」

修沉下了臉：「本殿下是修都沁修斯，不容妳在本殿下面前撒野！」

「夠了！」涅梵像是受不了地起身，擰緊雙眉看向地面。「這一切簡直是一場鬧劇，我再也受不了了！喂！」他忽然狠狠地看向我。「管好妳的男人，不要毀了我們的計畫！還有本王宣布——」他盯著我頓了頓，接著看了一眼靈川和修：「本王退出八王遊戲，妳不用來梵都了！」

說罷，涅梵拂袖而去，語氣像是完全不歡迎我踏入他的國都。真是的，遊戲可以結束，難道不歡

迎我去旅遊嗎？

玉音懶洋洋地起身，嫵媚地掃了我一眼：「既然梵不玩了～我也不玩了，搶別人的女人真是沒意思～～鄯善～～你也不需要收容她了，她的男人夠多了～～」玉音意有所指地瞥向安歌和安羽。

雙胞胎燦爛笑著，少年虛假的笑容一眼便知。

玉音踢了踢鄯善：「走啦～～」

鄯善起身對我微微行了一禮，隨後和玉音離去。

「什麼八王遊戲？什麼魔王？你們到底在說什麼？」修疑惑地看向靈川。

靈川淡淡地瞄了他一眼：「去穿衣服。」

修看了看自己的身體，大吃一驚，立刻跑入屋內。

「別氣……別氣……」

靈川輕撫我的後背，我緩了緩勁，放開靈川。沒過多久後，穿好衣服的修出來了，身上是一件鄯都的圓領淺藍長衣，很適合他的新身材。

「沁修斯，我們現在要去救伏色魔耶，路上再告訴你所有的事吧。」

真是個漫長的故事，說不定還是踹他一腳比較有用。

修愣愣地看了我一會兒，點點頭。

安歌和安羽還站在房內，我問他們：「你們呢？」

笑咪咪的雙胞胎兄弟忽然一起躍到我身邊，兩條手臂一左一右摟住我的脖子，好重。

「小怪怪～～我們真是捨不得離開妳呢～～」右眼美人痣的安羽勾起我的下巴。

「才見面沒多久又要分開了，小醜醜～～」左眼美人痣的安歌從安羽手中轉過我的臉。這兩兄弟又回到了最初的狀態。

「所以～～我要跟妳一起去！」忽然，安羽又強行把我的臉從安歌手中奪回，陰冷的神情帶著他獨有的邪魅感，笑得像是要殺了我。

「什麼？小羽你說什麼？」雙胞胎兄弟終於有所區分，安歌立刻伸手，一把將安羽從我身邊拽開：「你跟我走！不准騷擾那瀾！」他直接拖走了安羽，安羽遠遠地給了我一個飛吻。

只有這個時候，他們才會各自做回自己。

最後，我看向冰牢裡的摩恩：「你呢？」

摩恩的臉上露出了少有的正經：「之前魔王出現，我回去告知父王以及伊森的父王精靈王，可是我的父王和伊森的父王不和，意見當然也不和，再加上以前魔王均是由人王打敗，所以他們並不重視這件事。不過如果魔王和妳的朋友林茵合體，成為像妳這種神力無效的人就麻煩了，所以這次我要回去通知精靈族備戰！」

氣氛嚴肅了起來。之前涅梵其實也想好好討論迎戰魔王的事，然而不知道怎麼回事，只要我和我的男人同時存在，最後話題總會嚴重偏題，讓所有人崩潰。

啪！靈川打了個響指，冰牢破碎，摩恩對我邪邪一笑：「要我幫妳去看看伊森嗎？他這會兒應該醒了～～」

伊森遇到我真不知道是福還是禍，好端端地來到我身邊，最後卻總是昏迷著回去，我自己都覺得愧對精靈王，想親自去向他道歉。

「不用。」我下了決定，摩恩挑眉看我。「伊森的事我會自己去說，並向精靈王道歉。」

「嗯～～妳有決定了？哈哈哈，妳不選伊森這個娘娘腔是明智的——」

「不！」我打斷了摩恩：「恰恰相反，我要把伊森接回來，然後和我永遠在一起！」

我不會再放棄任何一個自己所愛的男人，錯過他們的愛情只會像闍梨香那樣後悔。

當我說完這話後，摩恩僵立在空中，靈川呆呆望著一聲不響地抱住他手臂的白白。

白白以碧藍的眼睛看著我，神情有些困惑。

「哼～～真是嫉妒那個娘娘腔～～」摩恩翻了個白眼，隨即再次勾唇而笑：「親愛的那那，我很快就會回來完成我在妳身上未完成的事情～～」

我抽了抽眉，摩恩已經化作一抹暗光消失在空氣中。我其實想告訴他他太黑了，我不喜歡。

當我收拾行李時，還能從窗戶看到在花園裡像是在爭論的雙胞胎。安羽緊緊揪住安歌的衣領，激動地說著什麼，安歌側著臉，似乎相當猶豫不決。

忽地，他抬起臉朝我的房間看來，當我們的視線在空氣中相交時，他擰了擰眉，宛如做出了決定，轉回臉對安羽點點頭。

安羽露出一抹輕鬆的笑容，那是在他這個彆扭的少年臉上從不曾出現的笑。他看了看安歌，隨後也朝我的房間瞥來，眼角流露出的嫵媚讓他看起來顯得有些無所謂。

他一直看著我，然後伸手捧住安歌的臉，在他的額頭輕輕落下一個吻。他親吻著安歌，目光卻一直撇落在我的臉上，我的額頭倏然感覺到一絲火熱，宛如那個吻不是落在安歌的額頭上，而是我的。

他收回目光，轉身離去，單薄的背影透著一種對所有事都不再執著的感覺。

準備就緒後，眾人即將出發。涅梵一行人走聖光之門，我們則要從鄯都穿越噴火大陸前往伏都，救回伏色魔耶，讓他重開聖光之門，從那裡直接前往安都與涅梵他們會合。

我們在時間上比魔王占優勢，我們有傳送門，但是魔王走不了聖光之門。不過如果他跟林茵合體就麻煩了。

好想去修都瞭解一下林茵的情況，然而時間實在不夠用。林茵多半會是自己過去的，因為魔王無法穿越聖光之門，而且她也和我一樣，尚未被同化，又是處女之身……我們實在無法預測他們合體後的效果，畢竟過去從未出現過魔王與外面世界來的人合體這種事。

當我們走出王城時，鄯都的長老與百姓們都來為我們送行，表達對我們救回鄯善的謝意。

風鼇還是跟著我們，有風鼇這個交通工具非常便利。

我們和涅梵在王都門口分道揚鑣，他們將前往聖光之門，我們要前往鄯都的邊境。

「小怪怪～」在我們要動身時，安羽忽然朝我們跑來。我坐在風鼇的身上，疑惑地看他飛躍而起，落在我的面前蹲下，瞇眼笑看我，接著伸手托起我的下巴：「小怪怪，我果然還是捨不得跟妳分開呢～我有翅膀，可以帶著妳飛行哦～」

我僵硬地望著他片刻，轉頭詢問一旁滿身寒氣的靈川：「川，你同意他一起走嗎？」靈川是我現在唯一算正常的老公，還是問一下比較好，家庭要和睦和諧才行啊。

安羽的忽然到來確實讓我很意外，不過他現在似乎顯得很平靜，因為他脖子上的神紋不像以前那麼張揚妖嬈。

我盯著靈川，靈川淡淡地看向安羽。安羽渾身邪氣地緩緩起身，單手扠腰，抬起下巴，跩跩地瞥向靈川：「魔域有不少飛行的魔族～你能飛嗎？」

靈川眨了眨眼，對安羽說：「難得。」

安羽奇怪地白了他一眼：「難得什麼？」

「你也會想保護那瀾。」

安羽怔了怔，那一刻的神情讓我有種像是看著安歌的錯覺，他們兩個一旦偽裝起對方，無論從容貌到神情都無懈可擊，所以分辨他們的方法只有靠他們身上的神紋，安羽是黑色，安歌是白色。

安羽把下巴抬得更高了。「誰要保護這個女人，她不是有你們嗎？我是想去救伏色魔耶，雖然不是很喜歡那個傢伙，但我們畢竟……」安羽伸手推在靈川的胸膛上。「還是有些特殊感情的。」

靈川凝視著安羽片刻，銀髮在風中掠過安羽的臉邊，和他的雪髮一起飛揚，兩人的唇近得宛如隨時都能碰在一起。

這一刻，我恍惚了。

又過了一段時間，靈川總算冒出一句：「好。」說完，他向我伸出手。「走，進屋吧。」

我回過神，把手放入靈川手中，靈川拉起了我。安羽離開靈川的胸膛，雙眼瞇在一起。我不知道安羽忽然為什麼要跟我們一起走，「救伏色魔耶」這種理由可不太像安羽的風格。

當風鼇飛起時，安羽依然站在原處，遠遠凝望著聖光之門的方向，這次與安歌的相聚似乎讓他對

安歌愈發依戀。我印象中的安羽只會在心中默默愛著安歌，不會像今天這樣，一步三回頭地看著安歌離開的方向，連風，也切不斷他的視線……

噴火大陸時不時竄起可怕的火焰和熱泉，讓空氣變得灼熱而渾濁，悶熱的空氣讓我很不適應。但風鼇不能飛太高，因為高空的空氣也很稀薄，儘管這個特殊世界的高空並不高，我摔下來的時候也沒有被凍僵，或是感覺到龐大的氣壓，然而離地太遠還是會讓人感覺胸悶。

這段行程的不上不下令我感覺特別難熬，噴火大陸的灼熱讓風鼇也時不時需要降落休息，這將會是一個漫長的旅程。

我躺在自己的小窩裡，有氣無力地畫著畫，把在這個世界的記憶留下來。第一次感覺自己像西施一樣柔弱，進入噴火大陸的第三天，我就產生了一種中暑的感覺。

靈川開始搓手，當寒氣從他手中形成時，我握住了他的手：「不要，忽冷忽熱我更難受。我只要靠在你身上就舒服了。」我不能讓靈川一直散發寒氣為我保持常溫，空調二十四小時開也會壞，更別說是耗費神力的靈川。

靈川微微蹙起眉頭，心疼地看了我一會兒，張開懷抱。我坐到他的身前，靠在他的身上，他的身體一直都是涼涼的，坐在他的身前會有種坐在水床上的感覺，涼意會透過後背進入我的身體，進入我的心。

靈川的右腿在我的腿邊曲起，正好成為我的扶手，我繼續畫畫，因為這樣可以分散我在身體不適上的注意力。

我畫的是修，此刻的他正擺弄著亞夫仙人球。亞夫仙人球很神奇，注入亞夫的靈果後，仙人球可以幻化成各種植物，包括原先我一直想不通的花藤。自從仙人球有了神紋後，它成了修最喜愛的玩具，此刻他正用他的神力讓一根細細的花藤從仙人球裡冒出，像蛇一樣地扭來扭去。

「對……對……很好……很好……」

修興奮地看著這一切，他最近一直在變態修和沁修斯之間徘徊，很不穩定。

他的耳邊垂著我替他新編的中國結，成年人的他依然帶著十六歲少年的稚氣，讓他透出一種特殊的純淨。

鉛筆細細勾勒出中國結的花紋，川的下巴抵在我的肩膀上：「最近妳一直在畫修。」他淡淡地說，飄出一絲醋意，長長的銀髮像精美的絲巾般滑落我的手邊。他輕輕爬梳我又開始留長的頭髮，冰涼的手指插入我的髮絲，讓我的頭腦也瞬間清明起來。

我一筆一筆畫出修纖細的睫毛。「因為我最近很在乎他的記憶。」

我的身後頓時安靜了下來。我繼續畫著，畫出仙人球上亞夫的神紋。

「哦……」忽地，靈川說出了這個字。我一愣……不會吧，靈川到現在才做出反應？

我停下畫筆，轉頭看他架在我肩膀俊美的側臉，以及透著一絲呆滯的星輝瞳仁：「你吃醋了？」

「嗯。」這次他答得很直接。

我偷眼看看專心於把玩仙人球的修，在靈川的側臉上匆匆落下一吻。靈川一怔，忽然扣住我的

臉，吻上了我的唇。

我慌忙推開他的臉，他的身體開始發熱起來：「不夠。」他深情地看著我說。

我立刻望向修，靈川卻摁住我的肩膀，吻上了我的頸項，我全身一緊：「不行，修在呢！」

「沒關係，他如果想可以一起。」

靈川一邊吻落我的頸項一邊說，冰涼的手撫上我的小腹。我快氣死了，靈川怎麼可以這樣？以前以為他天真單純，結果在這件事上一點都不聖潔！

忽地，他停住了動作，與我拉開距離，看向門簾：「他不能一起。」此時門簾掀開，出現了安羽淡金色的衣襬。不知怎麼回事，這刻的我好感謝安羽，因為靈川想做的事實在不是我能夠阻止的。

安羽掀簾而入，修也停下擺弄仙人球看他，咧開嘴目露警告：「這裡是女王陛下的寢殿——不要隨便進入——」

「哼。」安羽不屑地看了他一眼，望向躺在靈川身前的我，揚唇邪笑起來：「看來有人很享受嘛，把這次營救當成了旅行。是不是以前去救靈川的時候，妳也像這樣躺在修的懷裡？」

安羽在門邊盤腿坐下，單手支臉壞壞看我，銀瞳中泛著一絲深深的醋意。

我一怔，他眸中的醋意從何而來？

修斜著眼睛看他：「那又關你什麼事？」

安羽也斜睨他一眼：「玩你的仙人球去！你確定下一刻你又記得你的女王陛下了？」

修登時深受打擊，瞪大綠眸呆滯地看著空氣。

「不要刺激他！」

我有點生氣地看安羽，他總是喜歡招惹這個，得罪那個。

靈川單手環住我的腰，下巴再次放在我的肩膀上，凝視安羽，安羽也注視著靈川的雙瞳，奇怪的氣氛在小小的窩裡彌漫，神奇地讓小窩裡溫度降低了！

我不知道哪裡不對勁，但是這股不對勁似乎是從安羽身上而來的。以我對安羽的瞭解，他會用更直接的方法來表達他的情感，就像他很直白地對我表現出嫌惡感。他會直接推開伏色魔耶，他會直接把我從安歌面前抱走，他會直接把我從半空中扔下去，他會直接給我身邊的每個男人一個不屑的白眼，但他不會這樣彷彿吃醋般的跟靈川對視。

「你是安羽嗎？」靈川忽然這麼說。

這一刻，安羽一怔，眼神中的醋意全然消失，只餘下驚訝。

我疑惑地望著靈川：「川，他是安羽，我可以確定！」

靈川依然盯著安羽：「未必。」

「不知道你在說什麼。」安羽輕聲一笑，瞪了靈川一眼：「我才不是我那個窩囊廢哥哥～」安羽不屑地說完後，轉身掀簾離開。

「妳怎麼看？」靈川忽然問我，我看向搖擺的門簾：「安羽絕對不會說安歌是窩囊廢……」

「我這是在哪裡？」忽然間，修那邊又傳來了沁修斯的聲音，我扶額：「川，解決一下。」

果然被安羽說對了，修在下一刻又不記得我是誰。

「嗯。」

靈川自我身後起身，白袍從肘邊抽離，走向迷惑地看著仙人球的修。我真心覺得自己身邊全是些問題青年。

雖然安羽身上的神紋跟以前一樣，可是靈川的直覺應該也不會錯，究竟哪裡出了問題？

當我走出小窩時，安羽靜靜站在夜色之下，噴火大地的上空與伏都相似，被一種火光的顏色籠罩，讓他的雪髮也染上了一層淡淡的紅光。精緻小巧的側臉一旦安靜下來，便與安歌毫無二致，很難想像這對兄弟一起安靜坐在月下的場景，那一定會讓人產生「那個雪髮男孩面前有一面清澈無比的鏡子」的錯覺。

當初安羽就是用這個方法假扮安歌來戲弄我的。

安羽察覺到我出來，眨了眨眼，轉身時已經勾起一如往昔的邪笑：「小怪怪，妳心裡到底有沒有我的小安？」

「如果有才是真正的花心，才是真正在侮辱他。」我認真觀察安羽，他身上的神紋沒錯，是安羽的。

聞言，安羽愈發瞇起眼睛：「說不定那個窩囊廢不介意呢！還是……妳更喜歡我？」

我的面前忽然揚起一陣大風，說時遲那時快，他的右手已經環住我的腰，把我緊緊按在他的胸前，在火紅的月光下深深凝視我，唇角揚起壞笑：「是不是我的吻讓妳更喜歡？」

他朝我吻了下來，我來不及阻擋他火熱的唇湊近，極其稀薄的空氣在我們的唇瓣之間變得有些灼熱。

他的銀瞳微微失神，意亂情迷地盯著我的雙唇：「我還記得那時在安都……妳的唇裡……滿是酒香……」

回憶閃爍腦中，我匆匆側開臉，抬手推上他的胸膛，發現劇烈的心跳正從衣衫下傳來。

為什麼？為什麼我感覺在我面前的不是安羽？如果是安羽，他會毫不猶豫地吻下來，就像在安都，他不問自取，霸道而野蠻。不會像此刻停頓在半空。

「安羽，別再這樣糾結了。」

「糾結什麼？」

低啞的聲音落在我的頰畔，他用火熱的雙唇輕輕磨蹭我的臉龐。

「糾結你對安歌的愛！」

安羽一怔。

我輕輕推開他的身體，握住他充滿熱度的雙手，情真意切地看著他：「沒有人可以拆開你們兩個，就算安歌喜歡我也不能！」

安羽的銀瞳睜了睜，似乎有些失焦。

「當年你們的父親要殺你奪取神力，安歌為了保護你，自願獻出生命，但你為了保護安歌而殺死你們那個已經被心魔吞噬的父親……你不僅僅救了安歌，更替安歌背負了弒父的魔障，每晚都被夢魘折磨！」

安羽怔怔看向我，在我的面前趔趄後退，像是想要逃離。我拉住他的手，不讓他遠離：「我還記得和你在一起的那幾夜晚，你沒有一晚上是安睡的，必須要有人睡在你身旁，你才能入睡。安歌知道這些事情嗎？」

安羽的銀瞳恍惚起來，臉上多了一分蒼白和心痛。

我放開他的手。「你是那麼地愛安歌，你一直在守護他，明明他才是哥哥。然而安歌對你的愛就少嗎？他為了你甘願陪你墮落，他是一個那麼陽光善良的人，但是只要你想變壞，他就陪你變壞，只要你想整人，他就陪你整人。他怕你寂寞，所以無論你上天還是入地獄，他都義無反顧地陪著你！」

我情不自禁地握住安羽的臂膀。「安羽，當你說出『安歌是我的』的時候，我知道你根本離不開安歌，我知道你現在說的、做的，無一不是想達成安歌的心願，讓我去愛他，可是如果我和他在一起，你又該怎麼辦？你真的敢面對接下去的孤獨？安羽，別再裝了，我看得出來你是最害怕失去安歌的人！」

「別再說了！」安羽忽然甩開我的手，抱住自己的頭，纖細的手指深深插入自己的雪髮：「別再說了……我怎麼那麼傻……那麼遲鈍……」

他哽咽而痛苦的神情讓我發怔：「你果然是……安歌？」

他的身體立刻一僵，抬起頭看向我，目光中是滿滿的緊張：「不，我是安羽！」

我開始搖頭：「安羽那麼愛你，是不可能說你是窩囊廢的，他只說過你是個懦夫。他也不可能在我面前問喜歡的是不是他，因為他只會給我一個不屑的白眼，說我男人太多！可是……可是為什麼你擁有的是安羽的力量……」

「我說了，我是安羽！」他忽然朝我大吼起來：「我最恨別人把我認錯！」

我擰起了眉：「你到底是安歌還是安羽，一試就知！」

我在他閃爍的目光中慢慢走上前，扯過他的衣領，直接吻上了他的唇。

他徹底呆滯地看我，身體完全僵硬，在我環住他脖子時，他的銀瞳倏然劃過火光，重重壓下了我

的唇，深深的吻讓他半瞇起銀瞳，完全沉浸的他深深吸走我口中每一分空氣。他貪婪地啃咬我的唇，緊緊依附在我的唇上，啃咬、吸吮，舌頭長驅直入，掃過我唇內的每一寸。這個漫長而渴求的吻已經徹底證明他就是安歌，他愛我，所以無法隱藏他對我的深情。

安歌真的愛著我……

我的心開始染上一種罪惡感，讓我想要推開他，卻發現在他深情的吻中，我無法推開。

他的呼吸開始變得急促，緊緊抱住我的身體，燥熱的手在我的後背游移。我試圖推他，他卻把我抱得更緊，壓抑太久的愛在這個吻中徹底爆發。他搶步到我的腿間，我趔趄後退一步，重心不穩往後跌落，他匆匆抱緊我在半空中轉身，摔在風鼇堅硬的鱗片上，我摔在了他的身上，我們的吻終於分開。

他躺在風鼇的身上，扶住我的腰，凝視著我，銀瞳中的深情足以融化我的身心。我撫上自己已經發麻的唇：「你果然是安歌……」

他的眸中劃過一抹自嘲的苦笑：「我居然連吻妳的勇氣都沒有，如果是小羽，他一定……」

「早就吻了是嗎？」

我伸手摸向他右眼角的美人痣，像是當初揭開安羽的偽裝一般。

安歌的眼神慢慢晦澀起來，裡面的火焰隨之熄滅，取而代之的是顫顫的淚光：「是啊……小羽總是那麼直接……他讓我扮作他……也是想讓我勇敢起來……」

「安歌……」我撫上他的眼睛，他的淚水立刻從眼角中滑落。

他突然起身，緊緊抱住了我，在我的肩膀哭泣：「小羽真的每晚都做惡夢嗎？」

「嗯……」

「我不知道……我真的不知道……他為什麼不告訴我……他為什麼不告訴……我……」

我撫上他顫動的後背：「他跟你睡在一起才會安心，所以他睡在你身邊時，不會做惡夢。但是那些晚上，他一個人睡在床上，我每晚看著他半夜在惡夢中驚醒，才知道在他的無所謂神情下，是一具已然空洞的靈魂……」

「小羽……小羽……嗚……」安歌徹底痛哭起來：「都是我沒用……是我懦弱……我不是個好哥哥……我真的不是……小羽……啊……」

安歌的哭聲讓我的心疼痛不已，這對兄弟彼此相愛一百五十年，彼此誤會一百五十年，彼此守護一百五十年，彼此隱瞞一百五十年，卻獨獨缺了一次交心的對談。

我一直抱著他，輕撫他的後背，他緊緊抱住我，像是抱住安羽，哭了很久很久，久到嗓子都哭啞了。

回到小窩後，安歌除去了自己的偽裝，露出了左眼角的美人痣，眼睛依然紅腫著，但已然恢復平靜。

「小羽知道我不敢追求妳，所以他讓我扮作他，至少用他的身分，我還有勇氣面對妳……」他朝我看來，在看到我身邊的靈川和修時低下了頭，苦笑一聲：「但果然還是瞞不過川。如果是小羽愛上了妳，一定會直接找川和修決鬥吧……」

「扯上我做什麼？我跟這女人沒關係。」

沁修斯在旁邊努力解釋，不過我現在懶得搭理他，因為安歌的事比較重要。

我不解地看著安歌身上的神紋：「不瞞你說，我其實可以看見你們身上特殊的神紋，你跟安羽的神紋是不一樣的，為何現在卻……」

他看向自己的身體，但我知道他什麼都看不到。

「小羽感覺到妳似乎能在我們身上看到特殊的東西，藉此判斷我們的身分，所以他建議和我交換神力。」

「交換神力？這也可以？」我吃驚看他。

「因為是兄弟吧。」靈川在我身旁淡淡地說。

安歌點點頭。「是的，只有我跟小羽可以。」他再次看向我。「沒想到這次假扮小羽，卻在妳這裡知道了他更多的事。我……我真的放不下小羽！」他的目光裡帶出了深深的痛。「那瀾，我愛妳！如果妳願意接受我，也請接受小羽！因為我真的放不下他！我不能因為和妳在一起而捨棄小羽。但我知道妳還不願意接受我……」他的銀瞳黯淡起來，空虛地看向一旁。「如果是小羽來追求妳的話，可能早就成功了吧……我真沒用……」

我複雜地看著他，唇上還殘留著他方才的激情。但我無法回應他的愛。

「但安羽似乎不是這麼想的。」靈川單手托腮沉思，安歌緩緩抬眸看他：「川，這是什麼意思？」

靈川微微托腮，呆呆地望著某處：「他與你交換身分去面對魔王，他知道你因為放不下他，所以不能全心全意隨那瀾離開，自然也就解除不了身上的詛咒，他讓你來是希望能解除你的詛咒，但他也知道你放不下他，除非……」

靈川放下手，專注地盯著安歌，不再說話。

瞬間，安歌像是頓悟了什麼，銀瞳猛烈地收縮起來，彷彿受到極大的打擊。他趔趄地站起，卻又腿軟地跌落，臉色瞬間蒼白到極點：「不……小羽……不可以……不可以為我再做傻事……小羽……小羽——」他朝外面踉踉蹌蹌地跑去。

我驚訝地看安歌倉皇的背影。難道……安羽為了讓安歌徹底沒有牽掛而準備戰死嗎？這個白痴安羽！這樣的犧牲只會讓安歌生活在長期的內疚和痛苦中。而安歌那善良的性感一定會隨安羽去的！

這對兄弟真是讓人一刻都放不下心！

「安歌！」我立刻起身追上他，靈川和修也隨即跟上。

我們看到站在暗紅天空下的安歌，他神情恍惚地張開雪白的翅膀，轉頭空洞地望向我，宛如已經失去了整個世界：「對不起……那瀾……我要去阻止小羽……」

「你與其現在往回趕，還不如直接從伏都的聖光之門走！」修走到我的身前：「這裡離伏都更近。」

安歌神情恍惚地緩緩收起翅膀，身體在火熱的空氣中搖晃了一下，跪落在風鼇黑色的脊背上，緩緩捂住了臉：「我到底做了什麼……我為什麼會那麼遲鈍……一直以來都是小羽在照顧我，我什麼都不知道……我真蠢！真蠢！」

安歌惱恨地捶打自己的頭，我立刻上去捉住他的手，抱住他：「別打了，別打了！我們還有涅梵他們，他們會保護安羽的！不會讓安羽傻呼呼去求死的！」

「安歌，如果你現在放棄了，安羽為你所做的一切豈不是白費了嗎？你對得起他為你做出的所有犧牲嗎？」綠色身影在我身邊悠閒打轉，我立刻瞪向修，他卻咧開嘴角低下頭，貼近我的臉：「看什麼看？女人，我說錯了嗎？妳也太薄情了，安羽做了那麼多，只是想讓妳回應一下安歌的愛，這有什麼難的？」

靈川微微蹙眉站在一旁，抿緊雙唇，微露一絲煩惱地看著跟我說話的修。怎麼樣，靈川，你也為這個白痴沁修斯心煩了吧！他居然幫自己老婆跟別的男人說和，我快要無語了！

我生氣看他：「有你這樣把自己老婆往別的男人身上推的嗎？」

沁修斯一愣，慌慌張張地起身，整張臉瞬間變得通紅，帶出少年的害臊：「妳別亂說！什麼妳是我的老婆？那天晚上我什麼都不記得了，總之我們沒有關係！」

我斜睨他，轉身抱了抱安歌：「安歌，別擔心，我答應你，就算安羽真的想求死，我也會把他從死神那裡拽回來還給你！」

安歌揚起臉，濕潤的銀瞳愣愣看著我。

我在他哀傷的眼神中心痛地凝滯了呼吸，這對雙胞胎兄弟是那麼地讓人心疼。我再次抱住他：「安歌，別再傷心了，我真的不想再看到你和安羽再出事。答應我，留在我身邊，我一定會想盡一切方法拯救你們，解除你們身上的詛咒，無論是多困難的條件，我都會為你們而努力嘗試，所以別再哭了……」

我捧住他蒼白的臉，紅腫的銀瞳讓人真的擔心下一刻是不是會因為哀痛而哭瞎。安歌深深地看著我，握銀瞳忽然劃過銳光：「如果我想要妳的愛，妳也會給嗎？」

我一怔。他倏然扣住我的後腦，在靈川和修的面前重重撞上了我的唇，澄澈的銀瞳看向靈川，眼角還含著淚光。

「啊～～～～～還說是我老婆！妳居然在我的面前親別的男人，肯定不是我老婆！」修在一旁大呼小叫，語氣顯得非常篤定！

我抽了抽眉，陷入史無前例的混亂之中，人格分裂的二老公，永遠猜不透心思的大老公，現在安歌又要擠進來，而且還要買一送一地帶上安羽……我、我該怎麼辦？

我頭痛地抱住自己的頭。我答應了安歌要幫他解除詛咒，可是如果這個詛咒的條件之一真的需要用我的愛來解除，我該怎麼辦？

忽然，一隻清涼的手落在我的肩膀上，靈川緩緩蹲到我的身旁，將我擁入懷中，用他渾身的清涼讓我冷靜。

「給她點時間。」靈川淡淡地說：「你讓我的女人頭痛了，我不喜歡。」平靜的話卻帶出一絲不容反抗的寒意。

「對、對不起。」意外地，曾經跩得不得了的安歌頓時變得恭敬無比：「川，我愛那瀾，請你同意我留在她身邊，即使她現在不能接受我，也請讓我留在她的身邊。」

咦，安歌居然在哀求靈川？

「川……」

我揪住了靈川雪白的袍衫，靈川點了點頭，扶我站起。我驚訝地望著他，他微笑地注視我，撫過我的長髮，像是我是他最寵愛的孩子。

「瀾兒，不用頭痛，我會解決。」

他的話總是讓人安心。他慢慢低下頭，就像安歌一樣，在所有男人面前吻上我的唇。安歌緩緩起身，在我們身旁垂臉而笑。

安歌居然笑了……是因為得到靈川的同意嗎？

「啊！妳現在又跟川好了！妳這個壞女人，還敢說是我老婆？這次還不讓我抓到證據！」

我抽了抽眉：「川、安歌，請容我去教訓一下修！」

「嗯。」川揚唇，露出一抹從未有過，格外壞的笑。

「請便，女王陛下。」安歌更是彎腰一禮，似乎覺得我最好把修給直接休了，他來補缺。

我直接轉頭瞪向沁修斯，他慌忙捂住領口後退，驚恐地看我：「妳、妳想做什麼？妳已經有兩個男人了！不要貪圖我的美色！我、我還是未成年！我只有十六歲！」

我受不了了！我真的受夠精神分裂了！今晚怎麼也要把他們兩個給揉到一塊兒！

「跟我來！」我直接伸手揪住修的耳朵，拖走。

「啊！妳放開我，好痛啊！啊！妳這個放肆大膽的女人，再這麼粗暴對待本殿下，本殿下要用神力了——」

我一把將他推進小窩，他倒落在地上，匆匆轉身緊緊捂住衣領，像是我要霸王硬上弓似的。

「我還能有你那麼粗暴嗎？」

我快要氣炸了，從包裡拿出我這幾天畫的那些讓靈川吃醋的畫。我為什麼要一直畫修？就是為了治好修，讓沁修斯看到我和修所有的記憶！

我甩出我和修第一次見面的場景，那個滿頭繃帶、黑眼圈深凹的木乃伊，咧著世界上最可怖的笑容，滿目興奮地看著被綁在鐵台上，那個滿身傷痕的我。

「沁修斯，你好好看看，認出這是誰了嗎？」

我把畫紙甩到沁修斯的面前，他瞟了我兩眼，這才望向畫裡的人，綠色的眼睛睜了睜，露出迷惑的神情：「這是誰？他怎麼穿我的衣服？」

沁修斯看看自己身上，他現在的衣服是鄯善的。

「你認出這衣服了嗎？這就是你！」

「不、不可能！」沁修斯搖著頭：「我怎麼可能是這副鬼模樣，我又不是木乃伊。」

「因為你瘋了！」我放下畫紙，他驚疑地朝我看來：「我……瘋了？」

我心疼地點點頭：「是的，修，你瘋了。你獲得了神力，但你的父王因為你參與叛亂，殺害了闍梨香女王，一直不肯原諒你，稱你為怪物……」

「怪物……」

沁修斯的綠瞳擴散開來，漸漸變得空洞，我立刻捧住他的臉，強迫他望著我，不至於陷入黑暗而被另一個修替代。「沁修斯！看著我，不要逃避！你一定要聽我說完！」

我大聲地說著，希望能喚醒另一個他與他此刻共存，一起聽我說話。

沁修斯渙散的視線開始在我的臉上聚焦，我立刻對他說道：「你的父王把你逐出修都，你只能住在舊王宮裡，不能見母后，不能見妹妹，你一直孤孤單單地生活在那裡，你的父王即使到死都沒有原諒你——」

「我是怪物……怪物……」

沁修斯的氣息顫抖起來，綠色的瞳仁裡出現了慌張、害怕、自卑和逃避。

「不！但是你的母后愛你！她是愛你的！」我大聲的話音再次拉回了他的視線：「修！我知道你是在逃避，所以變成了兩個人，過去的修不記得沁修斯的一切，是為忘記那段痛苦的回憶；現在的修停留在叛亂前，也是為了不去面對那段痛苦。但是修，你一定要相信我，你的母后真的愛著你！還記得我們結婚那天嗎？你不是把戒指交給了我嗎？」

我拿起寶劍，上頭鑲著修的戒指。他的綠瞳裡是漸漸呆滯的視線，有修的，也有沁修斯的，還有處在那段痛苦時光中的王子殿下的。

「很抱歉我熔了你母后的戒指，但是我真的見到了你的母后，她拜託我好好照顧你，把你交給了我，不然你覺得當初那麼討厭你，甚至恨你的那瀾，怎麼會突然和你在一起，甚至照顧你？是因為我答應了你的母后！我也是從那個時候才知道你的過去，才知道了你瘋的原因，才慢慢地接受了你。你真的以為我那瀾是可以跟人隨便上床嗎？」

修怔怔地看著我，綠瞳中漸漸溢出水光，雙手緩緩撫上我的手臂，抓緊了我後背的衣衫。

我心痛地抱住他：「所以修，你不是怪物了！就算你的父王認為你是怪物，你的母后還有我依然知道你不是！你的母后愛你，我也愛你！修，不要再逃避了，為了我和你母后的愛，別再逃避了好嗎？」我緊緊抱住他的肩膀，揪住了那綠色的長辮。

他怔在我的懷裡，我用盡畢生的力氣緊緊摟住他：「修，好起來，為了我好起來，看到你這個樣子，我真的很心痛……我愛你，不想再看你這樣瘋癲下去，為了我快點好起來，好起來吧，修！」

「親我。」他呐呐地說，我愣愣地放開他，他呆呆看著前方。

「親你？」

他機械而呆滯地轉頭看向我，像是個木偶般恐怖地轉動脖頸，指向自己的臉：「親我，證明我不是怪物，證明妳愛我。」

我看著他深深的綠瞳，毫不猶豫地親上他的臉。

「這裡。」他又指向了額頭。

我抱住他的額頭，親了下去。

「這裡。」他又指在了鼻尖。

我親在了他的鼻尖上。

「這……裡。」他的指尖緩緩滑落鼻尖，落在了自己紅潤的唇上。

我深深看著他：「修……」捧住了他的臉，緩緩吻落在他的唇上，輕輕的吻就這樣印在他柔軟溫熱的唇上。

「女、女王大人……」

從他的唇中緩緩吐出了修從前對我的稱呼，我激動地看向他，他正睜大綠瞳呆呆地看著我。

「修！記起來了嗎？記起一切了嗎？」

他眨眨眼，像是無法相信地別開臉，伸手摸上了自己的唇，眸光閃了閃，猛地睜圓：「我、我居然跟一個老女人上床了！」

瞬間，我怒了，毫不猶豫地一掌揮在他的臉上。

「啪！」他徹底呆滯。

我氣得心跳都加快了：「是！我年紀太大了，配不上你沁修斯殿下！讓你現在後悔萬分！我們這就離婚！以後你就再也看不到我了！」

我抓起寶劍想拔起戒指，他怔怔看向我，可是戒指被熔了，我根本拔不起來。我憤然把劍扔在他身上：「一起給你了！不用找了！」

氣死我了！真是氣死我了！

原以為他們兩個揉到一起後，我可以擁有一個正常的情人，結果另一個修完全不接受我！

我起身直接離開小窩，掀簾大步而出，面前是靈川和安歌。

靈川靜靜看我：「談壞了？」

胸口一團怒火怎麼也化不開，我扶住額頭：「是，對你是件好事，我現在只有你一個男人了。」

靈川靜默不言。

安歌走到我的身邊，低下頭看向別處：「那瀾，那個……我是愛妳的……」

我揚起手打斷：「安歌，請不要在現在……」

「請你聽我把話說完。」他握住了我的手，我抬起頭看向他，他深吸了一口氣，銀瞳在紅雲之下變得堅定：「我是一個懦弱的人，所以在父親要殺安羽時，我沒有像安羽那樣拿起刀保護安羽……」

「那是因為你孝順，你善良。」這件事對安歌來說始終是個心結。

「不，是我懦弱，我不敢反抗父親，所以我也一直不敢對妳說我愛妳，只敢寫在情書上……」他擰緊了雪眉，眸中劃過對自己懦弱的一絲痛恨。忽地，他的銀瞳再次堅定起來：「所以這次我不想再懦弱了！小羽為我做了那麼多，我不能讓小羽失望。既然沁修斯不願再陪伴在妳身邊，請讓我和小羽陪伴在妳身邊好嗎？我們願意等，等妳愛我們的那一天！」

他緊緊握住我的手，忽然單膝跪在我面前，以他最大的敬意向我行禮，接著朝我的手背吻了一

吻。

我的心頓時被重重撞擊，停滯。

我怔怔看他在紅光中飛揚的雪髮，立刻望向靈川，靈川不動聲色。

「你同意嗎？」我問他。

安歌立刻緊張地看向靈川。

靈川微微垂眸：「我……剛才點頭了。」

「是同意他們留在我身邊，還是同意我愛他們？」我壞笑地看他。

「你覺得呢？」靈川反是問我。

「我哪裡猜得出你的心思？」我噘起嘴。

「噗嗤。」他輕輕一笑，撫上我的臉，星輝的眼中是深邃熾熱的目光：「都有。」

「咦？」

「川！謝謝了！」安歌激動地起身跑向他，緊緊抱住他。

「啊——？喂！我沒說我同意啊！」

安歌絲毫不顧我的抗議，依然緊緊抱住靈川，我的事什麼時候全權由靈川來決定了？

靈川到底在想什麼？他平靜深邃的目光裡，藏的是我永遠猜不透的心思！

身後忽然飄起一陣風，綠色的髮辮揚過我的身邊——居然是修？

他生氣地俯瞰著我：「妳居然想要把安歌和安羽留在身邊？妳明明是我的女王大人，怎麼……怎麼……怎麼……」他急紅了臉，說不出話來，著急地來回看著我和安歌。

我沉臉看他：「怎麼什麼？不是你嫌我老嗎？安歌跟你歲數差不多，他沒嫌我老。」

修瞬間急得繃緊身體：「妳是老女人，我又沒說錯！」

我再度抽了抽眉，又想揍他了。

「可是我就是愛上妳了，怎麼辦？」修委屈得快要哭出來了。他生氣地對我說：「我不管！妳的身邊只能有我一個少年！安歌和安羽不可以！」他忽然孩子氣地這樣說著。

我愣愣望著他，他還真是身體長了，歲數沒長，還以為自己是十六歲的少年呢！居然介意這種事？

很顯然的，其他人都與修不同，他們已經因為活得太久而表現出各式各樣的怪異性情，最突出的就是靈川的呆了。這些人都在用自己的方法來浪費時間，太可恥了！

曾經，青春是最寶貴的，可是當他們長生不死之後，所擁有的只是耗之不盡的時間。

靈川藉由發呆來虛度光陰。

雙胞胎透過捉弄別人、墮落人生來耗費時間。

伏色魔耶利用戰鬥來打發時間，好在魔族殺之不盡，可以陪他一起玩。

涅梵是這些人中最正常的一個，把精力用在統一八國上。

玉音據說喜怒無常，高興時載歌載舞，但不悅時很明顯不會做好事，只要看當初凱西那麼懼怕他便知。

鄯善潛心修佛，最後卻修得入了心魔。至於修就不用提了。

安歌放開靈川，轉身勾起了一抹和安羽一樣邪邪的笑：「修，你長大了。」

修看向自己的身體，綠瞳大大圓睜，彷彿這才恍然發覺自己長大了。

「相反，我和小羽可還是少年哦～～」

安歌像是故意刺激修地慢慢脫掉了自己的衣服，露出半抹纖柔的肩膀。

安歌什麼時候也這麼壞了？對了，當初認識安歌時，他就是那麼壞的！雖然後來知道他是為了配合安羽，但他們畢竟是雙胞胎啊！

修的綠瞳瞬間燃燒起來，殺氣升騰之時，我看到了變態修的影子，花藤瞬間從小窩裡竄出，直衝安歌。

我已經決定隨便他們了！小孩子打架什麼的沒啥可勸的。安歌也是故意捉弄修，就跟他以前喜歡捉弄他的子民一樣壞。

我走到靈川身邊，安歌和修已經打了起來。

「修為什麼那麼在意自己是不是少年？」我問靈川。

「戀母。」靈川的答案一針見血。

我呆呆看靈川：「所以……修對我的感情是有點病態的？」

靈川垂落目光看我：「嗯。」

也是，修整個人都不太正常。

「修的成熟度怎麼沒跟著人長？他也活了一百五十年啊。」

靈川再次指指腦子。我明白了：「哦……病態，所以這裡也停頓了。」

「嗯。」靈川再次應了聲，和我淡定地站在一起看修和安歌鬧彆扭。

修一直活在自己病態的世界裡，那個世界的時間已經停滯，讓他在初醒時感覺自己還活在闍梨香死的那天。然而那之後他就被自己的父王說成是怪物，遺棄在荒蕪人煙的舊王宮裡……

修是在逃避啊，逃避那天之後發生的所有事情，記憶也就停留在了那一刻。儘管此刻他融合了，但應該還沒有完全融合，記憶可能還有些模糊，不過至少他認出我是他的女王大人了。

「那你呢？」我緊張看靈川，他對我的愛該不會也有點病態吧？畢竟這些不老不死的超級老古董本身就不太正常。

靈川淡定看我一會兒：「寵物。」

「……………」這算什麼感情？

「我的就是我的。」靈川抱住了我：「妳可以有別的寵物，但妳是我的。」

「……………」

我還是不太明白。算了，有些事問得太深反而困擾。

此時只見安歌展翅飛在高空，像是在逗弄修一樣飛來飛去。因為修是不會飛的，花藤的長度也有一定限度，所以只看到修在抓狂。

風鼇緩緩下落，牠又找到一個休息處，噴火大陸裡多少還是會有綠洲，只是相當珍貴而罕見。

風鼇停了下來，修和安歌還在折騰。

靈川一如往常地將綠洲裡溫熱的湖水用神力降溫，冰藍的神力在他手心下慢慢蕩漾開來，讓暗紅夜空下的湖水映入了一分藍。

他閉著眼睛，全神貫注地釋放神力。水溫緩緩下降，下層結起厚厚的冰層，如此一來，這片湖水整個晚上都會是清涼的。

我立刻把臉埋進去，舒服得不想起來，忽然只聽見「砰」一聲，水位瞬間升高，把我整個人都淹沒了，我立刻從水裡浮出，看到了風鼇巨大的身影，原來是牠也進來了，還舒服地發出一聲長吟：「呼——」

哈哈，整個湖因為風鼇巨大的身形而顯得狹小起來。

靈川緩緩睜開眼睛，盤腿坐在湖中，水位因為風鼇的身體而升高了不少。

我扶住靈川的身體，摸上他有些汗濕的額頭：「累了？」

「嗯。」他有些疲倦地睜開眼睛，凝視著我一會兒，撫上我的臉，吻上我的唇，我的心跳頓時加快。但他隨即慢慢離開，下巴靠在我的肩膀上：「沒力氣。」

「噗嗤。」我忍不住笑了，他總是用短短幾個字說出最直接的話。

我朝旁大喊一聲「別打了！」修和安歌這才總算落到我們身旁。修不服氣地鼓著臉：「別靠近我的女王大人！就算川同意你留在女王大人身邊，我也不同意！我才是女王大人身邊的第一個男人！」

說完，修幫我扶起了靈川，花藤纏繞他們二人緩緩向上。

「哼。」安歌輕笑一聲，「刷」張開了翅膀，自我上方飛過，落在風鼇露出水面的巨爪上，那腳爪像是浮出水面的浮石。

安歌坐在腳爪上，單腿曲起，沒有收起翅膀，反而放到身前輕輕撫摸，那雙銀瞳中流露出對安羽的深深思念和擔憂。

我提著濕透的裙子，涉水朝他走去，腳下是冰層，這裡的天氣果然不是普通地乾熱，才一會兒，

我身上的衣服已經半乾。

我走到安歌身旁，看著他擔憂的眼神：「還在擔心安羽？」

他沒有說話，緩緩低下了頭。

我蹲下撫上原本屬於安羽的翅膀，翅膀微微一顫，緩緩放鬆，雪白的羽毛絲滑中帶著一絲涼意。

「我還是第一次摸安羽的翅膀……」我輕輕撫摸著這大大的翅膀：「好美……」

宛如天使才有的羽翼般，安羽的翅膀美得讓人不敢隨意碰觸，深怕自己的手在那雪白的羽毛上留下汙點。

忽然，翅膀扇動，猛地收回，掠過我面前之時，安歌的臉倏然從後方出現，下一刻，他拉住我的手到他的身前，吻倏然而下，我立刻掙扎，他的翅膀頓時收攏消失，他抬高我的手臂，把我壓在風鼇堅硬的身上。

安歌一手用力扣緊我的腰，一手扣住我的手臂摁在風鼇身上，任我如何用手推他，他都不再放開我，瘋狂地吮吻我的雙唇，緊閉的雙眸上卻是擰緊的雙眉，他在痛苦，他在掙扎，他像是想忘記所有的一切，只想這樣吻著我。

「唔！唔！」

我在他的吻中毫無說話的機會。他用力擠入我的牙關，吸走我的空氣，大口大口吮吻我的雙唇，我的雙唇開始發麻，開始脹痛。好想踹他幾腳，我已經快要窒息了。

忽然，他把我的身體往下一帶，我們從風鼇的腳爪上滾落水中，在入水的那一刻，他的吻開始朝我的頸側而去，他緊緊抱緊我的腰，大口大口吮吻我的脖頸，我在水中更是無法發出呼喊。

忽然，他拉住我的雙手扣到我的身後，緊跟著壓了過來，我被壓在水下風鼇的身體上，他火熱的吻清晰地映在我的身上，不停地往下，吻上我的鎖骨、胸口，隔著我的衣裙吮咬我的高聳。

我登時張開唇，不由自主地想要呼吸，一口氣從嘴中而出，他立刻堵上我的唇，為我灌輸空氣。天啊！他怎麼有那麼強大的肺活量？

本能的求生欲讓我含住他的雙唇，拚命吸吮他口中的空氣。他放開我的雙手，我立刻捧住他的臉，只為了多吸取一些氧氣。

感覺有人在拉扯我的衣服，我登時清醒，急急推開他往回跑，脖子後方卻忽然被扣住，他再次把我壓在風鼇藏在水下的身體旁，依然不讓我浮出水面。

他用力扯開我的衣領，火熱的吻隨即落下，高溫的手掌摸上我赤裸的肩膀，一點一點撫下，熨燙我的肌膚，火熱的吻也隨即而下，緩緩吸吮著我赤裸的後背。溫熱的舌順著我的後頸舔落，我瞬間失去力氣，空氣再次從嘴中溢出。

一隻火熱的手繞到我的身前，插入已經鬆散的衣領，包裹住我的酥胸，開始緩緩揉捏。空氣持續不受控制地流失。

他緩緩地抱住我浮出水面，我趴在風鼇的腳爪邊大口喘息，喝了好幾口水讓我無力反抗。而火熱的吻正順著我的後頸而下，兩隻火熱的手也順著我的身體慢慢剝落我的上衣，細細舔過我赤裸的後背，我的大腦瞬間一片空白。

慢慢地，他再次舔上，我在風鼇的腳爪上痛苦地擰緊了雙拳。他翻過我無力的身體，再次開始舔上我的胸口，拉開鬆開的衣領。當雙乳暴露之際，他大口含住，開始重重地吸吮。

我的呼吸已經不再是因為溺水而急促，反而是受到他的撫弄挑逗。

「不、不可以……」我終於有力氣說話了：「你……你怎麼可以……」

他的舌微微一頓，忽然，他壓住我，更加大口地啃咬。舌尖捲動我蓓蕊的同時，他也扯開了自己的衣服，衣襟散開，接著猛地抱住我，赤裸的胸膛緊緊貼上了我火熱而赤裸的胸脯。當下身貼合之時，我也感覺到了那硬挺的欲望，一顆心登時劇跳不已，只知道不能繼續這樣下去。

「安歌……放開……我……」我無力地推拒他：「你……不可以……」

「讓我做一次小羽吧！」他忽然抱緊我，在我頸邊痛苦地大喊。

我怔住了。

他緊緊地，更加緊地抱住我：「如果我是小羽，妳一定早就是我的人了。在安都就是了……是我的懦弱，才會讓小羽總是生氣。小羽的事，對妳的愛，都壓得我好痛好痛……我真的……快要堅持不住了……」

突然間，安歌知道安羽為他背負的遠遠超乎他的想像，那可怕的魔障折磨著安羽夜夜難眠，他卻從來不知。而安羽現在更準備犧牲自己，好讓他徹底無牽無掛。安羽對他的深愛，為他所做的一切，讓他陷入永無止盡的自責，感到自己在安羽面前是那麼地沒用，為了待在喜歡的人的身邊，甚至要借用安羽的身分。

而他對我壓抑許久的愛，也已經無法再隱忍下去。他當初因為一時懦弱而讓我成了靈川的女人，接著又加入了修，讓他越來越焦躁，越來越懊悔。這雙重的壓力讓他像是墮入深海，快要被水壓壓碎擊垮，看來他真的快撐不下去了……他需要的是一次發洩。

我開始猶豫、掙扎、矛盾，最後緩緩平靜下來，心無旁騖。此時此刻的他需要我，那擁抱我的力量近乎要將我揉碎，我不能在此刻拋棄他，也無法拋棄他。

「好吧……」我別開臉，低聲地說。

他怔住了身體，從我的頸項離開，看向我的臉，銀瞳裡是深深的痛苦和掙扎：「什麼？」

「發洩吧……安歌……」我擰起了眉，抱住了他濕透的衣衫：「在我後悔之前……」

「真的……可以嗎？」他卻在此時猶豫了：「不，我不可以……不可以……」

他緊緊握住我的肩膀，良知讓他痛苦不堪。他是安歌，不是安羽，他顧及我的想法、我的一切，他的善良和理性不允許他這麼對待我。

我轉回頭看他：「不是說要做一次安羽嗎？」

那雙銀瞳睜了睜，眸中的欲火倏然燃起，他再次朝我壓來，吻上我的唇的同時，火熱的手也滑落我的大腿，抬起它，身體向前一挺，硬物抵上我的下身，卻久久沒有進入。他捏住我大腿的手越來越緊，我緩緩撫上他濕亂的銀髮，徹底放鬆了身體：「看，你還是安歌，不是安羽。下次不要再說要做安羽的話了，至少相對於你那個惡劣的弟弟，我更喜歡你——」

他愣了愣，身體終於徹底放鬆下來，耳邊傳來一聲釋懷的嘆息。他放開了我的腿，緊緊貼住我赤裸的身體，靜靜地埋臉在我頸邊：「謝謝……謝謝妳……那瀾……請讓我這樣抱著妳……」

「好……」慢慢的，他的呼吸開始勻稱，身體卻依然火熱，抵在我腿間的硬物也沒有消退的跡象。他緩緩離開我的頸項，再次深深地看著我：「我可以……吻妳嗎？」

「是以安歌的身分嗎？」我看著他的銀瞳問。

他點點頭，我在他熾熱的目光中閉上眼睛。神啊……這可是我那瀾第一次這麼做，如果我現在退卻了，他會不會產生心靈創傷，一輩子不舉了？

黑暗之中，感覺到了火熱的氣息慢慢地靠近，心裡再如何猶豫不決、再如何心亂，也在他一點一點的靠近中回歸平靜，豁出去了，什麼都不想了……

他帶著小心，帶著珍惜地緩緩靠近我，這才是安歌，溫柔的安歌。

我希望能讓他快樂，我希望我能化解他的這份痛苦，不希望在修康復後，安歌，又瘋了。

輕輕的，帶著一絲輕顫的吻落在我的唇上，沒有深深地探入，而是依舊小心翼翼。緩緩的，他再次離開，唇瓣黏在了一起，隨著他的唇離開而被輕帶開。

火熱的氣息染熱了我面前的空氣，他再次吻落我的唇：「謝謝妳……那瀾……我的心……真的痛得快要死了……」他吻落我的雙唇，這一次纏綿而深長，久久的吻讓人忘卻了時間，忘卻了最初的那份猶豫和緊張。他沉浸在自己的吻中，這個吻也讓他徹底忘卻了痛苦，掃去了壓力。

記得有人說過，這是男人抒壓最好的方式。不然憋久了不僅僅是身體上，甚至會造成心理上嚴重的傷害，抑鬱症、焦慮症……各種精神上的急病會像寄生蟲一樣牢牢吸附在他們的身上，侵蝕他們主人的心，最後毀滅了他們。

忽然間，我明白了安羽放蕩的原因，理解了他那荒淫無度的生活，因為他需要發洩，他更需要一具溫暖的身體讓他入眠。不然，他就是第二個修。

安歌溫柔地啜吻而下，珍惜地舔上我的肌膚，在雙手抱緊我的同時，熱鐵在水中緩緩滑入我的身體，沒有半分侵略的強勢，只有溫柔地進入，帶著水的冰涼，貫徹了我的身體。他托住我的腰，深深

吻入我的唇緩緩挺進，水面在他溫柔的動作中蕩出一層層細細的漣漪。

他輕輕喘息，離開我的吻，我睜開眼睛，心跳急速地看著他，他微微頓住動作，火熱的硬物依然不斷鼓脹，宣告著他主人壓抑的所有痛苦渴望釋放。

「呵……呵……」

「我愛妳……那瀾……」

他深深地說，埋臉到我的胸口，雪髮在水光之中閃耀。

他托住我的腰微微抬起，好讓他更好地愛撫我的雪乳。他溫柔地含入，輕柔地吸吮之時，用柔軟的舌溫柔挑弄。纖腰再次向前挺進，緩緩律動，像是每一次摩擦都想親密無間，刺激那上面每一處細胞。緩慢而細膩的動作有別於任何人，卻讓人更覺得時間的緩慢和情欲的燃燒。

空氣之中是他輕微的喘息聲和我綿長的呼吸，我抱住了他的身體，他雖然壓抑了那麼多、那麼久，卻像是怕讓我反感而放柔放緩了所有的動作，撫摸我浸在水中的大腿，緩緩抬起，讓他更深地進入，照顧我的一切感受，一如他遷就安羽的一切。

安歌和安羽是完全不同的，我想我再也不會把他們弄錯了。

「呼……呼……嗯……嗯……」他一下又一下有條不紊地進入，謹慎的動作讓人感受到了另一番激情。他對我壓抑的愛、對安羽的深深內疚，在這一次又一次的律動中得到了徹底的釋放，他的神情也越來越放鬆，越來越沉浸。

「那瀾，不要讓我離開妳，求妳……求妳……」他抱緊我的身體，在漸漸加快的速度中哀求：「讓我和小羽一起在妳的身邊！無論妳愛不愛我們，我們都會一起愛著妳、守護妳，和川一樣……

嗯！」在一聲悶哼後，體內的血液湧到了最高處，他抱緊我深深呼吸，纏綿的吻落在我的頸側，一點一點地啜吻緩緩釋放他心內最後的壓抑。

我在他的身前喘息著，緩緩調整呼吸，抱住他纖細的腰，少年的腰格外地柔軟。也難怪修會吃醋，說我只能有他一個少年，可是他長大了。

「好像……要對你負責了呢。」我說。

「不，是對我和小羽負責。」即使和我一起歡愛，他依然不忘安羽。

我點點頭：「給我一點時間吧。」

「我們願意等。我們長生不死，有的是時間。」

我不由得笑了，摟著他的腰，仰望上方被染紅的星月，

「謝謝妳，那瀾，讓我發洩……」

他深深擁緊我，我的心漸漸平靜，感受著他漸漸不再熱燙的體溫。

安歌，謝謝你愛我，還附上一個安羽，呵呵……

他靠在我身上良久，閉著眼睛輕輕呼吸，我知道他沒有睡著，他需要最後的舒緩。

我靜靜地看著上方暗紅的星空，金色的流雲在此時變成了深沉的金紅色，緩緩自上方飄過，帶著寂靜的時間一起飄向遠方。

「真希望小羽也能感受到我此刻的幸福……」

安歌在我耳邊輕輕說著，他是那麼地愛安羽。但是……我想這樣的狀況不會有第二次了……更不可能跟安羽……

「他會的。你們是雙胞胎，有特殊感應。」我只能這麼說。

他點了點頭，緩緩離開我的身體，別開紅通通的臉，伸手卻是拉好了我的衣衫：「我送妳回去。」

我也有點尷尬地側開臉，眼角餘光瞥見他正在整理自己的衣服，那赤裸的胸膛已經染上了我們彼此的溫度。

安歌輕輕地抱起我，雪白的翅膀在身後緩緩展開，飛了起來。他飛上風鼇起伏的身體，緩緩落在我的鳥巢之前。

他凝視著我，感激和深情交錯在一起，讓我的心跳也開始慢慢加快。剛才什麼都不想就那樣做了，此刻的尷尬卻讓我無法面對。剛剛的一切是因為各種複雜的心理因素而產生的特殊事件，絕對不會有第二次了。

「放我……下來……」我垂頭提醒。

「對、對不起。」他匆匆放下我，倉皇得像是第一次約會的少年，無措地咬咬唇，轉身看向別處：「妳、妳早點休息，我來守夜。」

「嗯。」

我淡淡應了一聲，感覺尷尬得快要窒息，匆匆跑入巢穴，裡面是沉睡的川和修。我靜靜躺在別處，心卻亂得再也無法平靜。耳邊不斷浮現安歌的聲音，一聲聲「我愛妳」不斷繚繞心頭，揮之不去。

怎麼辦……好像真的不能拋棄安歌了……頭疼啊……

我與安歌心照不宣地沒將那件事公諸於世。自從靈川同意安歌在我身邊，他就一副以我老公之一的身分自居的姿態了。

奇怪的是，我也欣然接受了，難道是因為那一晚？我居然也會先做後愛？我怎麼從前沒發現自己有這潛質？

不過仔細想想，我跟靈川也是嘛……所以我真的是總受嗎？得出這個答案讓我瞬間僵滯！我是要做女王總攻的啊，為什麼到最後卻變成了女王受？我不要啊啊啊～

「怎麼了嗎？」忽然，靈川莫名其妙地問我。

我一愣，安歌和修去找吃的了。

「什麼怎麼了？」

靈川面無表情地看著我：「感覺。」

「感……覺？」靈川到底想問我什麼？

靈川蹙了蹙眉，星輝的瞳仁中劃過一抹無奈，像是在嫌我笨：「安歌。」

我愣愣看他，他雙眸裡的鬱悶更深了，我恍然明白他在說什麼，臉瞬間炸紅別開。靈川怎麼好意思問出口？

不！正因為是他才好意思問出口，而且還面不改色心不跳！

但我必須要搞清楚他為什麼問這個。靈川要嘛不說話，要嘛說話必有目的，該不會——

「沒你好。」我直接說。

他笑了，是以往從未有過的純真笑靨。他拉了拉自己的銀髮，看向遠方：「我就知道。」

我瞬間崩潰了！難道他允許安歌留在我身邊，只是想比較一下這方面的本事？

沉穩淡然的靈川第一次顯得有些輕飄飄，連腳步都像是在跳動。

他！他！他！他真的是為這個目的而問的！

唉……這個百年老處男的想法果然不是我等凡夫俗女能參悟的。

「你怎麼從不問我對修的感覺？」我嘴賤地問，斜睨他那副快要飄到天上的自得神情。

他薄唇笑著抿了抿，看我：「不用問，時間短。」

登時，我只覺得五雷轟頂！他、他、他……說準了……難怪他從不問，敢情他已經看穿了……我的靈川再也不純潔了……

亞夫，如果你是人，我想你一定會再自殺一次的，搞不好會戳瞎自己的眼睛。

「下次試試羽的。」靈川忽然分外認真地摸著下巴。

我震驚地看他：「川！你到底在想什麼？安歌……安歌對我來說已經是底線了！當時他看上去那麼痛苦，我看他快要被內疚自責和壓抑逼瘋了，他真的要被壓力壓得崩潰了！我才……才想安慰他！我那瀾第一次去安慰別人，那……那樣的安慰真的已經是我的底線了！肯定做不了第二次的！我當時真的很猶豫！你那麼想知道，乾脆你自己去試？」看他那語氣就像是他要試似的。

「不用猶豫。」靈川又恢復平日的平靜：「瀾兒，妳是我的女王，愛妳的男人越多，我越有成就感。」

什麼？你你你你越有成就感？

「當然，也不是所有男人，必須是我選中的。」

靈川的語氣忽然寒冷起來，我翻了個白眼……應該是看誰比較聽他的話吧。

「梵不行。」他搖了搖頭：「不聽話。」

果然！到底是夫妻啊，我為自己終於能猜透一點靈川的心思而高興。

他微微蹙眉，還真的在認真思索了！

「我原本想讓他們都做妳的男人，那樣我就一統八國，省了不少力氣。」

什麼？我瞪大眼睛，原來這才是他的陰謀！枉費涅梵和伏色魔耶兩個人為了統一八國絞盡腦汁，拉攏其他各王，爭得你死我活，結果靈川用我這一個女人就全解決了！

現在修是他的，伊森那白痴如果願意和我在一起，肯定也是他的。而安歌已經是他的了，還附上一個安羽，靈川不費吹灰之力就擁有了三王一精靈！

再加上伏色魔耶是修這邊的，鄯善又說過喜歡我，他們不也等同於是靈川的人？

難怪靈川說我是他的寵物，我可以有無數寵物，但我必須是他的，這樣我的寵物不也拖家帶口地歸他了？

嗚……靈川好腹黑！好陰險！原來想做八王之王才是他真正的目的啊，嗚……我只不過是個傀儡女王……

這時，安歌和修一起回來了，手裡滿是難找的水果。

「女王大人，快來吃水果！」修開心地把水果拿到我面前。安歌疑惑地問靈川：「川，你在想什麼？這麼嚴肅？」

他在想做八王之王～我好想揭穿靈川，於是狠狠咬了一口水果，免得沒忍住說溜嘴。

「我在想你們兄弟總是一起，這樣對瀾兒不好。」

「噗——」

「咳咳咳咳！」

我口中的果子全部噴出，安歌也咳得滿臉通紅。修立刻陰鬱地沉下臉：「居然還想一起？想都別想——一個都別想靠近女王大人——」

他一下子抱住我，躍出三公尺之外。靈川神情依舊平淡地望著安歌。安歌喘了喘：「不、不會的。川，你別嚇到那瀾。」

「哼！我是不會讓你們兄弟靠近我的女王大人的！你們年紀太小！不適合女王大人！」

「哼……」安歌一聲輕笑，眉眼之間帶出了安羽的神氣：「之前是誰說想要做那瀾身邊唯一的美少年？怎麼，長大了縮不回去嫉妒我們？啊～我也好想長大啊～」

他伸手緩緩摸過自己少年的胸膛、腰和臀，狠狠刺激修。

花藤瞬間從我身邊竄出，直刺安歌：「女王大人是我的！我才是跟她完婚的人，川也只是她的男寵，你只是個僕人！你這個骯髒的男人別想靠近我的女王大人——」

安歌壞壞一笑，側開臉輕鬆閃開，單手扠腰像安羽般跩跩地輕笑：「誰是男寵還不知道呢～」

我翻了個白眼，這兩個傢伙又開始了！

忽然間，風鼇停了，不再向前，懸浮在空中，戒備地一動不動。修終於停了下來，安歌也看向伏都的方向，靈川更是擰緊了眉。

只見我們前方的天空捲起了可怕的黑雲，那片黑雲在旋轉，像是暴風雨雲一樣朝我們壓了過來。

「嗷～～～」風鼇警告的喊聲在空中迴盪。有敵人！

「是魔族。」靈川的神情顯得有些凝重了：「小心，他們來了。」

安歌也看向那片黑雲，張開翅膀，神情恢復正經：「看來要大幹一場了！」

黑雲將天空一分為二，像是黑暗的黑洞朝我們吞噬而來，魔族的氣息也不斷逼近我們身前。修、安歌和靈川站在我的身前，準備迎戰！

我手中緊握聖劍：「不能硬拚，我們主要是救伏色魔耶。」對方數量龐大，跟他們糾纏會吃虧。

「嗯。風鼇，衝過去！」當靈川下令之時，風鼇瞬間加速。靈川扶住我的身體，我們一起衝向那片可怕的黑暗！

隨著黑雲的逼近，魔族嘈雜的聲音也隨之而來。飛行的人形魔族、黑色的魔龍，還有更多更多我沒見過的飛行魔族出現在眼前。我們的下方，黑壓壓行進的魔族大軍也將大地徹底染成了黑色！

居然有那麼多魔族？在闍梨香和八王不知不覺中，沉寂了五百年的魔族日益壯大！

風鼇巨大的身體瞬間突破天空中這支行進的邪惡隊伍，靈川揚起手，巨大的冰牆在我們面前升起，成為巨大的冰盾撞開了飛行中的魔族。

「刷！」安歌張開翅膀，扇出颶風，揮開周圍的魔族；修的花藤在空中飛舞，抽開了要來襲擊我

們的魔龍。

然而魔族的數量太多了！無論我們驅散多少魔族，他們還是源源不斷而來！風龘快速前進，用他巨大的身體開闢前進的通道。

靈川、修和安歌分別站在我的三側，將我保護在他們的中間，不讓我受到魔族的傷害。可是那密密麻麻的魔族就像迎面而來的馬蜂一樣多！

「嗷──」

忽然一束藍色的火焰噴在風龘的後背上，風龘像是受到劇烈的灼傷，劇痛地翻了個身，我瞬間從風龘身上跌落，安歌張開翅膀朝我急速飛來！

「那瀾──」

安歌立刻張開翅膀朝我急速飛來，可是他很快被更多的魔族擋住，遮住了他雪白的身影。就在這時，無數花藤忽然穿出，抽開了阻擋他的魔族，緊接著，冰錐如雨而下，打落魔族，為安歌打通了飛向我的道路。

我繼續下墜，就像當初我從自己的世界墜入這個神祕的樓蘭古國。安歌在魔族之中飛向我，黑暗的魔族遮蔽了整個藍色的天空，安歌如同黑暗中的一道光束朝我而來，我的心變得平靜而溫暖，來到這裡，我孤獨過、害怕過、寂寞過、悲傷過。

但現在我有了靈川、有了修、有了伊森，又有了安歌，還有無數的朋友與知己，我因為他們而不再孤獨、不再害怕、不再寂寞，所以我也要為了他們勇敢，無畏向前。

我朝安歌伸出手，他也朝我伸出，我們的指尖即將在黑暗中碰觸。忽然，一個魔族在空中劫獲了

我，飛快帶我飛離，安歌要追上來時立刻被魔族圍困。

魔族把我輕輕放落在巨大的魔龍身上，恭敬地向我行禮，卻沒有傷害我。

他們認識我！

我懂了，他們認識我，知道我是他們王要的身體，所以他們不會傷害我！他們只是圍在我身旁，形成人牆囚困我，不讓我逃離。

魔王需要我的身體，我想最大的原因是為了通過聖光之門！魔王不能，但我的身體可以。

隱隱的，我從他們之間看到了前方出現點點光亮，我們就要衝出魔族的大軍了！我毫不猶豫地撞開身邊的魔族，從魔龍身上一躍而下！我是不會被它們擒住的，而且我也相信我的男人們！

「那瀾——」

安歌在我身後呼喊，我保持平衡地下墜，魔族也紛紛朝我飛來，要來抓我。

忽然「喀擦」一聲，金色的閃電從天而降，登時劈開了追擊我的魔族，我的心因為那金色的閃電而激動不已。一束又一束金光迅速穿透了黑暗的上空，無數聖光精靈戰士從天而降。

我激動地看著那些穿梭在魔族之間的點點星光，是他？是他嗎？

倏然，絲絲金髮掠過我的面前，我被人從身後輕輕環抱，他的身上帶著太陽般的溫度和鮮花的清香。

是他！是他……我的伊森回來了！

眼睛漸漸濕潤，久別的重逢讓我忍不住鼻子發酸，我的精靈王子，我的伊森，我很想你。

「對不起，我來晚了，瘋女人……」

輕柔的話語和熟悉的稱呼在耳邊響起，讓我的心也隨之溫暖和激動。我此刻真想好好抱住他，享受他那份久違的溫暖。

這個白痴，傷好了回來做什麼？我好怕再一次連累他！

他貼在了我的耳邊，金色的長髮散落在我的胸前，面前已經是明亮的天日和火紅的天空。我們出來了。

我握住他環抱在我腰間的手，搖搖頭：「不，我很高興你來了，我真的很想你……」

他高興地愈發緊抱住我，一下子飛起，衝出了魔族大軍，開心地在我耳邊喊著：「我的瘋女人想我！我的瘋女人想我——」

唉，他又傻了……

他和靈川是那麼地不同，一個溫暖，一個冰冷；一個傻，一個呆；一個整天喋喋不休，一個可以一個月都不說話。外加時不時要發瘋一下的修，以及做什麼都要拖上弟弟的安歌，我的身邊真的沒正常人了！我忽然覺得鄯善是最正常的，又溫柔又和善，不多言，但也不會不說話。

糟糕，我真是不厚道，此時此刻居然想著別的男人，只怪伊森這股白痴勁破壞了這重逢的浪漫氣氛，果然還是讓他待在精靈族比較正確！

「刷」一陣涼風閃過，白色的羽毛飄落我的眼前，安歌緩緩飛落，正好站在落日之前，火紅的陽光照上了他白色的翅膀，為他的翅膀染上了一抹橘紅。安歌有些驚訝和不悅地睨向我的身後：「你怎麼來了？」那語氣顯然是極度不歡迎伊森。

「我來救我的瘋女人。倒是你，安羽，離我的瘋女人遠點！」

伊森從我身邊揮出權杖警告，流露出一股霸道的小孩子氣。他和安羽在安都較量過，當時安羽把我一下子擄走，飛到空中要把我扔下去，伊森接住了我。安羽總是要傷害我，所以伊森對安羽沒好印象。

安歌瞇起眼看伊森，突然，他身後的風鼇也衝出了魔族軍團，發出勝利的長嚎：「嗷——」

靈川和修站在風鼇身上，在突出重圍的第一刻朝我看來。靈川在看到伊森時神情瞬間平淡如水，但修已經鼓起臉，又開始生氣了。

點點金光從黑雲中飛出，精靈大軍護在我們的身前，涅埃爾和艾德沃正急急朝我們飛來，看到我時，艾德沃目露一絲驚訝，涅埃爾則轉開目光，只看向我身旁的伊森：「殿下，您沒受傷吧？您的傷才剛好！」

伊森的傷才剛好嗎？看來那次真的把他傷慘了，現在他卻又義無反顧地回到了我的身邊。這樣的伊森，這樣的愛，我又怎能再去拒絕？

「我沒事。」伊森看向我們身後的魔軍，他們也停下了，在空中轉身與我們對峙在紅雲之下。

忽然，他們的隊形發生了改變，在空中幻化出了魔王的頭顱！尖尖的犄角刺破紅雲，兩隻空洞而血紅的眼睛正憤怒地瞪視我。

「那瀾——妳會後悔的——」他朝我大吼。我舉起聖劍：「明洋，現在回頭還不晚！」

「哼，妳真的以為集結八王的力量還有精靈族就能打敗我嗎！妳太天真了——我是不死的，不死的——最後死的只有他們——哈哈哈——哈哈哈——」

伊森緩緩舉起權杖：「備戰。」

「是！」涅埃爾和艾德沃立刻準備發令。

我舉起聖劍，上頭開始聚集光芒：「不用！我知道怎麼趕走他！魔王，你去死吧——」

聖劍揮落，聖光立時綻放，化作巨大的光刃劈落在魔王的頭顱上，剎那間被我一劈為二，魔族紛紛墜落高空，只剩下魔王的怒吼：「那瀾——妳早晚會是我的——」

黑雲迅速遠離，他們的數量龐大，前往的方向正是安都！

他們要去跟魔王會合了，我們也不能再浪費時間，事不宜遲，要儘快救出伏色魔耶！雖然我很不喜歡那個超級大男人主義的傢伙。

當光芒收回我的聖劍時，我脫力地靠在伊森有些僵硬的胸膛上，涅埃爾、艾德沃與所有精靈士兵們則都僵在空中。

「呼……」好累。

「瀾兒，回來。」

風鼇巨大的身形移到我們身前，靈川高高站在風鼇的後背上朝我伸出手。我點點頭，走上風鼇的脊背，伊森的手臂緩緩從我腰間抽離，我的身體軟了一下，靈川伸手扶住我，將我攬在身側。

我扶在靈川的手上回頭看伊森，終於看到了許久未見，那張精雕細琢、如同精緻小人的臉。兩束金色的長長髮辮和以前一樣垂在他的臉邊，身後的金色翅膀在陽光下閃耀金色的光芒……

只見伊森呆呆地站在空氣中，泛著珠光的紅唇半張，那副神情讓我反而有些尷尬，是不是……我嚇到他了？

「瘋女人，妳、妳什麼時候這麼厲害了？」他不可思議地指向我。

我拿起聖劍：「抵達伏都後發生了很多很多事，總之……我升級了。」我燦燦一笑。

伊森，現在我不再是那個需要仰賴你保護的小女人了，我是女王大人，那瀾！

「走。」靈川只是淡淡一個字，拉起我走。

忽然，伊森飛落我身前，奇怪地看靈川：「靈川，為什麼你拉著我的瘋女人？你要帶我的瘋女人去哪裡？」

伊森伸手要來拉我，忽然寒風掠過我身前，一條藤鞭抽向他，他立刻收手，戒備地看向藤條出現之處！

「不要碰我的女王大人！」修的身旁纏繞著深綠的樹藤。

伊森的神情變得更加莫名：「你是誰？」

修狠狠瞪著伊森：「你又是誰？」

伊森困惑地望望我，望望修，望望我身邊的靈川，我們在風鼇身上站在三個角的尖端，彼此相望。

安歌緩緩走到伊森的面前，伸手握住了他的肩膀：「伊森，在你受傷後，那瀾發生了很多……你無法想像的事。」

「無法想像？」

伊森的目光困惑之餘，透出了一絲心慌，那抹心慌就像當初我們在巢穴裡醒來，他惶恐逃離時的表情。

安歌轉頭看我一眼，微微一笑，像是要替我說出一切：「那瀾她……」

「我結婚了，伊森。」我上前一步，終於向他說了出來。

伊森的金瞳看著我，慢慢睜大，然後變得有些恍惚、有些空洞……他赤裸的腳一步步後退，開始遠離我的身前，我的心也因為他的每一步遠離而扯痛。

我讓伊森傷心了，可是我不想欺騙他，他是我第一個所愛的男人。

涅埃爾率先飛到他的身旁，單膝下跪：「殿下，既然那瀾姑娘已經結婚，請您速去與陛下會合！」

涅埃爾催促伊森離開，她一直希望伊森離開我。

伊森顯得有些呆滯，他緩緩點了點頭，沒有說任何話地轉身。從認識伊森到現在，我從沒在他的臉上看到這樣哀傷失落的神情，他一直是那麼地陽光朝氣、充滿活力，就像太陽一樣，時時刻刻在燃燒。今天他忽然空洞的表情讓我真的很心痛，也很愧疚，我知道如果此刻不留住他，我將會永遠失去他。

當他的金翅在身後浮現，雙腳緩緩離地時，我立刻叫住了他：「伊森！不要離開我！」

他頓在半空中，金色的長髮在熱氣中飛揚。我知道我沒有任何資格要求他留下，也不能那麼自私地強迫他留在我的身邊，可是這句話我還是要說！我要告訴他我真實的想法，告訴他所有的事實，還有我對他的愛。如果到時他選擇離開我，我將毫無怨言。

整個世界變得幽靜，所有人彷彿都在看著伊森。

涅埃爾憤怒地看向我，精緻的面容已經被憤怒覆蓋：「那瀾，妳已經結婚了，居然還想讓我們殿下留在妳的身邊？我們殿下是高貴的聖光精靈王子殿下，不可能與你們人類在一起，更別說妳還結婚了！」

「涅埃爾。」伊森忽然轉身看向涅埃爾，涅埃爾立刻揚起笑臉對伊森說：「殿下，她結婚了，您可以收心了，不要再讓陛下擔心了。」

伊森溫柔地看著涅埃爾，微笑的唇角如同泛著溫暖的陽光：「妳和艾德沃帶大家去跟父王會合。」

涅埃爾驚訝看他：「那殿下您呢？」

伊森緩緩轉臉看向了我：「我要留在瘋女人身邊。」

他臉上淡淡的神情，卻讓我的雙眼漸漸濕潤，我們一直看著彼此。在這一刻，我只屬於他，他只屬於我，我們只屬於我們的世界。

「為什麼？」尖銳的大喊衝破了這個寧靜的世界，伊森依然只是微笑地注視著我：「因為我答應過我的瘋女人，要永遠陪在她身邊，無論她是不是結了婚，只要她說一聲別走，我就會留下。」

「伊森……」

「殿下！」

伊森收回目光，金光閃耀之時，他已經化作了小小精靈飛向我，張開雙臂撲上我的臉，溫暖的小身體緊緊貼在我的臉上，我備感安心地閉上眼睛，眼淚從眼角滑落，他輕輕為我拭去。

我再次睜開眼睛，輕輕撫上了他的身體。涅埃爾憤恨地瞥了我們一眼，轉過身去。艾德沃飛落她的身邊，同樣憤怒地瞪了我們這個方向一眼，不過主要是瞪伊森。

「涅埃爾，伊森不值得妳愛，走吧！我會成為下一任精靈王，讓妳成為精靈族中最高貴的女人！」

說罷，精靈們化作一束束金色的光芒飛向遠處，我緩緩放落手，伊森已經揚起和往常一樣燦燦的笑坐在我的手心裡，看著我：「瘋女人，我不走，我會永遠陪在妳身邊。」

「謝謝你……伊森。」

我已經哽咽得快要說不出話，看著他開心燦爛的笑容，才是我感受到幸福的事情。

突然，我察覺到殺氣從一旁而來，面不改色地說：「修，不准你傷害伊森！」

「哼！」

「噓～～」安歌壞壞地在修耳邊吹起口哨：「你的女王大人又多一隻寵物囉～～」

修憤憤斜睨安歌，安歌壞壞一笑，他逗起修來和他的弟弟安羽一樣邪惡。

靈川攬上我的肩膀，身上的寒氣也不弱：「進屋說。」

「嗯。」我點點頭。

伊森拍起小金翅，飛在我們身前：「瘋女人，妳該不會嫁給這個呆子吧？他很悶的。」

「不。」我笑看伊森：「我的丈夫是修。」

「修？」伊森登時瞪大了眼睛，「那個小瘋子！他不是要扒妳的皮嗎？」

「你說誰是小瘋子！」修綠色的身影忽然搶步到了我的面前，張開手就要拍伊森：「不准你這隻蚊子靠近我的女王大人！」

「走開！走開！」

伊森迅速閃避，驚訝地望向修：「這、這是修？怎麼……怎麼長大了？」

修還在像撲蝶一樣打伊森，伊森在他揮出的手臂和藤條之間輕鬆閃避。

修的記憶看來真的還沒完全融合，做為沁修斯的他自然沒有見過伊森，但是瘋子修見過。

「瘋女人！妳真的瘋了，怎麼可以嫁給一個瘋子？」伊森生氣地在空中鼓臉扠腰：「我才是妳的第一個男人，到底哪裡比不上修這個瘋子？」

瞬間，修停了下來，靈川也停了下來，安歌更是僵住了腳步，別開臉，不知道在想些什麼，耳根開始泛紅。

所有男人一下子陷入沉默，只因為伊森白痴的那句話，他們的無聲快要讓我窒息，形成的壓迫感更是讓我頭昏腦脹！

他們需要團結一致，否則我會瘋掉的。

伊森，你這個缺心眼的！你知道我要維繫這些男人之間的和諧有多麼難嗎？他們一個個都不是好惹的，都是禁不住刺激的！

我開始猶豫要不要讓伊森入後宮了，總覺得他會攪亂平靜。

伊森紅著臉瞪視我：「我說錯了嗎？那個在安都的夜晚，那個我做的小窩！」伊森指向現在我們大家住的小窩，得意起來，「那是我做的！妳一直留著，說明我在妳心裡的重要！」

「伊森，別說了！」我尷尬得只想找個洞鑽下去。

忽然間，殺氣和寒氣一起覆蓋而來，靈川不疾不徐地走到我的身旁：「但你走了。」

淡淡的四個字，讓伊森僵滯在空中。

「你那時拋棄了瀾兒。」

靈川再補上一刀，那是伊森最愧疚的事，伊森的神情果然在靈川的話語中晦澀空洞起來。

「最後陪在瀾兒身邊的只有我。」靈川再次攬住了我的肩膀：「伊森，做好覺悟，你已經不是瀾兒唯一的男人了。」

伊森金瞳顫顫地看向靈川，靈川渾身冰寒的霸氣無人能夠撼動他此刻站在我身邊的位置。無論是伊森、修，還是安歌，都不能。

安歌已經垂下了臉，輕嘆：「就像我當時不敢去愛那瀾，只敢寫一封情書。一封情書又怎能把那瀾留在我的身邊？時間錯過已經來不及後悔，想要補救時發現自己所愛的女人已經屬於別人。我們不老不死，百年來能遇到一個真心喜歡的女人不容易，所以不想放手，不想再錯過，即使她身邊有了男人，我依然會留在她身邊……」

安歌朝我深情看來，我心口猛地揪了一下，垂下臉從呆滯的伊森、感嘆的安歌、莫名憤怒的修和霸氣的靈川之間跑入了小窩，臉一陣陣發熱。

安歌說得對，他們不老不死，遇到一段真正的感情不容易。恰恰相反的是，我會老會死，所以不想再推開他們的愛，我希望這輩子可以回應他們，可以和他們在一起，讓大家都沒有遺憾。

還記得伊森說過，他會幫我離開這個世界，因為我會老會死，而他不會，他不希望看著我老去，感受到我內心的痛苦。所以他要把我送走，讓我回到自己的世界裡，與一個能陪我一起慢慢變老的男人相愛。

伊森的愛像太陽一樣地無私。靈川的愛寬廣而寵溺，伊森則是真正的無私。

可是伊森依然是個大白痴！他用得著說得那麼清楚嗎？就像當初靈川在眾人面前一樣恬不知恥地宣布一樣。他們男人都那麼喜歡在別人面前宣布自己跟我那個什麼過，證明自己是我的男人嗎？

他們為什麼會那麼在意這種世界？

果然女人無法徹底理解男人的世界。

哎，後面的事我到底該怎麼說？又該去怎麼平衡？我都不敢去想靈川和修的臉色了。

小小金光慢慢掠過我的眼前，伊森飛落在我的面前，還是精靈的身形，小窩外是靈川淡淡的聲音：「別進去。」

「不行！我要進去保護我的女王大人！我不允許那隻蚊子靠近我的女王大人！」修也在外面抗議。

「那只是寵物。」靈川忽然淡定地說。

瞬間，外面安靜了。

「原來是寵物？嘿嘿嘿嘿，對對，精靈最適合做寵物……」

靈川又把修搞定了，修永遠不是靈川的對手。

「寵物？我？」伊森困惑地指向自己，精緻的小臉立刻緊繃：「你們居然敢說本殿下是寵物！本殿下要——」

「啪！」我一掌把他按在了地上。他瞪著金瞳，雙手扒在我手掌的邊緣，生氣地瞪著我，我對他豎起食指：「噓。」

果然，外面再次傳來修的話音。

「寵物，嘿嘿，像鳥一樣。」

「嗯，鳥。」靈川永遠為我解決男人們的危機，他也知道怎麼哄修。

「那……那沒事了、沒事了，呵呵……」修憨傻地笑了起來，跟曾經的他一樣：「女王大人是需要一個寵物的，要的要的，那隻精靈正好，又小又可愛，對了，我記得……好像還有一隻黑色的……那隻去哪裡了？我有點記不起來了，湊成一對才好玩。」

我無語，修還想湊一對兒？

「那隻是摩恩。」安歌提醒。

忽然，手掌邊傳來一陣刺痛，我立刻看伊森，他居然在咬我！小小的金瞳憤憤地瞪視我，小小的嘴咬在我手掌邊緣：「摩恩是不是趁我昏迷又黏到妳身邊來了？」

我放開他，外面的話音越來越遠。

「摩恩……對……他老是騷擾我的女王大人……」

「現在應該不會了……」

「還是川厲害，把摩恩關起來最好……」

「嗯……」

靜靜的小窩裡，只剩下我和伊森，他噘著嘴，滿臉不開心。他看了看周圍：「妳分明喜歡的就是我！不然妳怎麼會留著這個巢？」

金光在面前閃起，伊森開始慢慢變大，最後盤腿坐在我的面前。金色的長髮垂落在胸前。

我低下頭，像是犯了罪的罪犯準備坦白從寬：「伊森，我是愛你的……」

「我就知道！我就知道我的瘋女人是愛我的！」他一下子激動地撲了上來，抱緊我的身體，深深注視我：「那……我們開始吧！」

我在他火熱的懷抱中困惑：「開始什麼？」

他整個人撲在我身上，我感覺我快被他的火熱融化，他金髮中的臉瞬間炸紅，金瞳顫動地快要滴出水珠：「就是……那個啊……」

「哪個？」

他眨眨眼睛，忽然朝我壓了下來，瞬間朱潤的紅唇就壓在了我的唇上！渾身的熱度瞬間從那件輕輕一扯就能撕碎的絲薄長袍下燃燒起來。我甚至感覺到他赤裸的腿已經滑入我雙腿之間！

原來他說的是這個！

這群男人猴急起來怎麼都一個德性？

他激動地全身顫抖，像是從未嘗過情事的青澀處男，他重重壓住我的唇後，火熱地如同太陽般燃燒的手就直接鑽入我的衣領，就往我胸口探去！

「喂！」我用力推開他：「伊森！冷靜！」

他的金瞳已經完全陷入情欲的混沌，痴痴地看著我：「瘋女人，我想妳，妳知道我有多想妳嗎？我一醒就想來找妳，可是父王把我關起來了，幸好摩恩來了，告知父王魔王獲得另一個世界女孩兒的事，父王才放了我，命我跟涅梵他們會合，但我沒有，我第一刻是來找妳！瘋女人，我的愛，為什麼現在妳還不肯讓我嘗一口妳甜美的雙唇，撫摸妳光滑如絲的肌膚，進入妳深深的靈魂，讓我們在這愛意濃烈如同世上最濃的烈酒中融合——」

啪！我直接給他一巴掌，毫不猶豫，他的話讓我全身雞皮疙瘩都冒出來了！

把他的爪子從我身體裡拽出！我受不了地推開他：「你真是我見過的，最肉麻、最囉嗦，連、連做這種事前還要唧唧歪歪一堆，唱一場莎士比亞的男人！」

伊森呆呆看我，臉上還是如同滴血的潮紅：「妳……不喜歡嗎？可是，女人不是都喜歡會吟唱的男人嗎……」

「那是你精靈國的女人！」

「你應該更直接點。」忽然，外面傳來靈川淡淡的話。

我扶額：「川！你是故意的嗎！」

外面沒了聲音，明明寒氣陣陣從他那裡而來，卻說出鼓勵伊森的話。他這是反話！是在取笑伊森！

伊森眨了眨火熱的金瞳，張了張紅唇，微微露出雪白的貝齒，他痴痴看我一會兒，忽然脫起衣服來：「那我直接點！別浪費時間了！」

「滾！」我一腳踹向他，他如果真撲過來，我敢打賭靈川肯定會滅了他。

伊森抱住我踹他的腳，委屈地看著我：「為什麼，瘋女人，既然妳說妳愛我，為什麼不讓我碰妳？我那麼想妳，我每次看見妳都想跟妳……」

「別說了！」我揚起手，我知道！上次我們團聚時他就表現出來了，青春期的男人真是精力旺盛！

我深呼吸幾次看伊森：「伊森，我愛你，但是我也愛著川，修……」

瞬間，伊森抱住我腿的手鬆開了，大大的金瞳完全變得呆滯。他的神情也一下子掏空了我的心，大腦陷入了混亂：「伊森……我之前真的不知道該怎麼辦，就像川說的，你離開了我，我當時以為你只是酒後亂性，你並不喜歡我……」我扶上額頭。

伊森也愧疚地低下了臉：「對不起……」

「算了，這件事你已經跟我解釋清楚了，可是，後來是川陪著我，我們……」

「你們……做了？」伊森小心翼翼地說。

我的臉紅了起來：「所以我逃避你，我沒有選擇任何人，因為我覺得對誰都不公平，我掙扎了很久，可是，我心裡又捨不得你，我陷入了很大的混亂，是川逼我面對，我才知道自己該怎麼做……」

「所以……妳現在選擇了修？」伊森哀傷地看著我：「妳不要我和川了？因為我們讓妳心煩了？」他哀傷地垮下臉，像是快要哭出來了。

「不！」我立刻抓住他的手臂：「我要的！要的！川現在也在我的身邊，我也希望你留在我身邊。可是，我知道我沒有資格那樣要求你，所以……我……我想問你，你願不願意……做……我的丈夫之一？」我小心地看向他。

我的心很慌，撲通撲通一直跳個不停，腦子裡嗡嗡作響，但已經做好了他不同意的準備。我做了自己想做的，後面無論伊森如何決定，我也不後悔了，也會尊重他的決定。他若離開，從此我們繼續做好朋友，但他如果發情，我絕對會把他一拳頭揍飛！

心裡忐忑不已地看著我在這個世界的初戀——精靈王子伊森。

他眨了眨金瞳，倏然，他激動地再次撲過來，撲在了我的身上：「所以你沒有不要我！還是要跟我結婚是嗎！哈哈哈……我的瘋女人還是我的！太好了！萬歲！萬歲！」

我怔怔在他懷抱中：「伊森……你有沒有認真聽我的話？我說的是……丈夫……之一？」

「聽了聽了。」他再次回到我面前，緊緊抓著我的肩膀，純真的臉上是他毫無汙垢的純淨燦爛的笑容，完全毫不在意：「只要妳還願意跟我在一起，我不介意妳身邊還有沒有其他男人。我們精靈族可以活幾百年，不知會有多少任妻子和丈夫，我的瘋女人沒有選擇別人而不要我真是太好了！我要跟我的瘋女人在一起！永遠在一起！」他再次撲上來，緊緊地抱住我：「我要一直守護妳，直到妳死去，我會用世上最美的鮮花埋葬妳。」

「…………」後半句話真不浪漫！

本來已經做好了被他罵、責怪甚至是恨的心理準備，沒想到最後的結局還是跟靈川說的一樣——他不會介意。

伊森根本完全不介意啊！真的像一隻寵物一樣忠心。

靈川，你又說中了，我想把你帶回我的世界去研究世界盃，說不定我會因此而發一筆橫財！可

是，每次結局都被靈川猜中，感覺好無趣。

難怪靈川會發呆了，試想所有事都能料中，還能有什麼樂趣？

我忽然明白靈川為何會喜歡上我，因為我是他唯一沒有料中的。現在靈川把修當成我兒子，把伊森當成我寵物，把安歌當成侍從，在他眼中，所有男人對他毫無威脅和份量。

而修在靈川的哄騙下把他當成我的男寵，把伊森當我寵物，安歌什麼都不是。

那伊森呢？在伊森心裡，修和靈川又是什麼？

「伊森……你不介意川和修在我身邊嗎？」

伊森靠在我的肩膀上搖搖頭。「不介意，修是瘋子，靈川是個呆子，跟我怎麼比？」他自得地拂了拂金髮。「他們永遠都比不上我，只有我才會給妳帶來快樂，而且我的瘋女人身邊，當然需要人類的丈夫，他們湊合著用吧。靈川長得好看，是個不錯的擺設，修也很好玩，像玩具，在我回精靈族時可以打發我不在的時間。」

我抽了抽眉，這些男人，沒有一個不自大的！敢情伊森把靈川和修當擺設和玩具啊！

原來在伊森心裡，修和靈川連個活物都不是……不知道靈川現在有沒有在外面？不過既然伊森還活著，也沒有冰錐和花藤進來，靈川和修應該是不在了。

伊森啊伊森，你這個白痴，你知道我多擔心你被靈川和修滅了嗎？說話不經大腦。

「那麼……讓我們開始吧，我快想死妳的身體了……」

當火熱而害臊的話語自伊森口中吐出時，他已經撲過來抱緊我，火熱的紅唇已經印在了我的脖頸上，他的全身真的很燙，燙得像陷入高燒的病人，他似乎……真的忍得太久了。

「嗯……嗯……」

在我還沒發出聲音時，伊森已經動情地發出了輕吟，火熱的吻順著我的脖子而下，他的金髮也貼在我的臉邊，他火熱的呼吸快要把周圍的空氣烤熱，他急急地壓住我的身體，火熱的手滑落我的胸部，急躁激動地揉捏起來。

「嗯……瘋女人……想死我了……」他一邊揉捏一邊親吻一邊說著，顯得異常忙碌：「上次見妳時就想做了，但妳不願意，憋得我快死了……」

他大口大口吮吻我的脖子，匆匆拉開我的衣領，吻上我的肩膀。

「伊森……伊森……」我推他。

「我想妳……瘋女人……我的瘋女人……嗯……」他壓了下來，瞬間硬物已經頂在了我的大腿上。那微微透明的絲薄長衫，又如何遮得住那火熱的昂揚？

「瘋女人……我好想妳……我真的好想妳……」呢喃從他的吻中而出，火熱的手直接鑽入我的褲腰，往我身下探去，他真的變得好直接！但這也太直接、太禽獸了，簡直可以用發情來形容！

好像聽說精靈是會發情的！

忽然，身後寒氣掠起，瞬間，我坐的地面已經結了冰霜，是靈川！靈川能感覺到！安歌那次他都能感覺到，更別說現在。他那次因為消耗了神力，渾身疲憊，估計是懶得阻止。

而現在，伊森的激情刺激到他了。

我立刻推伊森：「伊森，現在救伏色魔耶要緊！別……別……」伊森，乖，我是在救你。

「嗯～～很快的，給我一次，妳是不是也跟靈川和修做了？不能這麼不公平，我也要～～～」他貼

近我，用他從衣襬下露出來的赤裸裸大腿磨蹭我的腿，硬挺不停地苦苦哀求。我的身體在他的火熱中也已經慢慢熱了起來。

「給你兩分鐘夠不夠？」忽然，異常冰冷的聲音從身後響起，冰冷到像是死亡的聲音。

伊森有些僵硬，下一刻，瞬間抽離我的身體，整個人都縮成了精靈的樣子，用雙手遮住下身紅著臉瞪向我身後：「靈川！你怎麼可以就這樣闖進來！我們在親熱！」

我感覺，我整個世界已經開始冰封崩塌了。

身邊白衣墜地，靈川已經坐在了我的身後，用他全身的寒氣驅散伊森染熱的空氣。我低著臉一動都不敢動。

嗚……我果然是不敢違抗忤逆靈川的。明明他在伊森之後，是「小三」來著。

「給你兩分鐘，我旁觀。」靈川在我身後完全氣定神閒地說，還撣了撣衣袖。

好想撞牆，這事能旁觀嗎？就算安歌安羽有這樣的喜好，你靈川什麼時候也有了？

「好啊！」我面前的傻子精靈居然還說好！我瞬間感覺整個人都不好了，整個世界都崩潰了。

傻子精靈朝我飛來，忽然，他停住，神情認真：「不對，兩分鐘不夠啊。」

「因為快到伏都了。」靈川抬手落在我的肩膀上，瞬間，我感覺好沉重，重到我一動不敢動：

「妳是想救伏色魔耶，還是先跟這隻精靈親熱？」

伊森眨著眼睛看我身後，我嚥了口口水：「當然……是正經事比較要緊。」

「嗯，女王陛下的決策很英明，那靈川也不打擾女王陛下和舊愛敘舊了。」靈川從我身後起身，

每次他說長句，都沒好事！

我鬆了口氣，伊森還看著靈川，我抱住了頭，靈川明明知道我是先愛伊森的！他才是那個小三，當初還說得好聽，說不介意我愛伊森，只因為不想看我痛苦。他說動我接受了他，接受了現在這種情況，而現在無論是氣勢還是語氣，更像他是正主，伊森才是小情人。

「靈川果然好悶啊，只知道談正經事。」伊森撇著嘴。

啊啊啊啊！這隻傻子精靈啊，完全沒察覺到靈川是故意的！如果靈川是正宮，我看這傻子可能永遠都輪不到翻牌子了，說不定修都比他多一點。

靈川，你到底在想些什麼啊！還是這樣讓你感覺很開心？我想絕對是後者！還記得他在靈都時總是逗我玩，只因為呆了百來年太枯燥，太悶。其實他才是那個喜歡捉弄人的人！

而現在，他可以控制我所有男人了！他是爽了。就像他說的，可以統一八國。

伊森緩緩飛落我盤起的膝蓋上，仰臉看我：「那我也只有再忍忍了，大戰在前，真的不能……可是……已經硬了，怎麼辦……」

我的臉紅了起來，心跳也開始加快，難道讓他自己……那個什麼？偷偷看他，他的視線從我的唇開始緩緩下落，然後定定看在了一個地方，絲薄的衣袍被頂起了一個小帳篷，忽然，他小小的鼻孔裡居然流血了！

我驚訝地立刻順著他的視線看向自己，居然是——我高聳的胸部……

「好大……真想……鑽進去……」一句痴語從他口中而出，金色鼻血已經掛落他的上唇，毫不猶豫地揚手扇下去。

「啪！」

「哎呀！」

「啪！」伊森重重撞在巢穴壁上的畫上，緩緩滑落，在那幅伏都城堡的畫面上，留下一條燦爛的金色，像是城堡被鍍上了金漆。

伊森！下流！

精靈！下流下流下流！

伊森被我拍暈在掛畫下，身後傳來淡定的腳步聲，那人靜靜坐在我的身邊，一言不發，這不奇怪，因為他不常說話。

他淡淡看了伊森一眼，靜靜放落眼瞼：「好殘忍。」

他那淡淡的語氣可是一點也不像在同情伊森，或者，我認為，他心裡可能此刻更有點小喜悅。

我轉身看他，這個一副我的正宮模樣的靈川：「川，既然你心裡不喜歡，為什麼要留下伊森？」

他之前的語氣還有突然的闖入已經說明一切了！

靈川淡淡看我，平靜的目光裡是一種包容和偉大的父愛：「因為妳喜歡。」

我的心被他徹底俘虜了。如果之前他算是我和伊森之間的小三，現在他是真真正正轉正了，他的包容、大愛、體諒和遠見，伊森真的什麼都比不上，能比上的或許只有那張不相上下的臉了。

「而且，伊森有些話說得不錯，我太悶了，修也不正常，瀾兒，妳身邊需要一個逗妳開心、陪妳解悶的人，我和修都不適合。」他這算是說出了心裡真正的想法。

我抬眸看他：「所以……伊森對你而言，算是我的……」

「玩具。」他非常淡定地說出這兩個字，果然……

其實，我自己心裡對他們幾個男人也有了定位，我感覺靈川更像是我的父親，一切為我著想，為我處理，讓我無憂無慮。而修是弟弟，伊森是初戀男友。

我不敢說出自己的定位，我想靈川聽了肯定會不開心，因為父親和男友是兩種概念，他會覺得我更喜歡伊森，因為伊森是我的男友，而他是父親。可是男友是可以換的，但父親始終只有一個。

靈川握住了我的手，他的手還是一如往常冰涼。他皺了皺眉：「伊森更能給妳溫暖，我太冷了。」

我感動地埋入他的懷裡：「如果想找溫暖，我可以找伏色魔耶，他是火王，更暖和。」

「哼……」

悠悠的笑聲從上方而來，靈川居然笑了！天哪，我要把這歷史性的一刻記下來，要讓靈川發出會心一笑，得有多難！

「那……」我咬了咬唇：「安歌那次……你為什麼沒阻止？」

「沒力氣。」他又淡定地回答。

果然……

「安歌確實可憐。那時我和修也都睡了。但現在我和修還有安歌都醒著，精靈發情花香濃郁，過於明顯，而且花香也帶有催情的成分，這會影響我們三個正常的男人。」

「原來是這樣。」

「嗯。」靈川輕輕貼上我的頸項：「瀾兒的身體……熱了……」

他有些輕柔的聲音，讓我全身緊繃，危險的氣息而來，我恨死了伊森！果然他對這些男人有影

響！

「不是說……快到伏都了嗎？」

「我騙他的。」輕輕的吻，落在我的耳側，清清涼涼的氣息卻讓人的身體開始發熱。

「瀾兒……我想要了……」

心跳立刻變速，怎麼辦怎麼辦怎麼辦？

果然！伊森還有人阻止，靈川又有誰能來阻止？

忽地，靈川緩緩離開我的頸項，整理了一下衣衫，隨即安歌和修走了進來，外面也傳來了雷聲。

我登時長舒一口氣，男人，真的是禁不住任何刺激的。以後真的要合理安排了，不然，會死人的！

曾經掉下來的時候害怕的是被八王輪，成為玩弄的對象。而現在，沒想到倒了過來，我把他們給娶了。嘿！那現在，是不是輪到他們被我輪了？嘿嘿。

「外面下雨了。」修和安歌拍打身上的雨水。修嫌惡地看安歌：「為什麼我要跟你一起值班？我應該陪伴我的女王大人，你才是僕人，應該當班的那個！」

「哼。」安歌懶得看他一眼，認真看向靈川：「下面已經被魔族占領了，我們飛得高，它們沒發現，看來伏都應該已經徹底變成了魔域，要攻進去很困難！」安歌坐在了我和靈川的對面，銀瞳裡是滿滿的犯愁。

「蚊子？」眼尖的修一眼看到被我拍暈落在角落的伊森，立刻上前毫不溫柔地提起伊森的腿，伊森倒掛在空氣裡，絲薄的長衫一下子滑落，露出他赤裸的身體、兩顆小赤豆和我縫製的那條針線零亂的小內褲。

伊森真的一直穿著……

修的綠瞳裡立刻閃現出了精光，那抹令我熟悉的、曾經也心驚膽顫的精光讓我立刻營救伊森：「修！不許解剖伊森！給我！」

修這個變態自己也說過，他解剖過精靈！

修還有點不高興，提著伊森看著別處。

我伸出手：「快給我！」

他才扭扭捏捏給了我，我把伊森放在腿上，他完全暈過去了，我給他拉好衣服，抬臉時，正好看到安歌匆匆迴避目光，而身邊的靈川也沉默無聲地看著別處。只有修的目光還牢牢盯視著伊森。

我知道安歌為何迴避，他還不是我真正的男人，我也沒能給他真正的答覆，雖然……我們……那晚……可是，他知道，我只是在安慰他。

但是，我那瀾從來不會去安慰一個男人。可是，那一晚……我做了。所以，安歌對我來說，一定是特別的……

我看看他們，現在四個人在一起，外面又下雨，確實很無聊。

「打牌吧。」我說。

他們紛紛朝我看來，我放鬆地笑了：「你們應該也打過吧。」他們雖然封閉於這個世界，但上面的事他們從掉落的人那裡也知道不少，我相信他們應該接觸過橋牌，因為那就像我們的麻將一樣，是西方男人不可或缺的娛樂工具。掉下來的西方男人應該會在這個世界繼續打牌。

「我打過。」安歌笑著說：「那是一個很好的遊戲。」

「你每次都輸給我，還好意思說。」修自得地昂起下巴，修也打過。

我笑了：「好，那我們開始。」

接下來的時光，只能靠打牌來打發了。讓他們三個男人打牌，也比總是把注意力放在我身上強！

後來，伊森醒了，激動地也立刻加入！看，牌的吸引力有時跟足球一樣，讓男人們欲罷不能！

而且這還能促進男人們之間感情的發展，我真是聰明啊。

可是，默默地說，伊森可真是菜！

四個男人裡，修的高智商和靈川的深謀遠慮不相上下，所以最後往往是他們對決。而伊森打牌完完全全是瞎打！怎麼高興怎麼打！安歌還比他好點。不過，自從打了牌，他們倒是沒工夫在我身上鬥來鬥去了。我可以在一旁優哉遊哉繼續畫畫。

還是那句話：後宮要和諧，多打撲克少爭寵。

終於，我們順利抵達伏都。

居高臨下望下去，整片大陸已經完全成了焦土，那是那時岩漿爆發時留下的，滿目瘡痍，徹底被魔族侵略。

植物已經全部因為那時的岩漿而燒毀，殘留的建築也東倒西歪地在火熱的焦土之上。黑色的焦土和魔域一樣龜裂開來，裂縫中是火熱的岩漿。這是魔域擴張了！

「伏色魔耶會在哪裡？」安歌問。

我們站在風鼇的身上高高俯視魔族侵占的大陸。大部分魔族已經被魔王調離，剩下的零零散散分布在黑色大陸之上。

我看靈川和修：「你們感應不到嗎？」

修扯著自己長長的綠色髮辮，帶出了原有的不安：「這裡已經沒有植物，我感應不到！伏色魔耶！你一定要堅持住！我來救你了！」

修和伏色魔耶的感情最好，這在他家裡的歷史長廊中就可以看出，伏色魔耶的家族和修的家族感情一直不錯，所以在保留肖像時會畫在一起，就像我們世界的合影。

在修瘋癲後，伏色魔耶也把修當做親生弟弟一樣地愛護，我想他這份愛中可能也包含了對修的愧疚，如果不是他慫恿修和他一起去殺闍梨香，修也不會被自己的父王趕出家門，並被自己深愛和崇敬的父親視作怪物，再也不能跟母親與妹妹相見，最後陷入瘋癲。

然而這片焦土寸草不生，修的感應能力自然也就減弱了。

「川你呢？」我看向靈川，因為他也能感應，像我在靈都時，他就能感應到我在何處，並與我對話。

靈川平靜地俯瞰大陸：「感應不到。」

我們都著急起來。而他依舊一副淡定。

「你怎麼也感應不到？空氣裡到處是水蒸氣，你怎麼會感應不到？」修著急地朝川大吼，忽然他甩手指向川：「如果你找不到伏色魔耶，我就讓女王大人廢了你這個男寵！」修綠色的眼睛裡是分外認真的眼神。

他真的當真了，誰也不會想到自己在靈川心目中的角色。

所以，靈川像是完全沒聽見一樣無動於衷，依然淡定。

安歌轉開臉笑了，不羈的笑容裡透出一分安羽的邪氣來。

「噗嗤。」坐在我肩膀的伊森噗嗤笑，他再沒像以前一樣隱去身形。魔王的出現，讓精靈一族不得不來到凡間。

他們都沒把修的話當真，在他們心裡，修還是那個孩子，只是他的軀殼變成了大人。伊森這個少根筋的還不知道修變大的原因，他甚至都沒在意！

這就是伊森和這些男人的區別，或者，他是真的不會去在意除了我之外的別的男人。

不知道在他知道詛咒解除後會是怎樣的驚訝。

「修！冷靜！」我握住修的手臂，這是他恢復正常以來第一次失控：「川可能只是需要一點時間，伏都這麼大，不是那麼容易找到的。」

「我知道伏色魔耶在哪裡。」平靜的話從靈川口中而出。原來他已經知道了，才會如此鎮定。

修立刻握住他的手臂：「在哪裡？」

靈川淡淡地揚起右手，雪白的袍袖垂落時，他指向了岩漿之中。

「對啊！」安歌似乎已經明白了靈川的意思：「如果川感應不到，說明伏色魔耶只在一個地方，就是火裡！」

我看向下方的滾滾岩漿，那裡沒有水，難怪靈川感應不到……所以伏色魔耶在岩漿裡？

可是，下面到處都是岩漿，伏色魔耶會在哪裡？我不由得問：「具體在哪裡知道嗎？」

這一次，川蹙起了眉，他是真的不知道了。

「需要一點時間。」

靈川望入滿地的岩漿，伏都這麼大，伏色魔耶究竟在哪裡，一時實在無法探知。

我們於是在伏色魔耶的王宮裡住下，時不時有魔族遠遠觀望，不敢貿然靠近。

靈川和修，還有安歌開始去搜尋伏色魔耶。我在王宮的廚房裡找到了吃的，給大家做晚餐，這一路過來，大家沒有吃過一樣像樣的東西。

伊森留下來和風鼇一起保護我。

伊森坐在一顆馬鈴薯上，雙手捧著我給他削好的蘋果，一邊吃，一邊唧唧歪歪著：「真沒想到靈川那呆子做你男人了，我還以為他會做一輩子老處男，他又不喜歡說話，臉上的表情也不動一下，太無趣了，不過他長得好看，嘿嘿，如果不是長得好看，我看肯定沒女孩子喜歡他，太悶了，瘋女人你怎麼受得了～～～」伊森好煩，他和川的性格，就像是地球的兩極那麼遠。

「他真的會做嗎？」伊森眨巴著金瞳：「他除了會發呆，真的會做嗎？瘋女人，不會做的男人會弄痛你的，改天要不我教教他……」

「啪！」我終於忍無可忍把削馬鈴薯的小刀甩了出去，正好甩在他坐的馬鈴薯上！

伊森僵硬地看看刀，大呼小叫起來：「瘋女人你要謀殺親夫啊！」

「夠了！你還不是也是個處男，有什麼資格在那裡說川？要說經驗，安歌更多吧！」

伊森一怔：「難道……難道你跟安歌！」

我立刻臉紅起來，甩開臉：「你管不著！別在那裡唧唧歪歪了！」

「那……瘋女人，那個小變態怎麼突然長大了？」他終於想起這件事了。

我平靜了一下，等臉紅褪去，拔回小刀再次一邊削馬鈴薯一邊淡淡地說：「修身上的詛咒解除了。」

啪噠！某人手裡的蘋果掉了，我繼續不看他地說：「靈川也解除了。川覺得詛咒的解除跟愛我有關，可是……有個人嘴上說愛我愛得要死，怎麼就沒能解除詛咒呢？」我這才抬眸看向呆滯的伊森。

他的嘴裡還含著蘋果，紅紅的小嘴又Q又可愛，忽然間，我嘴唇微微發麻，卻是想起他那些火熱的吻了。

心跳漏了一拍，匆匆低下臉，緊跟著，小精靈飛了起來，急急地雙拳握緊：「瘋女人瘋女人！我是真的愛妳的！妳要相信我！」

我無視他繼續做飯，他急得繞著我直飛，真的像一隻蚊子纏著妳。

「那川和修為什麼都解除詛咒了，妳沒有？」我故意捉弄他。

「我，我，我不知道。會不會還有別的事情？可是，我、我真的很愛妳，我比他們更愛更愛妳，我比他們更早愛上妳，我是第一個！第一個！我還把……把……把初夜都給了妳……」

「啊！他們也是啊。」我晃著勺子看著別處壞笑：「怎麼辦，到底哪裡不一樣？肯定還是你愛我愛得不夠深。」

「不是的！瘋女人！」忽然間，金光閃現身後，有人從我身後緊緊抱住了我，我微微一怔，劇烈的心跳從後心而來，不是我的，是他的……

「瘋女人，我是那麼地愛妳，妳怎麼可以懷疑我……」他難過地在我後背哽咽，下巴放落我的肩膀：「我願意為妳做一切，就算妳要我的心，我也可以挖給妳……」

「那……」我決定試探一下，如果靈川的分析是真的，那麼現在是最好的機會：「那……你願意跟我離開嗎？」

「當然！我已經是你的了！」伊森緊緊抱住我的腰，他還沒有明白這離開的含義。

我在他的圈抱中轉身，撫上他如同乳白蜜蠟的臉：「我是說，如果我離開這個世界，你願意跟我去我的世界嗎？」

他的金瞳立刻興奮地圓睜起來：「瘋女人！妳願意帶我離開嗎！願意帶我回到妳的世界去見妳的家人和親人嗎！我！我真是太高興了！」

伊森越說越興奮，我完全沒有想到這個讓八王掙扎許久的問題，對伊森來說，卻像是完全不是問題。他整張臉都因為激動而紅了起來，全身的金紋更是綻放出越來越耀眼的光芒。

「我的瘋女人要帶我去她的世界了，讓我進入她的世界，她的生活，我要見到瘋女人的朋友和家人了！怎麼辦！我好緊張，他們會不會接受我？他們會不會喜歡我？我，我，我要去給他們準備禮物！」

「可是……」我隱忍著同樣的激動看著他：「你跟我離開或許……永遠不能回來了？」

「沒關係！」伊森大聲地說，朝我撲了過來，我被他撲到後退，靠在身後的木桌上，他緊緊抱住我，整個人的體重都壓在我的身上：「我只要去瘋女人在的地方，我只要有瘋女人就好，我只想跟我

的瘋女人在一起。瘋女人……妳忘了？我還要給妳養老送終，還要用這個世界上最美麗的鮮花……埋葬妳……」

瞬間，金光淹沒了我的眼前，我感動地淚水滑落，此時此刻，忽然覺得最後的話是那麼地讓人幸福，那麼地……浪漫……

我伸手抱住了他的身體，看著他全身金色的花紋消失在衣衫之外，絲薄的白衣下，心口的地方，正在彙聚金光。

伊森緊緊擁住我，臉在我的臉上蹭著：「我一直以為瘋女人不想帶我離開，我想跟妳走的，我不怕自己的身體被沙化，我想跟妳走的……」

「現在，你不怕陽光了。」我撫上他的後背，他在我耳邊輕笑：「我本來就不怕。」

「不，是真正的陽光，你現在，不會沙化了。」

伊森微微一愣，放開我疑惑看著我，我笑了：「你的詛咒解除了。」

「什麼？」他疑惑地看自己：「解除了？我、我怎麼沒感覺？」

我的目光落在一邊的菜刀上：「要不要試試？你現在的血是紅的。」

伊森眨了眨金瞳，糾結掙扎地看了一會菜刀，忽然，轉回臉燦燦一笑：「我相信我瘋女人的話！太好了！我解除詛咒了！就可以跟我的瘋女人離開了！不然！川和修可以跟著妳走，而我要留下，想想就氣得想殺人！」他氣得鼓起臉。

我偷偷笑了。

忽然，他俯落臉迅速地在我唇上一啄，我一愣，看向他，他燦燦而笑，雪白的牙齒像白玉一樣美麗。然後，他又一下，一下啄了下來，像小雞啄米。

「伊森！你做什麼？」

「親妳啊！」他再次啄了下來，這一次，卻沒有馬上離開，而是深深地吻入我的唇。我的心跳開始迅速加快，他閉上了眼睛，金色的睫毛在空氣中輕顫。忽然，他壓了上來，緊緊抱住我加深了自己的吻，急促的喘息瞬間燃燒了面前的空氣。

「嗯！嗯！」我推上他的身體，薄如絲綢的衣衫瞬間讓我知道他的身體有多麼地熱燙。

「呼……哈……」

他的呼吸灼熱而急促，像是餓了千年的吸血鬼，今天要在我身上吸個痛快。他拚命吻落我的脖子，我著急地掙扎：「伊森，不行……」

「有什麼不行的……」他一邊親吻我的耳側一邊說。

「等等……」

「不想等了。」他一口含住我的耳垂，吸吮起來，我全身的氣力立刻因為他的吮咬而流逝：「上次妳不願意，結果我受傷了，一等等了多久？現在在打仗，我不知道會不會又受傷，我可不想再等了。我們精靈族抱持的是及時行樂主義的。」

說完，他退開一步雙手交叉在身前，一下子由下而上脫去了衣袍，登時，他赤裸的身體和那粉紅的茱萸顯露在空氣之中。

那已經因為主人動情而凸起的茱萸，在他渾身精靈淡淡的金光中閃爍出水潤的光澤，引人去品嘗，去啃咬。

精靈的身體真的很撩人！

金髮在他脫去衣衫後再次垂落，遮蓋在他赤裸的身上和那心口如同花苗捲曲的金色神紋上。他的身上也開始散發濃郁的花香。我還記得那次在安都，在巢穴裡，他身上的花香和我身上的花香酒香交融在一起，瞬間讓人心跳加快，熱血澎湃！

「不行……不行！真不行！」我用好大的毅力才抵抗住伊森的誘惑，而他已經撲了上來，摁住了我的雙手，不容我抗議地直接再次吻上我的唇。他知道他的神力對我無用，所以，他用他做為一個男人的力量！

他扣住我的兩隻手緩緩環過他的腰身，觸及他光滑的赤裸的肌膚時，所有和他的記憶瞬間被點燃，和他在巢穴每一個片段，也在腦中飛閃，心跳停滯，大腦像是被那些激情所沖垮，陷入空白。

火熱熱的手一下子扯開我的衣領，在內衣暴露之時，一隻火熱的手掌也迅速攀上了我的胸部，隔著緊致的內衣揉捏起來。

「嗯……嗯……」輕吟不斷從伊森口中而出，他激動地在我衣領上方的肌膚上舔舐，我的心跳也越來越劇烈。忽然，他像是興奮到了頂點，身後的翅膀倏然綻放，在朦朧的陽光中閃現粉紅的光芒。

我的視線登時被那對透明的翅膀徹底吸引，我忍不住伸手去觸摸那對神力形成的翅膀。

雙腳漸漸離地，我不得不抱住了他的身體。

忽然，他托起了我的腰部，讓我高過他的頭頂，下一刻，酥胸就被人含入火熱的口中，瞬間理智崩潰，被情潮徹底淹沒。

渾身每一個細胞在那舌尖的捲動挑弄中炸開、爆裂。我抱住了銀色的頭，雙手緊緊揪住了他金色的長髮，寂靜的空氣裡只有他那亢奮的男人的喘息聲。

衣服被徹底脫去，他的舌在酥胸的茱萸上滑行，不斷的刺激，讓我已經瀕臨崩潰，無力地趴在他的頭頂喘息。

忽然，他的雙手撥開了我的大腿，緩緩撫過，抬到他的腰部，倏然一個挺進，我不由圈緊了他的腰。

「啊……」他在我胸口發出一聲長嘆，火熱的臉貼在了我的胸脯之上，他更加用力的一挺，便將那不知幾時粗壯的欲望送入我的最深之處。

他金粉色的翅膀在身後緩緩顫動，他扣住我的腰開始不斷地挺進，他越來越亢奮，越來越快速，和那巢穴的一晚一樣。他喊了出來，他的興奮燃燒著我們身旁的空氣，他的喊叫讓廚房瞬間染上激情的顏色。

「啊！啊！瘋女人！好舒服！好舒服！啊！我，我要死了！」

終於忍不住狠狠一扯他的頭髮。

「啊！痛！」他停了下來，我撐住他肩膀看他潮紅的臉：「別叫出來白痴！你是男人！」

「哦！我應該讓妳叫！」忽然，他用力一頂，登時呻吟從我口中搶出：「啊！」

他壞壞一笑，我憤憤瞪他，一口咬住了他的肩膀，他再次呼痛：「啊！輕，輕一點，瘋女人，我，我站不住了！」

你不是飛著嗎？本來就不是站的！

他再次律動起來，身後金粉的翅膀也隨著他速度的加快而加快，那對翅膀在不停地顫動、顫動，

帶起我們不斷的潮浪，那不斷翻湧的大浪將我和伊森拍落、淹沒，我們在潮浪之中起起伏伏，連綿不斷！

忽然，它們定格了！緊跟著，伊森也把熱鐵送入最深之處，倏然的膨脹之後，開始慢慢消退。我的大腦，也出現了片刻的中斷點，隨即是一陣久久的嗡鳴。

「呼……」伊森緩緩落地，讓我坐在了餐桌上，我靠在他肩膀上，他也靠在我身上，蹭了蹭我的臉：「好舒服……瘋女人……再來一次吧……」

我緩了緩神：「滾！」

「嗯～」他撒嬌起來，蹭著我的身體：「再來一次，就一次，一次，一次一次一次。」

「知道了！你煩死了！」

「太好了！」他高興地抱住我，再次吻落我的唇，抬起我的腿，一點一點吻過，細細軟軟的舌滑入我的大腿內側，開始慢慢徘徊，特殊的搔癢讓我再次有點昏昏沉沉。忽然，長髮掠過我的腿，軟舌闖入了密區，登時我全身細胞炸開，揪緊了他的長髮。

「伊森！別！別！嗯！」我努力忍住叫喊，他抬起了已經潮紅的臉，金瞳水光盈盈：「要不要我變小，可以讓你更開心！」

「不！」我簡直無法想像小小的伊森在我腿邊的景象。

他壞壞一笑：「下次再說。」說完，他舔舔唇，如同品嘗世間最甜美的甘露，「瘋女人的就是甜美，像花蜜。」雙唇因為被軟舌舔過，而染上了水光，我的心跳立時停滯，僵硬在了他的身前。

他緩緩爬到我的近前，輕輕舔了舔我的唇，下一刻，他就再次進入，開始了他再一次索求。尚未散去的濃郁花香，在他男人的呻吟中，再次燃燒起來……

「呼呼呼呼……」

「呵呵呵呵……」

「舒服，好舒服，瘋女人，妳舒不舒服？」

「下、下流！」

「有什麼下流的，夫妻之間，這種也要探討一下，才能更快樂。」

「我倒是想起來……快樂……是雙方的……」

「嗯，所以妳快樂，我也快樂。」

「那、那找伏色魔耶，不一定要靠我們？」

「瘋女人，這是什麼意思？我們現在做的跟找伏色魔耶有什麼關係？」

「因為這讓我想到感應也可以是雙方的，我們可以讓伏色魔耶給我們提示。」

「啊，啊，啊——呼……呼……我休息一會兒……」

「啊！靈川他們要回來了！我去做飯！」

「嗯……啊，我來幫妳！」

於是，廚房裡出現了兩個匆匆忙忙的身影。

當飯菜端上餐桌時，靈川他們回來了。他們看著滿桌子的菜餚，顯得很驚訝。

「飯？」靈川呆呆地看著飯菜。

「女王大人，妳怎麼可以做這種下人做的事情？」修氣鼓鼓地看著伊森：「你怎麼能讓女王大人做飯？」

伊森飛落桌上，拿起大大的銀杓揮舞起來：「哦～～看著自己心愛的女人做飯，那畫面不知有多美，多麼幸福～～瘋女人，以後我還要陪妳做飯。」

靈川和修微微一怔。

伊森拿起大大的銀杓飛落我的肩膀，蹭我的臉蛋，抱住我的耳朵在我耳邊輕語：「瘋女人，我下次再來！」他熱熱的身體貼上我的耳朵，我瞬間心跳變速，匆匆低臉，藏起臉紅。白痴伊森！

「還會做飯啊……」安歌也呆呆看著桌上的菜。

我也有點幸福地看大家：「能給自己喜歡的男人們做飯，我很開心。」

一時間，靈川的表情放柔和了，修也開心地睜大了眼睛，安歌默默低下臉，唇角揚起。

「快坐下！我想到怎麼找伏色魔耶了。」

「真的？」修再次著急起來，我先把他按落：「所以大家先好好休息一下，即使將要面對嚴峻的戰爭，我們也要學會偷些時間快樂。」

「嗯。」靈川點點頭，坐下，優雅地拿起銀杓。

「找到伏色魔耶就要回去跟涅梵會合，之後沒有機會喘息了。」安歌看著菜肴，拿起銀杓。「感覺此刻很幸福，我想好好珍惜。那瀾做的菜，我一定要全部吃光！」說完，他大口大口開心地吃了起來，目露驚訝。「嗯！好吃！」

修呆呆看了一會兒，立刻也拿起銀叉：「不要搶——女王大人的飯菜只有我能吃——」花藤忽然飛來，捲起銀叉和安歌爭搶起來。

我開心地坐在靈川身邊，即使餐桌上刀光叉影，花藤亂飛，但他依然吃得優雅淡定。

伊森趴在大大的盤子邊喝湯，他小小的身形可以扔進盤子裡加菜。

「我第一次吃肉。」靈川對我說，我感動地握住他冰涼的手：「謝謝你為我改變。」

「不。」他轉過臉深深看我：「是謝謝妳改變了我。」說完，笑容浮現他的臉龐，又是那如同曇花一現般的柔美微笑。他的笑容讓我感覺到一下午精心的製作是值得的。

如果說伊森是初戀，給了我心跳的感覺，那靈川真的給了我一種知己知心的溫暖感。這兩個男人，曾經讓我那麼地糾結，痛苦，彷徨，放棄，而現在，他們全留在了我的身邊，我感覺，我真的很幸福。

晚上，我和靈川站在房間的陽台上，伊森和修已經在床上呼呼大睡。

伊森睡在修的肚子上，今天他也累了。而炎熱的空氣讓修顯得格外疲憊，濃重的煙霧和水汽已經讓伏都的天空不再清澈，月光變得格外朦朧，籠罩在他們的身上，像是蓋上了一層薄紗，讓他們兩個也變得朦朧起來。

伊森靜靜躺在修起伏的肚子上，修平穩地呼吸，此時此刻，他們看起來是那麼地和諧，安靜，伊森還在修的肚子上翻身，金色的身體散發柔和的光亮。終於，他們不再吵鬧，也不再爭執，我忽然很享受這安靜的片刻。估計他們醒來，又該鬧了。

安歌飛落我們身旁，坐在陽台的欄杆上，單腿曲起踩在欄杆上，側影帶出一抹哀傷。

「好好的伏都變成了這副鬼樣子。」安歌有些生氣地擰緊拳頭：「絕不能把整個樓蘭給魔王！」

「嗯。」

眼前的伏都鴉雀無聲，如同死城，滿目瘡痍，燒焦的城池讓人心痛。我還記得剛來伏都的時候，雖然沒有太喜歡，但是熱鬧的街市，招攬生意的妓女，和酒館內又唱又跳的戰士，讓整個伏都充滿了激情和活力。那個時候只覺得這裡吵鬧異常，現在卻靜得連蟲鳴都沒有。

「我還真是有點懷念那個喧鬧的伏都了。」我雙手撐在也被熏黑的陽台上。

「對了，那瀾，妳說妳知道怎麼找伏色魔耶，方法是什麼？」安歌看向我，我笑了：「既然我們感應伏色魔耶那麼困難，不如讓他感應我們。他的神力是火，而這裡到處都是岩漿，如果我們有所動作，他一定能知道我們來了，給我們提示！」

「對啊！那瀾，伏色魔耶一定不會想到來救妳的會是他，我聽小羽說過妳在伏都的事，伏色魔耶這次一定會抓狂。」安歌笑了起來，宛如已經看到伏色魔耶被一個女人所救而抓狂到寧可去死的模樣，那個超級大男人主義的肌肉男！

「那……妳休息吧。」隨後，安歌深情地望著我，展開翅膀飛入天空。如果可以，我真的很想幫助他解除詛咒。

「川……」我開口呼喚身旁的靈川。

「嗯？」

「伊森解除詛咒了。」我有些洋洋自得地說。

「什麼？」靈川有些吃驚地看向我，可是很快，他又露出一副理所當然的模樣。

我握住了他的手：「被你說準了，如果想要解開詛咒，就必須真心想跟我離開。涅梵他們做不到，所以……」我看向暗紅的夜空：「我這輩子也無法幫助他們解開詛咒了……」

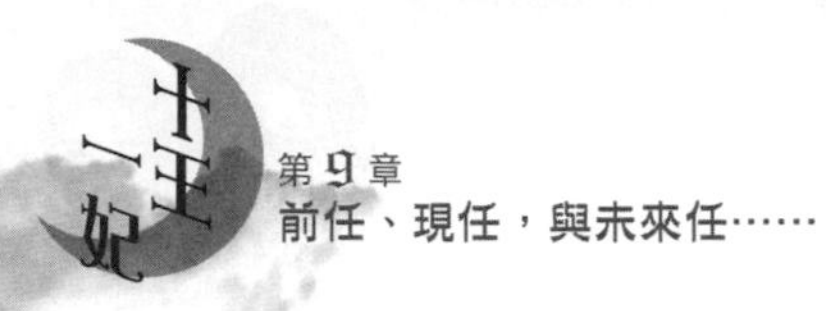

靈川攬住了我的肩膀：「嗯。」

「嗯？」靈川這聲「嗯」好像還挺高興涅梵他們解除不了詛咒。

「嗯。」他又再次嗯了一聲，表示確定。我忽然發現，靈川有時候真的好可愛，嗯來嗯去的也好萌。

這個晚上，大家終於有了一次長期以來很好的休息，養足精神，準備第二天全力尋找伏色魔耶。

隔天，我們乘坐在風龘的背上，準備動身尋找伏色魔耶。多數魔族已經前往安都，剩下一些零散的不成氣候，看見我們都躲得遠遠的。

我們來到原先魔域與伏都交界的峽谷，發現到處都是岩漿，整個伏都此刻已全淪為魔域！

修焦急不已地朝下方張望。

安歌看向我：「妳打算怎麼做？」

我俯瞰火熱滾燙的大地：「只能喊喊看了。」

「喊？」安歌疑惑地問，修和靈川也一起看向我。我眺望滿坑滿谷的岩漿：「既然我們無法感應伏色魔耶，便只能靠他來感應我們，給我們信號，好讓我們救他了！」

「嗯。」靈川點點頭。

「這個辦法好！」伊森從我的肩膀上飛起，腳下是金色的光沙：「伏色魔耶是人王，如果魔王殺了他，摩恩那裡立刻會有感應，但是他沒有收到，這說明伏色魔耶還活著！既然活著，他一定還擁有神力，可以感應到我們！」

修激動地低頭攪動自己長長的髮辮：「活著就好、活著就好。那我們還等什麼？喊啊！」

他率先跑到風龘身邊，放聲大喊：「伏色魔耶——伏色魔耶——我是修——你聽到了沒——我是修──我來救你了──你在哪裡──」

修清澈的嗓音在空氣中非常具有穿透力，但是仍遠遠不夠。

靈川張了張嘴，最後還是閉上了。他淡淡地看向我，一副「我不打算大喊來破壞自己的美男子形象」的姿態。

我忍不住笑了：「修，你的聲音不夠大聲。風鼇，你來吧！」

風鼇立刻帶我們直衝而下，耳邊傳來驚天動地的吼聲：「嗷～～～～～～～」

修抓住我的胳膊：「女王大人，伏色魔耶是不懂龍語的！」

我笑了：「我們只是要給他發個信號。」

「嗷～～～～～～」

風鼇如同汽笛般的鳴響迴盪在四周，甚至吹起了岩漿的漣漪。當風鼇下降時，炙熱的空氣瞬間烘烤著四周。

「嗷～～～～～」

在風鼇第三次嚎叫後，分散在各處的魔族忽然朝我們而來！

修立刻拿出仙人掌。在這種寸草不生的魔域，仙人掌真是起了相當大的作用！

風鼇甩起尾巴，掃出的風掀翻了向我們跑來的魔族。巨大的黑龍朝我們飛來，就在這時，下方祭台邊的岩漿中忽然衝出了一根火柱，直接撞上黑龍，牠頓時化作黑塵。

「在那裡！」

靈川皺緊眉頭，合攏雙掌，接著展開並用力推出，一堵冰牆瞬間圍繞在那根火柱旁，離岩漿約一

公尺左右的地方也開始結成冰塊，與冰牆相連。冰塊遇火不斷消融，卻又在靈川的神力中快速恢復。

我、安歌與修快速躍下，站在靈川做成的台上，四周的冰牆逐漸增厚，形成一個透明而牢固的堡壘，讓裡頭的我們不受魔族侵害。

「伏色魔耶！你在下面嗎？如果在就快露個臉啊！」

我話才說完，冰台下方的岩漿便逐漸散去，漸漸露出伏色魔耶火紅的頭髮！

他有些痛苦地抬起頭，岩漿開始慢慢從他的身上淌落，我們驚訝地發現他的身體被鎖鍊牢牢綁在岩漿中，兩根無比粗大的枷鎖穿透了他的鎖骨，將他拴在後方的黑岩上！

「伏色魔耶！」修激動地想下去，但安歌立刻抱住他。火剋木，修貿然下去等於自殺。

伏色魔耶疲憊地抬起頭，有些困惑地看向修，隨即轉頭瞪向我，冷冷一笑：「女人，好久不見啊！怎麼，想我了？」

我立刻抽出了劍：「伏色魔耶，我這就救你離開！」

伏色魔耶登時抬頭：「住手！如果讓一個女人救了，我寧可去死！」

果然，這個大男人主義的傢伙！

「都什麼時候了，你還抱著什麼大男人主義？修，給你個機會，你來！」我把劍交給修。

「修？」伏色魔耶這才看到修，仔細看了片刻，登時目瞪口呆：「你……你是修！你怎麼……怎麼會？」

他驚訝得再也說不出話來。

「修的事以後再說，現在救你要緊。修！」我看向修，修立刻高高舉起劍：「伏色魔耶，我來救

你——」他忽然從冰台上一躍而下，揮舞我的聖劍一劍劈落！

「修！」安歌見狀緊跟著躍落：「真是個瘋子！」

「刷」的一聲，翅膀從安歌背後展開，他抱住了下墜的修，與此同時，修也將劍劈在伏色魔耶肩膀的枷鎖上。

啪！被砍中的枷鎖立刻斷開，瞬間化作金色沙粒，消失在熾熱的空氣中。我們腳下的冰台也不斷融化，在冰台邊緣形成水瀑。

伏色魔耶往前撲倒在岩漿中，長及背部的紅髮凌亂不已，肩上兩個大洞正汩汩湧出金沙之血！

「你們都離遠點！」

他真不愧是個硬漢，身上明明那麼多洞，卻絲毫沒有露出痛苦的神色。我光是看著就覺得身上處處生疼，渾身戰慄，像是去醫院看別人打針，自己的屁股也會莫名地痛起來。

伏色魔耶捏緊拳頭，緩緩從岩漿中站起，金紅岩漿和金沙之血一起流淌在他那深深的肌理溝壑間，勾勒出深刻的肌肉曲線。

「危險！」

伊森在一陣金光中出現在我身旁。他立刻攬住我的腰，飛起將我抱離，安歌也迅速帶著修飛遠伏色魔耶身旁。

我看到伏色魔耶的傷口經過岩漿不斷的浸洗後，正緩緩恢復！火果然是他力量的泉源！

「啊——」

伏色魔耶忽然仰天大吼，猛然躍出了岩漿，岩漿隨即掀起火紅的大浪，接著落下。他落在一旁的

焦土之上，單膝跪地。這傢伙果然還是……一絲不掛……

此時伊森不知為何忽然將我拉高，速度快得我幾乎看不清眼前的景象。他直接降落在靈川身邊，靈川微挪腳步，擋住了我的視線。

「你們幹什麼？我對肌肉男不感興趣！」我推開擋住我視線的靈川，看到修已經脫下外衣蓋在伏色魔耶身上，並緊緊抱住他：「伏色魔耶，你沒事真是太好了！」

伊森開心地攬住我的肩膀：「妳不感興趣真是太好了！」

我奇怪地看伊森：「我像色魔嗎？對什麼男人都這麼喜歡發花痴？」

「也是啦，這種正常的男人，妳一定不感興趣的。」

伊森摸著下巴，異常認真地說。這話是什麼意思？我看中的難道都不是正常人嗎？

嗯？等等，好像真的是這樣？靈川不愛說話，修精神分裂，這也難怪伊森覺得我看中的男人都不正常。

「那你呢？」靈川忽然淡淡地應了一句，語氣卻異常冰冷。

伊森眨了眨眼：「對耶，我是個正常男人啊！」

靈川默默地拉住我的手，將我悄悄扯離仍在認真思考的伊森身邊。我終於明白為何靈川不把伊森放在眼中了，這樣的傻子，他實在無需操心。

修激動地對伏色魔耶說：「伏色魔耶，我終於找到你了！我都記得，我全想起來了！」

聞言，伏色魔耶臉色微變，泛著一絲愧疚與懊悔：「對不起，修，都是我害了你！如果不是我慫恿你跟我去殺闍梨香，你也不會發瘋……對不起，修——」他也緊緊抱住了修。

我忽然覺得有些不是滋味，喉嚨裡也湧起一種澀澀的感覺。伏色魔耶的衣服都還沒穿好呢，幹嘛光著身體抱住我的修？放開修，他是我的！

「沒關係，當年也是我自己的選擇，怨不得任何人。我們是最好的兄弟，這一百五十年來，只有你對我最好，只有你最心疼我、照顧我、保護我！」

伏色魔耶輕輕推開修，神情顯得有些怪異：「修，你能不能別像個女人，說出這麼肉麻的話？」

安歌蹲在半空中，邪邪一笑：「嗯？看來你們兩個之間真的有些不可告人的祕密？」

「我不喜歡男人！」

「我們是清白的！」

伏色魔耶和修一起朝半空中的安歌大吼，只見伏色魔耶全身緊繃。修急忙望向我：「女王大人！我只愛妳，我不愛男人的！」

伏色魔耶疑惑地瞇起眼看著修：「女王大人？」

伊森忽然又變成小小的精靈，飛到我的肩膀上：「唉，要是修喜歡伏色魔耶就好了，省得來煩我的瘋女人。」

伏色魔耶順著修的視線看到我，頓時大吃一驚，轉身一把揪住修淡綠色的衣領：「修，你怎麼能臣服於一個女人？況且她還是我們的玩具！」

修眨了眨眼睛，綠瞳中燃起冰冷的火焰，看起來有些陰冷邪獰。他微微低下頭，嘴角咧到最大：「女王大人是我沁修斯一個人的！即使你是我兄弟，我也不會把她分給你——」

伏色魔耶完全呆住了，完全沒料到前一刻還緊抱著他說肉麻話的修，下一刻居然徹底翻臉。

靈川側頭凝視我，看得我有些莫名其妙：「幹什麼？」

他一聲不吭，半晌後才垂下眼眸，道出四個字：「重色輕友。」

什麼？是在說因為我嗎？

伏色魔耶往後退了兩步，忽然捂臉轉身：「你不是我的修，絕對不是！我的修絕對不會臣服於一個玩具之下的！」

「不是臣服喲～～」安歌在半空中盤腿而坐，揚起一抹壞笑：「是結婚。你的修已經跟那瀾結婚了。」

「什麼？」伏色魔耶面色蒼白地看著安歌。

喂喂喂！伏色魔耶，你這是什麼意思？聽到我跟修結婚了，你的臉色用得著那麼白嗎？你該不會真的喜歡修吧？

安歌笑咪咪地飛落而下，站在伏色魔耶身前。「你的修已經跟那瀾結婚了，所以她不再是我們的玩具。你如果再說出『玩具』這兩個字，我們——」他的神情驟然轉沉，看起來有些陰戾可怕。「都會很不高興！」

頓時，我在這個世界累積的所有悶氣，都在這一刻徹底傾瀉而出，世界忽然變得如此美好！

我從剛來到這個世界時被當成玩具一樣扔來扔去，到今天被這群男人守護得無微不至，不得不說這真的是三年風水輪流轉啊！哈哈哈！

安歌！你今天的這句話讓我感動無比，遠比你寫給我的情書，或是在我耳邊的深情愛語更讓人心動！

靈川又微微偏過頭看我，他平靜的目光總是讓我有種被X光射穿的感覺。我強裝鎮定地望著他：「怎麼了？」

他瞥了我兩眼，收回目光：「沒什麼。」

哼，肯定有什麼！我認真地盯著他，沒想到他的唇角居然微微上揚，笑了！

靈、靈川居然在笑我？然而我心裡卻非常高興。

我開心地再次望向伏色魔耶，發現他像是一棵被燒焦的樹似的，在原地一動不動，神情定格。

修站到安歌身邊，陰邪地對伏色魔耶說：「沒錯，伏色魔耶，女王大人是我的妻子！即使我們的交情再好，我也不會跟你共享的！找你自己的女人去！」

伏色魔耶這才回過神來，轉身咆哮：「我還是去死吧！」

「哈哈哈哈——哈哈哈哈——」安歌大笑起來，坐在我肩膀上的伊森也噗嗤一笑。

伏色魔耶被魔王關在熔岩之下，好不容易獲救，整個世界卻徹底改變了，令他無法接受。

他停在岩漿邊緣，顯得有些頹喪，紅髮在火光中飛揚：「這個世界到底發生了什麼事？為什麼全變了？修不再是我認識的修，安羽也不再是我認識的安羽。」

「伏色魔耶，我是安歌。」

安歌終於恢復了些正經說道。伏色魔耶再次震驚地轉身：「可是……可是你怎麼有翅膀？」

他還手而笑：「如果你想知道這個世界究竟發生了什麼事，就先跟我們走，開啟聖光之門跟涅梵他們會合後再說。你難道想讓你的子民們一直躲在我們的國家裡作難民？」

伏色魔耶神色一緊，雙拳緊握，他真的是個大男人主義外加死要面子的王。

我們曾經一起並肩作戰，我費了很大的勁才讓他稍稍尊重我一點。然而今天當我帶人來救他時，他又變得不想承認我。

伏色魔耶深吸了一口氣，抬眸之時，雙目已如火如炬：「沒錯！我要奪回伏都、重建王都、接回我的子民！」

「這才對嘛。」安歌攬上他的肩膀。

修也想要靠近，伏色魔耶卻忽然揚起手，滿臉糾結。「不要靠近我，你這個——」他無比複雜地看著修一會兒。「你這個……總之你不是我認識的修！」

修因為伏色魔耶冷淡的態度而又傷心了起來。還沒完全康復的他情緒並不穩定，瞬息萬變，只要一點動靜就會讓他陷入長久的不安中。

伏色魔耶躍上風鼇，衣衫袒露，露出裡頭結實的胸肌。他高高俯瞰我：「我會緊緊盯著妳，看妳到底是用什麼方法讓我的修發了瘋！」

「沁修斯本來就是瘋的。」伊森有些生氣地說：「他都瘋了一百五十年，瘋女人好不容易才把他治好了，你卻不承認。原來這就是你的兄弟情？你更喜歡發瘋的修？」

伏色魔耶一怔，啞口無言地站在我面前。

修委屈地走到我身邊，我拉住了他的手，他情緒低落地靠在我的肩膀上，伏色魔耶頓時又受到了衝擊，受不了地別開臉：「不……不……這一定是惡夢，是惡夢！」

我有些愧疚地說：「抱歉，我還沒辦法完全治好修。伏色魔耶，看在我們曾並肩作戰，你也曾正視我、叫過我名字的份上，這段時間還請你不要刺激修。」

伏色魔耶沉下臉。當初在伏都大戰中，他的確承認過我，雖然只是一瞬間的事，但對大男人主義的他而言已經算是巨大的改變了。他從整天把「殺了妳」掛在嘴邊，到最後承認我的能力，其實當時在他心裡，我早已不再是玩具了。

見伏色魔耶沉默不語，我轉身對風鼇下令：「風鼇，去聖光之門！」

「嗷～～～」

風鼇大吼一聲，朝聖光之門飛去。魔族在伏色魔耶衝出岩漿後，便不再跟我們起正面衝突，只躲在遠處偷偷尾隨。

我們很快地抵達了聖光之門，所有人都望向伏色魔耶。當初他之所以關閉聖光之門，是為了避免伏都的岩漿流入其他世界，但現在我們需要他重新開啟！

伏色魔耶攥緊拳頭，衣襬在風中揚起，露出裸露的古銅色大腿，腿部的肌肉也緊繃如堅硬的石塊。火紅的長髮在風中飄舞，像是火焰在他身後燃燒一般。渾身的神紋泛著紅光，此刻的他就像一團火焰，熊熊燃燒！

「啊————魔王————」他忽然仰天大吼。

他對魔王有著特殊的感情，源於一百五十年來的對抗與糾纏，在伏色魔耶心裡，魔王是他在這個世界唯一要打敗的敵人！涅梵或是其他幾名人王，他從不放在眼中！

伏色魔耶在大吼後赫然躍起，衣衫在風中擺動，然後他狠狠一拳砸在聖光之門上！

野蠻人開門的方法真的是夠野蠻的。

就在這時，一束紅光自他的拳下射出，石化的聖光之門從那束紅光擊中之處迅速龜裂，悄然無聲

地緩緩消失在紅光之中！

紅髮掠過眼前，伏色魔耶已經躍回我的身前，參差不齊的紅髮在我的面前隨風飛揚，渾身的神紋閃耀耀眼的紅光！

聖光之門重開了！

「走！」

伏色魔耶高聲喝令。他似乎正試圖奪回男人做主的權力，替換我這個女王大人，帶領這個團隊。然而我身邊的人誰也沒走，甚至連風鼇也是。

伏色魔耶僵在原地，這個場面讓他極為尷尬。

他忿然轉身，恨恨地盯著眾人：「你們到底是怎麼回事？為什麼要聽這個女人的？」

靈川的神情平淡，安歌雙手環胸，修則托著仙人球，看起來漫不經心。

幾道金沙掠過，伊森飛到伏色魔耶面前說：「很簡單，因為我們都是她的男人。」

「什麼——」

伏色魔耶頓時扭頭看我，整張臉都抽搐了起來！

我的男人們一個接一個走回我身邊。修神經兮兮地扒著伏色魔耶的肩膀，輕聲細語：「女王大人脾氣很不好的，如果惹她生氣，她會不理我的——」

「修！」伏色魔耶受不了地緊緊抓住修的手臂。「修，你有點自尊好不好？她是個女人！」他甩手朝我指來，情緒激動。「你是個男人！你是男人啊！」

「不，你不明白，女王大人一旦生氣就會不理我。我好愛好愛她，不能離開她……要是我離開

了，不就便宜靈川和那隻蚊子了嗎？我不會離開，不會離開的！」修推開伏色魔耶的手臂，走回我身邊，拉住了我的手，綠瞳盈盈地看著我：「女王大人，我不會離開妳的。」

「嗯，修，我也不會離開你的。」

「啊————這世界怎麼了！我要殺人！我要殺人————」伏色魔耶又看向靈川：「靈川，你又是怎麼回事？你不是誰的話都不聽嗎？」

靈川微微蹙眉：「我愛她。」

「愛她也不用聽她的話吧？」伏色魔耶像是要策動我的男人們謀反。

「我高興。」

伏色魔耶啞口無言，轉頭看向安歌：「那安歌呢？你以前明明對女人那麼不屑，為什麼會聽那瀾的話？」

安歌笑了笑，神情比靈川和修都來得正常。「伏色魔耶，我們並非對那瀾的話言聽計從，而是彼此尊重。那瀾是在幫助我們，靈川他們是那瀾的情人，至於我，則是她的……朋友……」

安歌的聲音微微一顫，我的心也在聽到「朋友」二字時揪了一下，深深的虧欠感湧上心頭，讓我無法正視他。

「或許在你看來，我們像是聽從那瀾的話，但其實我們是戰友、是夥伴，沒有誰聽從誰的問題。事實上，剛才也是那瀾想出讓你感應我們的辦法來找你的。」安歌更進一步地解釋了我們現在的關係。

「我是絕對不會承認自己被這個女人救了的！」伏色魔耶大喊。

伊森好笑又好氣地飛到我面前：「瘋女人，別管他，正事要緊。」

「嗯。」我點了點頭，大步上前，抽出聖劍指向聖光之門：「前進！風鼇，跟涅梵會合——」

「嗷～～～」

風鼇大吼一聲，開始向前飛行，在伏色魔耶難以置信的目光中，帶我們衝過了聖光之門！

在我們衝過聖光之門的那一刻，慌亂的聲音忽然進入耳中。

我們脫離了刺眼的紅光，舉目所見卻全是難民！

密密麻麻的百姓正從安都的聖光之門跑了出來，奔向綠色的聖光之門——也就是修都！

聖光之門間的廣場十分寬廣而空曠，遠遠看去，逃難的百姓就像是受到洪水侵襲，急於搬家的螞蟻。

安歌立刻驚訝地站到風鼇頭頂，擔憂地四處張望：「難道魔王已經到了安都？」

——什麼？

風鼇迅速地帶我們來到難民群的上方，我望見很多熟悉的身影，包括曾經跟我一起在地下城生活的安都百姓，以及許久未見的扎圖魯和巴赫林忙著疏散引導難民。至於修都那邊則是菲爾塔和拉赫曼在引導難民進入聖光之門。

逃難的百姓因為看見風鼇而停下腳步，聚集在牠巨大的身下，驚訝地看著我。安都百姓大多數都認識我，驚呼聲隨即傳來。

「是神女！」

「是那瀾神女！」

「神女回來了，我們有希望了！」

眾人激動地朝我揮手，扎圖魯和巴赫林也驚喜地朝我看來，遠遠站在修都門口的菲爾塔與拉赫曼，也因為發現難民們停滯不前而看向這裡，露出驚訝的神色！

風龘緩緩降落，安歌一躍而下，難民們朝我們湧來，恭敬地單膝跪在我們面前：「求神女救救安都——救救我們——」

世界在他們的聲聲祈求後安靜了下來。

扎圖魯和巴赫林激動地望著我，波濤洶湧的目光裡似乎藏著許多想對我說的話，然而現在沒有時間，因為我又要擔起神女的職責，為安都的百姓們帶來勇氣和希望。

此時，菲爾塔和拉赫曼已經抵達風龘身下，發現安都百姓正虔誠地朝我祈禱，頓時同樣有些激動地看向我。

我抽出聖劍，大聲喊道：「我今天之所以回來，就是為了消滅魔王！」

鏗鏘有力的聲音迴盪在這個世界裡。其實我並非神女，但既然人們將我誤當成神女，並把希望寄託在我身上，我就有義務擔起這份提供他們生存的勇氣和信心的責任。我成為安都人民的信仰、神的使者，用現今的話來說則是吉祥物。

伏色魔耶受不了地沉著臉轉向別處。

「好——」

安都百姓紛紛站了起來，身上已經不見當初逃出安都時的惶惶不安與混亂，眼中燃燒著信念的火焰。

「我們也要加入聖戰——」

忽然間，安都的青年們高喊了起來。咦，糟糕，鼓勁過頭了！

「我們也是！」

「我們是男人，保護家園是我們的責任！」

「不！」我朗聲高喊，青年們立刻疑惑地望向我。「保護家園確實是每個男人的責任，但這次的情況不同，因為對方是魔族，所以請相信我們的王，他們會以神力打敗魔王，重建我們的家園。你們則有更重要的責任，就是守護好自己的家人！沒有家，哪來的國呢？我不能讓母親失去兒子，讓姊妹失去弟兄，讓妻子失去丈夫，讓孩子失去父親！所以請大家在後方守護好自己的家人，魔王就交給你們的王和我吧！」

「好——好——」青年們高喊起來，揮舞手臂，我心裡暗暗鬆了口氣。

在這番慷慨激昂的演講後，難民的遷徙變得更加迅速而快速。

安歌大步走到扎圖魯和巴赫林面前，開口就問：「是不是魔族打過來了？」

扎圖魯和巴赫林驚訝地看向安歌：「王？」

兩人愣了片刻，巴赫林不可思議地問安歌：「王，如果你在這裡，那麼身在安都的是——」

「是我的弟弟安羽。」

「什麼？」

透過扎圖魯和巴赫林驚訝的神情，可以看出安羽扮安歌扮演得很好，已經到了以假亂真的地步。

扎圖魯和巴赫林面面相覷，隨即開始解釋：「魔王已經到了城外。現在王……不，是安羽王與涅梵王等人正與魔族交戰中。」

「那我們得趕快過去！」我對大家說。

「還有，傳說中的精靈王也出現了，還一次來了聖光和暗夜兩個種族！」

巴赫林顯得相當興奮。精靈不常出現在人間，有的人可能活了一輩子都沒見過。

「太好了！」伊森激動地抱住我的臉：「父王和叔父這次說不定能和好！」

「咦？精……精靈！」這次不僅是巴赫林和扎圖魯，就連菲爾塔與拉赫曼也驚訝地僵在原地。

「魔——王——」伏色魔耶咬牙切齒，渾身散發殺氣：「我要趕去前線，沒工夫在這裡聽你們廢話！」伏色魔耶渾身都躁動起來。

「當然要去！」安歌即刻躍上風鼇。

我立刻說：「扎圖魯、巴赫林、菲爾塔、拉赫曼，難民的安置就拜託你們了。」

巴赫林、扎圖魯、菲爾塔與拉赫曼驚訝地彼此對視，似乎沒想到對方也認識我。

「沒想到那瀾姑娘跟你們也相識？」巴赫林吃驚地說。

「我們是好朋友。」

菲爾塔像是在一旁補充，目光流露出一股王者威嚴，似乎有種想壓制巴赫林和扎圖魯的意圖。

「對了，林茵是怎麼回事？怎麼會遇上魔王？」我猛地想起了這件事。

菲爾塔的表情頓時掠過一抹傷痛，別開臉，像是不想再提。

拉赫曼看了看菲爾塔，開始對我解釋起來：「那瀾姑娘走之後沒多久，聖女說聽到有人在呼喚她，當時我們並未對此有所警覺。直到某一天早晨，聖女失蹤了，王找了很久都沒找到，最後才聽說

是被魔王接走了。」

魔王果然厲害，雖然過不了聖光之門，但是他可以呼喚林茵，林茵可以穿過聖光之門。他肯定是利用明洋的身分來呼喚她了。

「妳跟妳的男人說完了沒有？」

伏色魔耶相當不耐煩地朝我大吼。我瞪了他一眼，什麼叫我的男人？回頭望向扎圖魯一行人，只見他們果然一臉尷尬。

「他們才不是女王大人的男人呢！」修相當不悅地說了一聲：「他們只配做僕人！」

「哼！」伏色魔耶冷哼了一聲：「我看你才是這女人的奴隸，真讓我丟臉！」

「你說什麼——」修咬牙切齒，作勢要衝上前去。我揚起手：「風麾，走囉！」

要是再不走，這裡想必會爆發一場戰爭吧。幸好伏色魔耶不是我的男人，我好不容易才擺平了修、靈川和伊森，這個家真的再也容不下別的男人了，不然我實在是心力憔悴！

風麾立刻拔地而起，修和伏色魔耶紛紛晃了一下，好不容易才站穩。

涅梵、安羽、玉音、鄯善，我帶著靈川、安歌、修和伏色魔耶來跟你們會合了！這下八王終於齊聚，我相信你們一定可以戰勝魔王，結束這一切！

風麾帶我們疾速穿越安都的聖光之門，昏暗的天空讓我聯想起伏都被魔族侵略的那晚，還有鄯都破開結界時的情景。

只見黑壓壓的魔族無所不在，他們已經快要逼近聖光之門，難民們倉皇地逃入聖光之門！

掩護難民撤退的正是各國的士兵，我還在裡頭看到了眼熟的伏都戰士，不過暫時沒看到塞月！

「魔王——」

伏色魔耶咬牙切齒地緊盯前方。昏天黑地的戰場裡神光閃耀——那是奮戰的人王們！

「是他們！」靈川凝重地看著遠方。

「小羽！」安歌驚呼了一聲，迫不及待地展翅朝那裡飛去。

「風黿，快！」

風黿也像是急於援救自己的主人涅梵，火速往前線衝去。「嗷——」牠瞬間衝入黑雲，沖散魔族，向牠的主人靠近。

與此同時，靈川、伏色魔耶、修和伊森也釋放出神力，突破魔族的包圍網。安歌拍動雪白的翅膀，衝向閃爍著白光的更深之處！

火焰一束束打在魔族身上，伏色魔耶雙手按住地面，一隻火鳳立刻自他手中而生。他躍上火鳳，瞬間開闢一條火路，消失在黑雲之中。緊接著，巨大的樹藤自底下竄出，衝入高空，捲起我身邊的修，頃刻間已經沒入黑暗深處。

此時，周遭寒氣瀰漫，冰柱在空氣中瞬間結成，不但將魔族凍在其中，也把他們狠狠往地面砸去，冰錐瞬間如雨砸下。伊森高舉神杖，閃電直劈而下，我第一次看到這麼恢宏的戰爭場面，目光所及之處，只見戰鬥不見天空大地！

一時間，我懵了。呆呆舉著手中的劍，雖然，我知道我的男人們不會讓我上戰場，會好好地保護我，可是此時此刻，如果我只是站著，那我好不容易發現自己身上的神力不是太浪費了！

隨著風黿的突破，前方的戰鬥也越來越清晰，我看到了下方涅梵、玉音和鄯善的身影。

「嗷——————」風龘立刻飛速滑翔而下，巨大的龍尾像秋風掃落葉一樣掃開了纏住涅梵、玉音和鄯善的魔族，靈川也同時躍落。

「伊森，保護好瀾兒。」他只留下這句話，雪白的身影就已經飛躍而下，銀色的長髮在空中飛揚。

那一刻，涅梵、玉音和鄯善有些驚訝地朝我們看來，涅梵看到我時立刻擰起了眉，大喊：「風龘！帶那瀾走！這裡危險！」

「嗷~~~~」風龘痛苦地徘徊，牠要和牠的主人一起戰鬥！

我立刻大聲喊：「風龘！別管他！我們留在這裡！」

涅梵揮動手臂，神力掃開欺近的魔族，朝靈川大喊：「川！你就這麼讓她胡來！」

靈川微微揚手，冰錐射穿了無數魔族，背靠在涅梵身後，淡淡點點頭：「嗯。」

涅梵再次看向我，我固執地瞪他。玉音、鄯善與他和靈川靠在了一起，朝我點點頭，我揮起了聖劍：「魔王——我那瀾來了——」我聚集自己的力量揮劍橫掃出去，耀眼的光芒從聖劍中射出，粗大的劍光掃開了面前的魔族，其他魔族匆匆閃避！

立刻，藍天映入眼簾，面前的景物變得空曠，並看到了身穿盔甲的精靈戰士們！

「嗷~~~~~~~~」

忽然，一聲巨吼傳來，一條猶如風龘般巨大的魔龍從我面前的開口處朝我衝來。牠的頭頂，正站著黑色披風飛揚的魔王，他的手中，是一根黑色的粗大魔鞭！

就是那根魔鞭差點奪去了伊森的命，也奪去了安羽的翅膀！

我捏緊手中的聖劍，魔王！我們算帳的時候到了！

「那瀾——妳終於來了——我要妳——」他忽然揚起手中的魔鞭朝我抽來。長長的魔鞭從遠遠的魔王手中朝我直直而來。

忽然，涅梵和玉音躍向高空，青色的長劍和橙色的光芒迎向魔鞭。

「哈哈哈——想阻擋我！你們太弱了——」魔王的魔力瞬間貫穿了魔鞭，黑色的魔鞭上迅速流過金紅色的魔光，如同岩漿，瞬間抽開了涅梵和玉音。我驚訝地後退一步。但是，靈川和鄯善隨即飛躍而來。

「不——」

我著急大喊，眼看著靈川和鄯善也被魔鞭震飛，緊跟著，樹藤捲上了魔鞭，火焰瞬間燃燒過花藤，伏色魔耶和修已經出現在我的身前。

「讓開——」

魔王甩起手臂時，將修一下子帶起直接抽向了伏色魔耶，與此同時，竟是出現了另一根魔鞭直直朝我而來！

「不准傷害我的瘋女人！」伊森已經落到我面前，不！伊森！我不想你再為我受傷了！魔王他需要我的身體，他是不會傷害我的！但如果是你！他會殺了你！

我立刻一把推開他，在魔鞭就要到我面前時，忽然一個藍色的身影落下，瞬間，魔鞭狠狠抽在了他的身上，他隨即死死握住，我站在他身後心驚地看著他的雪髮，和雪白的神紋，這白色的神紋曾經屬於安歌，但是此刻，是屬於……

「哼！你太小看我們人王了！那瀾可是屬於小安的！別想搶走——」我聽到痛苦的、憤怒的話語從他口中喊出，安羽！不要再刺激魔王了！他很變態！他比修更變態！我立刻看到捲在他腰間的魔鞭瞬間魔光閃耀，金紅的魔光閃亮之時，他腰間的衣服已經瞬間焦黑！空氣中立刻彌漫皮肉焦灼的血腥味！

「安羽……」

我心驚地伸手想要扯開他腰間的魔鞭，倏然，眼前一陣金沙迸濺，火熱的金沙濺在我的臉上，我的眼睛裡！我瞬間呆滯在安羽的身後，他的後心，被魔鞭貫穿了！

登時，我的大腦，一片空白……

「小羽——」安歌的驚呼傳來時，安羽的身體像是落葉一樣被魔鞭掃了出去，頃刻間已經消失在我的面前。

「小羽——」

面前掠過飛馳而過的安歌，他嘶喊著朝直直摔落天空的安羽的身體而去。

「安羽——」所有人王大喊起來，他們全部釋放神力，抵抗魔王。無數精靈戰士也正朝這裡急急飛來。我還看到了摩恩的身影。

我憤怒地舉起聖劍：「明洋——你這個混蛋——」我的憤怒化作所有的力量，不再顧及明洋的生死，直接揮了出去，與此同時，魔王也立刻揮鞭而來，他黑色的長鞭在我的光芒中瞬間化作黑沙，他驚訝地飛身而起，光芒射穿了他身下的巨龍，他的身體被另一條飛龍接住。

「那瀾——我還會再來的——我要妳的男人們付出代價——」巨大的魔龍在金光中化作黑沙，如

同墨汁一樣灑落大地。

我脫力地跪落在風鼇身上。安羽的胸口被貫穿了，是為了保護我……是因為我——

「啊——」我痛苦地揚首哀號，昏倒在風鼇的身上，模糊的視野中，是匆匆趕來的，我的男人們的身影。

❖

人王被刺穿心臟會死，這是殺死人王唯一的辦法。

我的眼前是一灘鮮紅的血，那血從安羽的胸口汩汩流出，流在他藍色的衣衫上，流滿他腳下的地面，淌入我赤裸的腳下，滑膩，火熱。

我心驚地看向他，而他，卻對我揚起了幸福的微笑：「那瀾，我那天感覺到了，感覺到我哥哥和妳在一起，很幸福……謝謝妳……讓小安獲得了幸福……」淚水從他的銀瞳中滑落，他笑得是那麼開心，可是我的心卻在他的淚水、他幸福的笑容中顫抖。

他對我揮揮手，我哭著朝他跑去，踩在他的鮮血上，發出讓人心顫的「啪啪」聲響。

「不——安羽——」我撲向他，抱住他，他卻在我的擁抱中瞬間破碎，化作灰燼，消失在我的懷抱中……

「不……安羽……不要離開安歌……不要……離開我們……」

我趴在他流下的鮮血中，鮮紅的血映出我痛苦不堪的臉，淚水一滴、一滴，滴落在那片鮮紅的血

液裡，漸漸的，它們化作了金色，像陽光一樣的金色！

金色的血耀眼起來，如同陽光徹底地反射，我一下子醒來，呆滯地看著床頂，熟悉的帳子，是我曾經在安都住過的房間！朦朧的月光已經透入窗戶，窗櫺上坐著一個小小的黑紫色身影，竟是已經晚上了！那安羽呢！

我騰跳下床，面前暗紫的光線掠過，赫然間出現一個成年男子，我直直撞在了他結實的胸膛上！

「喂！妳要去哪裡？」他扣住我的手臂，是摩恩！

我用力推開他：「我要去找安羽！」

「沒用的！」他在我身後大喝，大步到我身前：「那瀾，大家都在耗費神力想救安羽，但我知道，那是沒用的！大家像瘋子一樣治療安羽，只是因為放不下！他們沒辦法讓安羽走！」

「我也是！」我大聲地吼出，摩恩怔立在我面前，暗紫色的長髮和皮膚都在月光中蒙上了一層悲傷的銀霜。

我低下臉，心痛哽咽：「我也是……沒辦法放安羽走……所以，我要去見他！」我大步走過摩恩的面前，裙襬掠過他的衣襬，他頓了頓，化作精靈飛落我的肩膀，摸上我的臉，小小的手，帶著死亡一樣的冰冷：「妳去見他最後一面吧！或許安羽沒有離開，也是因為妳……」

我大步往前走，宮裡已經空空如也，沒有侍婢和侍從，寂寥空曠的宮殿愈發讓人覺得清冷。

在摩恩的帶領下我來到了大殿，立時，滿目的神光照亮整個大殿，只見安羽的身體懸浮在半空中，靈川他們正用自己的神力包裹安歌，白色的，藍色的，黃色的，青色的，紅色的，綠色的，橙色的，金色的，暗紫色的光芒在安羽的身體周圍旋轉，不僅僅是靈川他們這些人王，還有伊森和另外兩個金髮和黑紫長髮的精靈！

「安羽的心臟被魔王刺穿，大家的神力也只能維持他短暫的生命……」摩恩沉重的話語在我耳邊響起。

我的心已經沉到了世界的底端，腳步發沉地一步一步向懸浮在空中的安羽走去。

安羽明明還沒享受幸福，還不知道安歌的心意，他怎麼可以就這樣離開——

她為什麼沒有救他？

那個長生不老，明明宛如神明一般的女人，居然沒有拯救他的哥哥，而是眼睜睜地看著他在病痛中掙扎。

他的哥哥是那麼地敬重她、愛她，願意為她獻出生命，她卻只是坐在床邊，握著他的手，微笑地看著他受病魔持續折磨。

他無法原諒她，無法原諒那個微笑，更無法原諒她見死不救！

——直到他自己也長生不老。

那次叛亂是他發起的，他至今仍記得那個叫闍梨香的女人是如何嘲諷他們、輕鄙地看著他們，又是如何冷冷地詛咒他們！

『你們還要繼續無聊，孤獨，痛苦地活下去去去去——』

她的詛咒生效了。他——涅梵在往後的一百多年間，不斷被孤獨和寂寞折磨糾纏，永生永世無法解脫。

看著自己身邊的親人、情人一個接一個老去，逐一在他的懷中閉上雙眼，他什麼都做不了。

漸漸的，他明白了她為什麼沒有救他的哥哥，因為死亡是一種解脫，也是這個世界的力量唯一不可逆的現象，即使他獲得了她的神力，依然無法扭轉死亡。涅梵因此感受到前所未有的痛苦，充滿無助，如今死亡成了他的奢望。

他漸漸理解了那個女人的做法，還有那抹微笑，那並非在訕笑他的哥哥即將不久人世，而是為他送行，讓他可以安心而沒有痛苦地離開人世。

眼下的理解與當初的仇恨使他陷入了更深的矛盾，因為他無法承受內疚與自責所帶來的痛苦。他只能選擇繼續憎恨那個女人，這樣才能讓他的心獲得解脫。

涅梵開始將精力耗費在治理國家上，他擁有無限的時間能讓自己的國家變得更好，讓百姓們過上更好的日子，讓他可以徹底地忘記過去，忘記那個他這一生當中犯下的最大錯誤。

「啊——」

一聲像是慘叫的聲音自隔壁房間傳來，他煩躁地起床查看。那是他的好夥伴玉音的尖叫聲，能讓他那樣尖叫，一定是出現了什麼有趣的東西。

玉音同樣是擁有長生之力的八王之一，是他的好夥伴，長得比女人還要妖豔，但心腸絕對比一般男人更硬。長生不老讓這群人王變得古怪不已。

比方說玉音，他以模仿女人為樂趣，無論是做作的蘭花指，還是這嗲聲嗲氣的尖叫。眼下他看起來像是被嚇壞了，但其實是有什麼東西讓他分外激動，看來又有好玩的事物送上門，供他們這些長生不死的老東西打發時間了。

他衝到玉音房中，玉音直接像女人一樣撲進他的懷，這也是玉音的樂趣之一。他隨後繼續驚恐地像女人一樣尖叫。

涅梵看向床，只見上頭血汙一片，一個被折騰地半死不活的女人倒在床上，奄奄一息。至於罪魁禍首嘛……涅梵一眼就看出是那對喜歡惡作劇的雙胞胎兄弟——安歌和安羽！

只有他們喜歡捉弄別人，尤其是針對最愛乾淨的玉音。玉音的尖叫讓此刻的他們頗為得意，笑意盈盈地站在一旁看好戲。

涅梵到床邊看了看，覺得這女人也活不了，乾脆扔掉算了。

此時，從那個女人的口中忽然傳來輕鄙的笑聲和那句詛咒：「我就要死了……但你們還要繼續無聊……孤獨……痛苦……地……活下去——」

『而你們，還要繼續無聊孤獨痛苦地活下去去去去——』

這宛如魔咒般的聲音瞬間喚醒了埋藏在他心底已久的傷痛，那在耳邊無限迴盪的詛咒令他徹底失控發狂。

他用力掐住那個女人的肩膀，大喊：「我不會允許妳死的，我絕不允許！闍梨香，我絕不允許妳就這樣安詳舒服地死去！來人——快來人——」

他不允許她死！他要她解除他們身上的詛咒！

然而那個女人名叫那瀾，根本不是闍梨香。她是從上面掉下來的，和以前那些可憐的異邦人一樣。但她似乎有些不同，首先很顯然的，她比那些人來得胖。

這個世界的上頭是沙漠，以往掉下來的一般都是在沙漠中快要曬死的旅人，數量很少，大概十幾年才會出現一兩個。最近掉下來的是所謂的考古學家，這些人令八王們大開眼界，讓他們知道外面的科技有多麼突飛猛進，日新月異。

但是這些人看起來都乾癟癟的。

之後就是那瀾了，和上一次掉下來考古學家相距了二十年。

依照老規矩，那瀾必須參加抽籤。然而涅梵卻萬萬沒想到，她為這個世界帶來了徹徹底底的改變！

她先是改變了安歌，使他開始勤於國事，逮捕了貪官。

八王各自為政，彼此互不干預。安歌和安羽的國家一直處於無政府狀態，下面貪官橫行，百姓叫苦連天，因為那對雙胞胎只知玩樂，不知百姓疾苦。

所以，涅梵有了統一八國的想法。但他也知道八王不會輕易讓權，一場戰爭在所難免。但他沒想到那瀾居然改變了安都的狀況，讓安都越來越好。

與此同時，安羽也回國治理起自己的國家來，認真程度不亞於他！

接著，那瀾居然改變了那塊木頭——他一直最沒有信心能說服的靈都王靈川！

靈川一直是他最看重的盟友，他能看到靈川眼中的大智慧，儘管他像木頭一樣不發一語，一句話不會超過兩個字，然而他知道只要能獲得靈川這個盟友，統一八國已經有了一半的勝利。

涅梵一直以為靈川不食人間煙火，也不通七情六欲，卻沒想到他為她動了情。涅梵看出來了，在他把她像寵物一樣帶在身邊，要她寸步不離地待在他身旁，涅梵已經明白，這個女人和以前掉下來的人不一樣。

尤其是她那隻受傷的眼睛。

從修說她的眼睛已經無礙開始，他便隱隱覺得她的眼睛裡藏著祕密。雖然她找了一個眼睛依舊沒

有痊癒的藉口，但他不信，他感覺到她的另一隻眼睛似乎能看見他們看不見的東西，而那東西是未知的，甚至對於他們來說可能是致命的！

在伏都發生的事更是證明了他的猜測。他親眼看見那女人是如何輕易地讓安羽昏迷，她只不過是摘掉眼罩，用手抓住安羽的胳膊，安羽便徹底昏迷。

這個女人的身上帶著太多的祕密，她所過之處無一不發生翻天覆地的變化！

很多時候，他在那瀾的身上看到了闍梨香的影子，那個溫柔、愛戴百姓的闍梨香。在靈川死後，他更是在她身上看到了闍梨香的堅強、堅定和英勇果斷。

她也在改變，他還記得她一開始胖胖的，只會哭，和普通女人一樣柔弱，但她比這個世界的女人更狡猾一些。

然而在靈都再見到她時，她像是變了個人似的，不僅瘦了下來，身上還帶著一隻小小的雪猴。她一直用那隻完好的眼睛冷冷看著他們，眼中滿是絕不屈服的倔強意志。

和她相處得越久，他越是深陷在她的神祕之中。在她的身上，他彷彿總是能看到闍梨香的身影，埋藏在心中太久太久的心結讓他還是把她們兩個重疊在一起，伴隨著這一百五十年來的痛與懺悔。

他陷了進去，明明控制得那麼好，他卻依然陷了進去。從他告訴她當年的那個祕密、向她懺悔開始，他就知道自己已經深深愛上了她，愛得無法自拔。

但他同時無法原諒自己當初對她的傷害，明明看到了她求助的目光，感覺到她因為他和她同樣是漢人，想從他那裡得到庇護，但他沒有保護她，而是冷漠地看著她，沒有給她任何幫助。現在他卻愛上了她……這是多麼諷刺的一件事情？他該如何向她表白自己的心意？他早就已經沒有資格說愛她了，只能嘗試去彌補這個他又一次犯下的錯誤，默默地守護她。

那瀾——這個忽然從天而降的女人，這個改變了安歌、安羽、靈川、修、伊森的女人，也改變了他，涅梵。她協助他放下自己的執念，幫他從那個痛苦的深淵中解脫出來，此時的她也被安歌、安羽、伊森、修和靈川愛著。即使知道她的身邊已經有那麼多愛她的男人，明明想把持住自己的心，不去愛上這個女人，最後，他卻還是愛上了她。

這份愛意因為被深深地隱藏，再度讓涅梵變得壓抑而痛苦，這份熾熱的愛想掙脫而出，卻又被他狠心壓回，最後，他徹底失去了機會，因為她死了。

她為了救他們而死，他是多麼地愚蠢！為什麼不在她活著的時候告訴她，他愛她，即使被她狠狠拒絕，他也說出了這份愛。然而現在他徹底失去了這樣的機會。

他日日酗酒，再次變得渾渾噩噩。他想死，可是死亡對於他們來說是奢侈的。他無法再一次承受失去心愛之人的痛苦，他的心好痛，真想把自己的心臟挖出來，或許就不會痛了。

他哭了，一百五十年來，除了他哥哥死去時，他從未再哭過，他已經忘記了失去親人的傷痛。但是這一次，他所有的悲傷徹底被喚醒，積蓄了一百五十年的痛因為她的死而加倍，讓他再次感覺到自己是一個那麼普通的人，如此無助，即使擁有神力，卻無法挽救愛人的生命。

「涅梵！你醒醒，我是那瀾，你醒醒！」

意識朦朧間，他聽到了一個女人聒譟的喊聲，宿醉讓他頭痛不已。他明明要人不要打擾他的。他勉強張開眼，看到了那個女人，那個女人居然自稱是那瀾？這讓他惱怒萬分。

「是我！涅梵，你看，我的魔印還在！」

她在他面前匆匆轉身，脫下了衣服。當那瀾的魔印映入他因為酒醉而通紅的雙眼時，他的心跳停止了……壓抑在心底的愛倏然噴發而出，再也無法控制，無論這個女人是在夢中還是在現實，他都已經無法再放開她了。

他抱住了她，開始親吻她、撫摸她，做著腦中無數次妄想過的事情——要她。

他只想要她、想要她、想要她，想進入她的身體，徹底地擁有她，讓她知道他是那麼地愛她。無論她愛誰，身邊有多少個男人，愛不愛他涅梵，他都無所謂了，他只知道他愛她，他想要她！

再壓抑下去，他就要瘋了，他真的要瘋了！

忽然，那女人抓住了他的神紋，他頓時眼前發黑，卻安心地笑了。她真的回來了。

她——是他心愛的那瀾……

國家圖書館出版品預行編目資料

十王一妃 / 張廉作. -- 初版. -- 臺北市：臺灣角川
, 2014.04-
冊；　公分
ISBN 978-986-325-901-5(第1冊：平裝). --
ISBN 978-986-366-073-6(第2冊：平裝). --
ISBN 978-986-366-133-7(第3冊：平裝). --
ISBN 978-986-366-186-3(第4冊：平裝). --
ISBN 978-986-366-296-9(第5冊：平裝)

857.7　　103003492

十王一妃5

2015年2月7日　初版第1刷發行

作　　者：張廉
插　　畫：Chiya

發 行 人：加藤寬之
總　　監：施性吉
主　　編：陳正益
副 主 編：林秀儒
責任編輯：邱璨萱
資深設計指導：黃珮君
設計指導：許景舜
美術設計：宋芳茹
印　　務：李明修（主任）、張加恩、黎宇凡、張則蝶

發 行 所：台灣角川股份有限公司
地　　址：105台北市光復北路11巷44號5樓
電　　話：（02）2747-2433
傳　　真：（02）2747-2558
網　　址：http://www.kadokawa.com.tw
劃撥帳戶：台灣角川股份有限公司
劃撥帳號：19487412
法律顧問：寰瀛法律事務所
製　　版：尚騰印刷事業有限公司
ISBN：978-986-366-296-9

香港代理：香港角川有限公司
地　　址：香港新界葵涌興芳路223號新都會廣場第2座17樓 1701-02A室
電　　話：（852）3653-2888